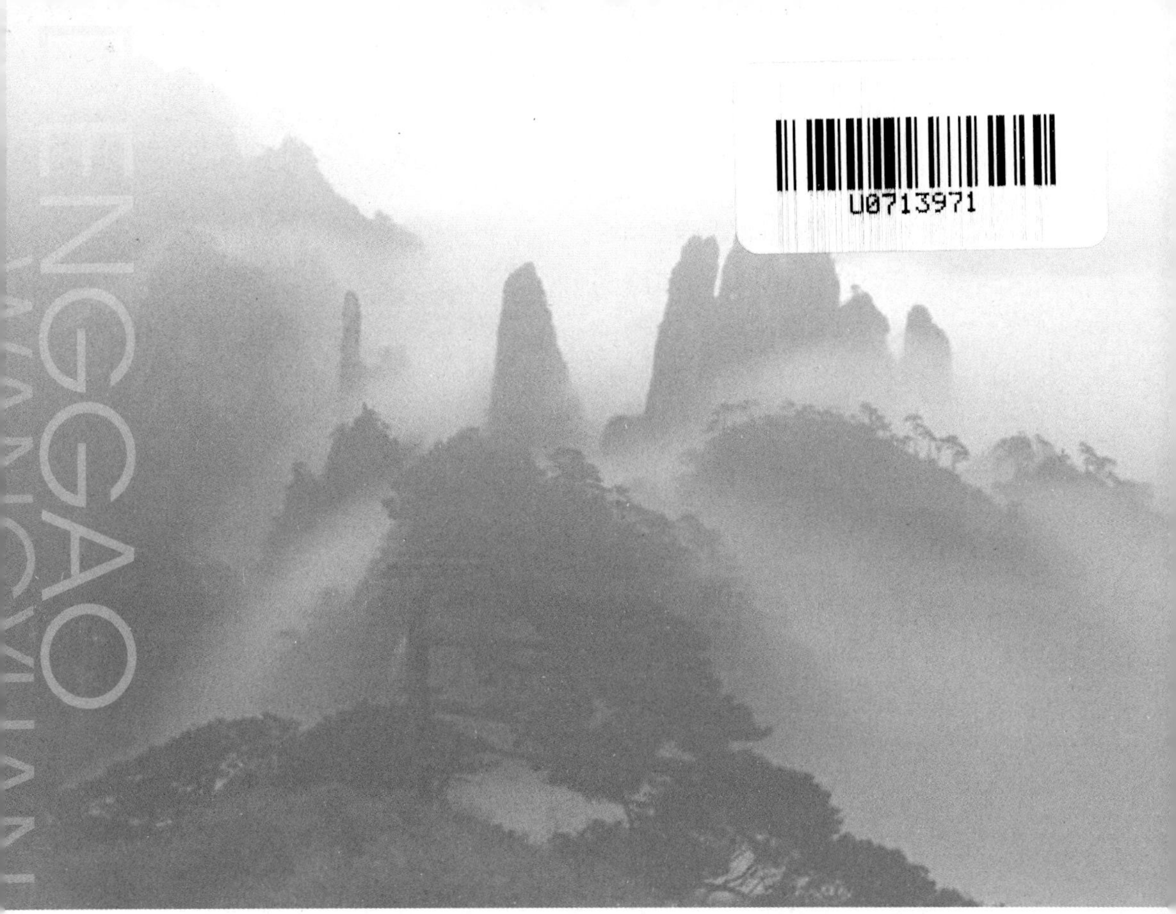

登高望远

发现更好的自己

李建辉/著

中山大學出版社
SUN YAT-SEN UNIVERSITY PRESS
·广州·

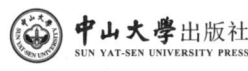

版权所有　翻印必究

图书在版编目（CIP）数据

登高望远：发现更好的自己/李建辉著. —广州：中山大学出版社，2016.10

ISBN 978-7-306-05849-2

Ⅰ.①登… Ⅱ.①李… Ⅲ.①回忆录—中国—当代 Ⅳ.①I25

中国版本图书馆 CIP 数据核字（2016）第 230542 号

出 版 人：王天琪
责任编辑：王延红
封面设计：林绵华
责任校对：杨文泉
责任技编：何雅涛
出版发行：中山大学出版社
电　　话：编辑部 020-84113349，84111996，84111997，84110771
　　　　　发行部 020-84111998，84111981，84111160
地　　址：广州市新港西路 135 号
邮　　编：510275　　传　真：020-84036565
网　　址：http://www.zsup.com.cn　　E-mail：zdcbs@mail.sysu.edu.cn
印 刷 者：佛山市浩文彩色印刷有限公司
规　　格：787mm×1092mm　1/16　13.875 印张　彩插 1　260 千字
版次印次：2016 年 10 月第 1 版　2021 年 11 月第 2 次印刷
定　　价：45.00 元

如发现本书因印装质量影响阅读，请与出版社发行部联系调换

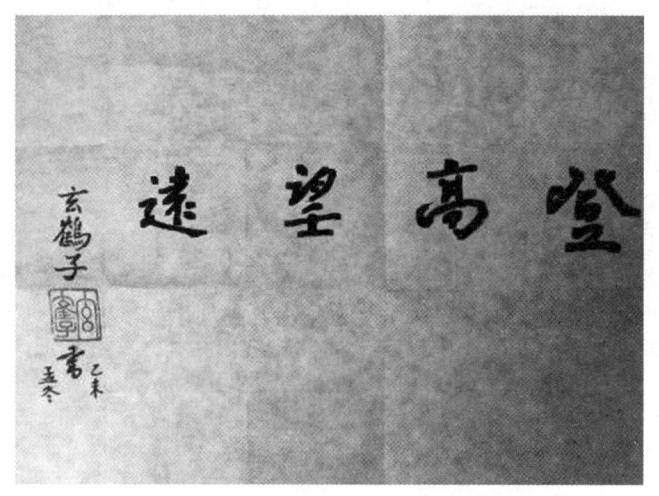

世界武术家联合会、世界中医联合会朱鹤亭会长题

中国故宫博物院专家许青松题

2016年7月1日被评为省优秀共产党员

序 高扬人生的风帆

建辉《登高望远：发现更好的自己》一书付梓出版，可喜可贺！

本书既是一个走出客家大山，求学、从政、做慈善的客家女儿的人生写照，又是一部当代客家女儿的传奇。

本书生动地记述了作者的成长故事和心路历程。字里行间，既散发着客家大埔山村泥土的芳香，又充盈着当代都市生活的浓郁气息，读来真切感人。作者质朴、真实的故事中，分明就有生活在我们身边的你、我、他。

从作者朴实的讲述中，不难捕捉到作者职场演进、拼搏进取的人生轨迹。一路走来，作者孜孜不倦地学习，踏踏实实地工作，深入社会实践与刻苦钻研理论，大爱激情地参与公益慈善，凭海临风地游历世界……这些，无一不拓展了阅历和视野，由是，高扬人生的风帆，谱写生命的乐章。

作者既是一名公务员，又是一名有所建树的学者，还是一名公益慈善之星、一名颇有影响力的公众人物。她克服了曾经蜗居的生活窘境，付出了凡人所不能的努力，不断登攀生命的高山，远望事业的浩渺天空。

作者的人生之路洋溢着青春活力，尽显家国情怀和社会责任，充满了正能量。她心怀大志，积极向上，用回报乡梓、兼济天下的大爱，影响着周围的人们；用登高望远的人生感悟和实际行动，演绎和诠释着无悔人生。

开卷有益。相信读者从本书描述的悠远的客家人文历史、丰富的个人生活经历、公益慈善的感人故事、游历异域风情的文字中，会收获清风扑面、心旷神怡的愉悦和感悟。

登高望远，一路前行。在新的起点上，作者建辉与读者共同期待着——发现更好的自己。

连云祥（原国家机关事务管理局司长）
2016 年 6 月

作者与国旗护卫队合影（2016.9）

目　录

第一部分　悠悠故乡　最美小城

一、悠悠故乡　誉满天下 …………………………………… 3
二、军事重镇　革命老区 …………………………………… 8
三、华侨精英　客家楷模 …………………………………… 14
四、名山胜景　最美小城 …………………………………… 22

第二部分　勤奋智慧　自强不息

一、勤劳智慧　家庭兴旺 …………………………………… 29
二、赤色家族　清贫童年 …………………………………… 31
三、求学之路　蜿蜒崎岖 …………………………………… 33
四、学为人师　行为世表 …………………………………… 35
五、感恩家人　经营家族 …………………………………… 36

第三部分　踏上政道　修炼提升

一、公考竞争　踏上政道 …………………………………… 43
二、天河民政　全国先进 …………………………………… 44
三、调入省厅　高扬风帆 …………………………………… 45
四、从政感悟　修炼升华 …………………………………… 49

第四部分　积淀丰富　回馈感悟

一、读书积累　写作沉淀 …………………………………………… 69
二、慈善义工　回馈社会 …………………………………………… 73
三、游览名胜　丰富阅历 …………………………………………… 77
四、情系家国　感悟人生 …………………………………………… 92

第五部分　周游列国　沉思升华

一、游历美国　探究奇迹 …………………………………………… 110
二、行走欧洲　追溯历史 …………………………………………… 121
三、游览亚洲　探古追今 …………………………………………… 141
四、漫游非洲　感受自然 …………………………………………… 156
五、畅游澳洲　热带风情 …………………………………………… 167

第六部分　外　编

学习型干部李建辉侧记 ……………………………………… 董思国 181
如歌的行板——读李建辉新作《社会组织的实践与感悟》……… 文　青 194
大爱写人生——访省民政厅李建辉博士 ………………………………… 198
李建辉：女强人的大爱慈善路 …………………………………………… 200
李建辉："快乐慈善"是我的终身追求 …………………………………… 204
情系孩子　爱洒万里——小记全国公益慈善之星、大埔虎中关工委
名誉主任李建辉博士 ………………………………………… 黄佩贞 210

后　记 ……………………………………………………………………… 213

第一部分
悠悠故乡　最美小城

作者于浙江大学留影（2015）

一、悠悠故乡　誉满天下

（一）悠悠故乡　历史久远

  故乡梅州市大埔县是革命老区，位于广东省东北部韩江上游。这里物华天宝，盛产茶叶、蜜柚、木雕、根雕、青溪飞鸡以及客家酿酒、豆腐干、牛肉干等土特产。西岩山茶因"清、香、甘、滑、醇"而成为茶叶中的精品，多次获国家银奖和金奖。大埔淳厚的风土民情，美丽的田园风光，独特的客家民居，孕育了一代代智慧勤劳、自强不息的客家人，吸引着散居世界各地的50多万华侨思乡回故。

  据《大埔县志》记载："大埔，盖俗称，平旷高原，仅宜果瓜蔬麻者曰埔；自茶山（旧县治）之麓，弥望平原，无虑数百顷地，总呼为埔。"据说，大埔的得名还来自一位客家乡绅。从前有一位乡绅叫宋大布，他不像多数富豪之家，食必猪鱼酒肉，衣必绫罗绸缎，而是身穿布衣，素食饮淡，乐善好施，爱民如子，为乡里群伦表率。在他影响下，许多富人也因此弃艳就素，改穿粗布，仁风日盛，誉播邻里。明朝嘉靖五年（公元1526年），朝廷重新划地置县，为纪念乡绅宋大布先生的仁举美德，乡人联合呈请朝廷，将此县命名为"大布县"，后改名为大埔县。

  大埔历史久远。大约在4000年前，这里就已经有人居住。夏商周时期，大埔是扬州南裔之地。秦汉时期，大埔属于揭阳县管辖。东晋时，大埔5个移民营建立义招县，隶属义安郡。隋朝时，义招县改为万川县。唐朝时，万川县并入海阳县。宋元时期，万川县改为海阳县光德乡。明朝嘉靖时期，设置清远等2都为县，改海阳县为"大埔"县，茶阳镇成为大埔县城驻地，隶属于潮州府。清朝设立"大埔"县，乾隆皇帝将白芒畲、箭竹洋、下青麻园等6个地方从"大埔"县划出，设立丰顺县。新中国成立以后，大埔县城由茶阳镇迁至湖寮镇，先后划归兴梅专区、粤东行政区、汕头专区、梅县地区管辖，1988年至今隶属于梅州市。

（二）文化之乡　人才辈出

故乡大埔人杰地灵，享有"文化之乡"的美誉，源于客家先民"挑担挽索"都要让子女读书的传统。据说，大埔客家先民为避战乱、逃灾荒等，不畏艰难困苦，从河南、山东等中原地区迁移到大埔聚居。他们智慧善良、勤劳勇敢、开疆拓土，继承了中原地区汉族人重视教育和文化的传统和习俗，把所有的希望都寄托在读书郎身上，家家都有读书郎，读完书就外出谋取前程，同时形成了勤劳智慧、崇尚文化、知书达理、精诚团结、溯本思源、克勤克俭的客家文化。

著名的通议大夫第雕梁画栋，工艺精致，悬挂着御赐"七叶衍祥"金匾，院内有子孙读书的兰台书室，彰显了客家人读书至上、光宗耀祖的风尚。清朝时期，大埔读书风气浓厚，文风鼎盛、人才辈出。根据历史记载，清朝时期出自大埔的翰林15人、进士58人、举人298人。百侯镇就有翰林5人、进士23人、举人134人，还流传着"一腹三翰林""诗书世家""兄弟七进士""父子两进士""三世科甲"等典故，这些显示出大埔崇尚文化、重视教育、不断进取的客家精神。

深受客家文化和精神的影响，母亲曾做过教师，很重视对我们的教育。母亲白天下田干活，晚上经常给我们讲故事，鼓励我们兄弟姊妹们好好读书。"一腹三翰林"的故事还记忆犹新。据说，明朝时百侯镇侯南村人有个姓杨的人家，父亲杨之徐10岁执笔写策论，语出惊人，16岁中举人，29岁中进士，曾任河南光山知县。他为人刚正，礼士惠民，因得罪上司，被罢官回乡，县城设馆授徒，被姓饶的员外请为塾师。饶员外有一女儿虽然其貌不扬，身材矮胖，但知书达理，贤淑，深得员外宠爱。因丑，婚事无人问津。杨之徐做了几年塾师之后，其妻吴氏32岁病故，留下四个孩子。杨之徐便成为饶员外物色金龟婿的对象。

经媒人撮合，杨之徐因慕其德才，迎娶21岁的饶氏为妻。传说，此前员外信步后院，抬头瞧见饶氏，忽然发现她晒的衣服上有三条活跃飞舞的金龙。饶氏出嫁时，饶员外梦见一条母龙带着三条小龙从城墙游出。饶氏先后生下三个儿子,从小就接受良好的教育,5岁读《三字经》,8岁吟诗作对,先后考中进士,被钦点为翰林院庶吉士。子贵母荣,据说饶氏还被乾隆皇帝下旨召见。

更为有趣的是"诗书世家""兄弟七进士""父子进士""三世科甲"等典故均出自杨氏家族。据说,嘉靖年间,从杨家第八代杨淮开始,杨氏家族重视读书科举,形成重视教育的家风和传统。明末清初,即使社会动乱,杨氏家族第十二代杨士薰仍不间断读书,拒绝官场仕途,专门教子孙经书。此后,其子孙后代闻风发愤,考德问业,因之胶庠鹊起,斯文蔚兴。由此可见,杨氏家族长期兴旺与其子孙勤奋读书的家风有直接关系。也许这些典故才是我从小热爱读书的真正缘由。

(三) 华侨之乡　精英领袖

故乡有"华侨之乡"的美称,是因为大埔县有旅居海外的华侨及台港澳同胞多达50万人,他们在世界20多个国家和地区侨居或经商,不仅积极弘扬五千年历史的中华文化,传承客家文化,而且在其他国家或地区展示崇尚文化、重视教育、智慧勤劳、不畏艰苦的客家精神。

从元、明到清朝,少数大埔人出逃海外,躲避战乱和灾害,经商谋生。据记载,元末和明初有少数客家人漂泊到印度尼西亚和马来西亚经商定居。明末大埔长治乡民江龙、大东乡民罗宏等人参加抗清义军,兵败后他们追随郑成功到台湾,又从台湾到东南亚谋生。清朝时期,特别是太平天国时期,太平天国运动失败后,少数客家人出洋谋生或海外避难,清末西方列强掳掠诱骗拐卖客家人到海外充当契约华工和苦工。

19世纪末到20世纪上半叶,特别是民国时期,由于山多耕地少,人口繁衍迅速造成大埔人谋生困难。因此,这一时期许多人远走他乡,或去南洋,或去印度半岛各国,"番邦赚钱唐山使"是他们的初衷和夙愿。他们从韩江水路直达汕头海港,再乘木船、舢板、帆船、大眼鸡等,随风漂泊,漂到哪里就在哪里定居谋生,主要漂流到香港、印度尼西亚、马来西亚、新加坡、泰国、缅甸等地方。还有少数人从陆路出发,步行出走,历经数月,到达广西、云南边境,进入印度半岛各国谋生。

大埔华侨先民们继承了智慧勤劳、艰苦奋斗的优良传统,从事农、工、商业，很多人事业有成，成为地方精英。他们一方面在海外创业，经商从政，造福当地人民，成为当地知名人士和政界领袖。著名的华侨有印尼张弼士、新加坡前总理李光耀的祖父李沐文、马来西亚华侨肖畹香、圭亚那总统张西瑟、旅居香港的实业家和慈善家田家炳等。诺贝尔物理学奖获得者杨振宁博士曾说"大埔，是出总统的地方！总统是谁？新加坡的总理李光耀、圭亚那的总统张西瑟都是大埔人。"

另一方面，客家华侨们支持故乡发展和建设。源源不断的侨汇成为支撑家乡父老生活和家乡建设的重要来源。许多大埔籍华侨在世界各地建立了同乡会，不仅在海外相互团结支持，创业发展，为当地发展做出积极贡献，而且支持家乡发展和建设，热心教育、慈善等公益事业，仅2011年第七届华侨同乡联谊会就为大埔引资193亿。

（四） 陶瓷之乡　精工富民

高陂镇陶瓷生产历史悠久、陶土丰富优质、制陶工艺精湛，因此故乡大埔有"陶瓷之乡"之美誉。高陂镇从宋朝开始生产陶瓷，距今有700多年的历史，素有"粤东瓷都""白玉城"的美誉。这个镇大约有5亿吨的瓷土资源以及现代陶瓷技术和生产工艺，陶瓷企业形成了陶瓷工业园区，每年生产5000多种日用餐具陶瓷、成套饮品陶瓷以及电器、建筑、艺术等方面使用高科技的特种陶瓷，已经成为多门类、多品种、多用途的陶瓷产品生产基地。

陶瓷具有晶莹别致、釉彩绚丽、造型美观、典雅大方、质坚耐用等特色，深受国内外欢迎。每年5000多个品种、数万件系列产品出口到法国、意大利、美国、日本、南非、新加坡、中国香港、中东等60多个国家和地区。2007年全县陶瓷业收入3.5亿元，成为大埔重要产业。

如今"瓷工富县"成为大埔的发展战略，"科技兴瓷、以瓷兴镇"成为高陂镇发展的新思路。更为特别的是，高陂镇陶瓷还曾专门为我国重要领导人和外国元首制作陶瓷精品，例如叶剑英元帅的"蝶恋花"釉下青花成套餐具，英国女王伊丽莎白二世的"风帆牌"成套咖啡用具，同时还为北京人民大会堂提供青花瓷陈设展品。

（五）建筑大观园　古民居奇观

　　故乡大埔有"客家建筑大观园"的美称，因为这里有明清时期3500多座大埔民居建筑群落。这些民居建筑形式多样、种类齐全，主要有殿堂式、上下堂式、围龙屋式、围楼式、走马楼式、五凤楼式、四点金式、中西合璧式、自由式等，汇聚了艺术性、科学性、实用性和观赏性等古代民居建筑的重要特征。

　　最具代表性的古代民居建筑有土围楼"花萼楼"、方石楼"泰安楼"、中西合璧的"海衍楼"和"海源楼"、围龙屋"光禄第"、走马楼"衍翼楼"、通议大夫第，以及百侯的古巷和骑楼老街等。这些古建筑历史悠久，保存完好，风格别致，蔚为大观，点缀着旖旎的田园风光，映衬着依山傍水、琼楼瑰丽的韩江秀色，成为韩江两岸的古代标志性建筑和客家儿女寻根访旧、溯本思源、重温乡情、找回记忆的故土家园，彰显了客家先民的勤劳智慧以及古朴建筑所承载的历史和文化。

　　规模宏伟的土围楼和方石楼，堪称世界民居建筑奇观。位于大东镇的花萼楼属于土围楼，是圆形的土木结构建筑，建于明朝万历三十六年（即1608年），距今有400多年的历史，成为省级文物保护单位。楼高11.9米，楼顶为木梁灰瓦，墙体顶层宽1.3米、底层宽2米，墙上有内小外大呈三角形的枪眼，墙内有内外三环、210个房间，大门门框用厚而宽的花岗岩石板砌成，门板上钉了厚厚的铁皮。楼内有鹅卵石铺成的圆形天井，天井中心装饰直径3米的古钱币图案，旁边有一口古井，用于防火和生活，还有砻、碓等生活设施。整个花萼楼占地2300平方米，建筑面积2286平方米，布局合理、通风采光、冬暖夏凉，既有抵御外敌入侵的作用，又反映了客家人祈求丰衣足食的心愿。

　　位于湖寮镇龙岗村的泰安楼是结构奇特、规模雄伟的方石楼，具有高大雄伟、气势豪迈、有宫殿或城堡的风范，占地近1万平方米，有3层200个房间，有宽敞的祠堂，高大的门楼，宽敞的起居室，大气的院落，虽然历经沧桑，仍雄风振振，被称为客家建筑一大奇观。它建造于乾隆时期，距今有250多年的历史，远看大门像一座门楼，近看楼门镶嵌在墙壁上。据说，主人做生意发财后，建了四方楼，但因没有功名不能建门楼，只好想法子做了一个假门楼。

围龙屋"光禄第"位于西河镇，是中国葡萄酒之父张弼士的故居，典型的三堂四横一围的客家围龙屋，是一座美轮美奂的中国园林式豪宅。它建于1908年，有百余年的历史，成为广东省级文物保护单位。故居占地约10亩，建筑面积4180平方米，有花园、码头等设施，有18个厅、13个天井、99个房间，整个建筑工艺精致、绘雕并举、雄浑严谨、堂皇大观、豪华奇特。故居正门顶灰塑字"光禄第"是李鸿章所书。故居内有张弼士馆、官文化馆、酒文化馆等展厅，厅内有清代的龙袍、凤袍、凤冠、官轿、兵器等展品，以及百年前地窖中贮藏的大酒桶、酒缸、酒坛、酒壶、酒杯，这些无不折射张弼士生前的传奇故事和辉煌人生。

据说，张弼士临终遗嘱："死葬家乡"。其灵柩从南洋回到大埔安葬，途经新加坡和香港，当局都下半旗志哀。孙中山为他敬献挽联："美酒荣获金奖，飘香万国；怪杰赢得人心，流芳千古。"对他的贡献给予高度评价。更为奇特的是，其故居后园内百年来从未长过草丛，五棵杨桃树粗壮挺拔。

这些客家民居建筑种类繁多，别致独特，仿佛成为客家人的建筑"博物馆"，凝聚着智慧勤劳、宽厚淳朴、自强不息、勇于开拓、崇尚文明、保家卫国的客家文化。正是这种文化哺育了一代代优秀的客家儿女。

二、军事重镇 革命老区

（一）军事重镇——三河镇

故乡大埔是革命老区和历史重镇，自古是兵家必争之地，素有"得此控闽赣，失此失潮汕"的粤东军事重镇之称。著名的三河镇就位于梅江、汀江、梅潭河的三江交汇处，历史上不乏豪杰名人，如"兄弟三将军"、"一族四县令"、"国叔"徐统雄、"一门九清华"、岭南才子张丹崖、才女诗人范荑香等。

三河镇梓里村范氏有六兄弟，其中三兄弟为著名的"兄弟三将军"，即范汉杰、范剑江、范作人。父亲范之准是乡里名儒，目睹清朝腐朽、民族危机，主张普及教育，提高国民素质，振兴中华，与秀才范贞士和林英一起创办梓里公学，以培养英才为己任。范汉杰、范剑江、范其务、范作人等就是梓里公学的学生。长兄范其通少年时期到海外经商，受孙中山先生的影响，加入同盟会，在海外为革命筹款，参加广州起义，频繁往返印度尼西亚和星洲（新加坡）等，积极宣传革命，因积劳成疾而病逝，二兄范其逑和三兄范其适在印尼经商。

范汉杰（1896—1976）排行老四，少年时在梓里公学就读，1912年考入广东陆军测量学校，1915年任职于广东陆军测量局。受大哥范其通的影响，他参加孙中山领导的革命，曾任少校参谋、中校参谋、少将司令。1924年孙中山创办黄埔军校时，他是黄埔军校第一期唯一带着上校军衔的学生，也是1926年在国民革命军北伐战争中第一个升为师长的黄埔军校第一期学生。蒋介石时期，他曾在浙江担任警备师师长、国民党军事委员会少将高参、第19路军参谋处长和参谋长、第2军副军长和第27军军长、第34集团军副总司令、第38集团军总司令、陆军中将、国防部参谋次长、陆军副总司令。1964年他任第四届全国政协常委。

范剑江家中排行老五，少年时在梓里公学读书，曾考入汕头市商业学校、广州无线电学校、广州市民大学商科学习。受四哥范汉杰影响，他加入粤军，曾任少校军需主任、五邑西江办事处上校主任和上校秘书、第38集团军驻西安办事处少将处长、西安警备司令部少将高参、西安军官总队少将高参。1950年回到大埔县，1952年土改时被错杀，1990年被平反。

范作人少将排行老六，自幼受四哥汉杰照顾，曾在梓里公学、广州读中学，此后考入黄埔军校第四期步科学习，后历任排长、连长、副官参谋、副团长、主任参谋、团长、少将高参等军职。1950年以后在台湾联勤总部、南部防卫司令部任职。他退役后历任台南荣誉国民之家教导组长、总务组长等职。

"一门九清华"是指三河镇汇城村陈明绍家族九人毕业于清华大学。在陈明绍和夫人及子孙三代10人中，有9人毕业于清华大学，都卓有成就。陈明绍曾就读三河公学、大麻中学、汕头礐石中学，后考入清华大学。他是著名的能源环境专家，九三学社中央副主席、全国政协常委、北京市人大常委会副主任、北京工业大学副校长。其妻陈霭民是清华化学系高才生，曾在高教部、北京工业大学工作。儿子陈虎和儿媳葛德玉都是清华学子，儿子曾任北京机械工学院院长、教授，儿媳为北京联合大学教授。女儿陈安于1989年清华大学毕业，任教北京工业大学，后赴美留学。孙辈大孙子陈凡于1991年清华大学毕业，孙媳宋晔为清华大学建筑系研究生，小孙子陈鹰为清华大学土木系建筑管理专业高才生。

据说，陈氏家族祖孙三代"一门九清华"的传奇，一方面与客家人崇文重教的文化氛围有关，另一方面与陈氏家族始终不放松后代教育，不断培养其子孙热爱学习与刻苦钻研的精神有很大关系。

此外，在三河镇的笔枝山顶，还有著名的三河坝战役纪念园，占地面积18万平方米，被批准为全国重点烈士纪念建筑物保护单位、广东省文物保护单位、梅州市和大埔县爱国主义教育基地。园内有三河坝战役烈士纪念碑、纪念馆、纪念亭、朱德雕像、浮雕墙等。纪念碑高15米，碑座宽4.4米，碑身用365块优质密纹花岗石砌成，正面镌刻朱德委员长亲笔题字"八一起义军三河坝战役烈士纪念碑"。朱德雕像高3.98米，彰显了朱德元帅戎马一生的光辉形象。站在纪念碑广场上，可以远眺三江汇流的壮丽景观。

（二）早期革命战役——三河坝战役

三河镇曾经发生过中国革命早期重要战役——三河坝战役。记得上中学的时候，学校开展爱国主义教育、革命传统教育，组织我们去三河镇参观三河坝战役烈士纪念碑。历史老师曾为我们讲解过著名的三河坝战役。

1927年10月1日，国民党军军长钱大钧率三个师两万多人的部队，由梅县松口乘船沿梅江而下，气势汹汹地向三河坝扑来。"八一"南昌起义军在朱德副军长率领下，坚守在三河坝笔枝山，与国民党军队激战三昼夜，打退无数次进攻，歼灭一千多人，同时数百名起义军官兵长眠于这片土地。

10月3日下午5时，在敌众我寡、弹少援绝的紧要关头，为了保存实力，朱德下令"次第掩护、逐步撤退"。为了掩护起义部队撤退，第25师第75团3营战士们打光最后一颗子弹，用尽最后一颗手榴弹后，英勇跳出战壕，与对方展开肉搏战，最后全营官兵壮烈牺牲在笔枝山上。

大部队取道百侯、饶平，经过艰苦转战，1928年4月28日到达江西井冈山，与毛泽东领导的秋收起义队伍胜利会师。因此，曾有一位军事历史学家说："没有三河坝战役，就没有井冈山会师，中国人民解放军的历史也将重写。"

无数革命先烈和前辈以及大埔人为中国早期革命做出了重大牺牲和重要贡献，用鲜血和生命换来了革命胜利和新中国的诞生，革命成功多么来之不易，大埔人为此感到骄傲和自豪。革命胜利后，1963年大埔人民在三河坝战役旧址建立了烈士纪念碑，以此纪念这一中国革命早期重要战役。

（三）革命圣地——中山公园

中山公园建于1929年，占地11000多平方米，园门石坊上"中山公园"四个字为国民党元老胡汉民所题写。中山公园竹树葱绿，花卉吐艳，前面有两根石华表和孙中山先生全身铜像，旁边为荷花池、碑亭和石碑，中间为全国最早建立的中山纪念堂。其中"三河中山纪念堂记"石碑高约3.5米，碑文为书法家陈力堂先生隶书镌石，翔实记载了中山纪念堂、中山公园兴建的缘由和始末。

作者与广东省民政厅、司法厅、广州市民政局等领导在全国第一所中山纪念堂参观（2014）

三河镇中山公园内有全国最早的中山纪念堂。据说，为了纪念1918年孙中山总理到三河坝与陈炯明等共商护法之举，国叔徐统雄到南洋筹集资金，于1929年修建全国第一所中山纪念堂。

在中山纪念堂内，一楼的中堂有蒋中正书题"景仰国父"、林森书题"作君作师"等匾额，孙中山先生挂像上有其生前书写的"博爱"二字真迹，还摆放了孙中山先生与陈炯明商议军事大计情景的蜡像，以及中华民国海、陆、空军总司令蒋中正、副总司令张学良联合署名的纪念堂保护布告。二楼陈列着"国父"孙中山和"国叔"徐统雄的相关图文资料。

（四）革命志士和将军们

作为红色老区，从清末、民初到抗日战争、解放战争、新中国成立初期以及1988年军衔制恢复至今，大埔出现了罗卓英、吴奇伟、范汉杰、赵公武四位抗日名将，出现了中共活动家罗明等革命志士。名将罗卓英参加北伐战争、中原大战和抗日战争，曾任第十九集团军总司令、中国远征军第一路军司令长官、第三战区司令长官、广东省政府主席等。

值得一提的是，大埔自清末至今培养了112位将军。其中，年龄最大的是刘国翔（生于1864），其次是蓝锦生（生于1876），军衔最高的有靖粤南路总司令罗则资、国防最高委员会常委邹鲁、省军委主席张善铭、省军区副司令员周伯明，而且将军们主要来自湖寮镇、百侯镇、三河镇三镇。

县城内风景秀丽的西湖公园，有著名的"将军墙"，上面记载了112位将军的军衔或职务、生卒年月以及出生地，因此大埔县被称为"将军县"，而且经中共中央党史研究室认定，大埔县为全国第二十九个中央苏区县，也是广东省目前唯一被认定的中央苏区县。

据说，为了开展了打土豪、分田地运动，筹集钱粮支援红军、参加红军，还有四万多大埔人在苏区为革命牺牲，著名的烈士有438人。中央红军长征时，数百大埔儿女参加了长征，知名的有26人，当时大埔许多老区成为无人区。

这反映了在清朝末年、民国时期以及抗战时期和解放战争时期大埔人民所做的重要贡献。

（五）革命老区　红色景点

大埔作为革命老区，有青溪红色交通站和中共南方工作委员会旧址两个著名的红色景点。

青溪交通站位于大埔青溪镇汀江河畔，以"永丰"商号作掩护，是上海经香港、汕头途经大埔青溪进入闽西苏区的唯一交通线，联系着党中央和苏区，并护送过大批中央领导以及军用器材、物资、药品和给养等到江西苏区，例如周恩来、刘少奇、刘伯承、邓小平等200多人。现存的"永丰"号招牌以及周恩来等领导吃饭用过的桌子、油灯等，被收藏在大埔县博物馆。1991年4月，青溪交通站被大埔县人民政府确定为县级文物保护单位。

中共南方工作委员会旧址是一正二间的土木结构房屋，位于枫朗镇大埔角新村仓下的大埔角圩，其"天成"商号成为中共南方分局党委地下组织联系指挥部。楼下店面经营文具日用百货，楼上为店员住房兼仓库，起到了联络和掩护的作用。"皖南事变"后，南方局活动地点暴露，"天成"商号遭到严重破坏。

1985年南方工作委员会机关旧址得到政府拨款修复，许多图片展示当时革命活动的情况，并被大埔县人民政府列为县级重点文物保护单位，1995年被列为大埔县爱国主义教育基地。每年本省、市和邻省、市的革命前辈以及本县部分中小学生前来参观。

此外，大埔许多地方留下了中国早期革命的足迹，为了纪念革命领导人孙中山和朱德，许多大桥、学校都以两位历史伟人的名字来命名，例如中山大桥、中山学校、朱德纪念大桥等。

三、华侨精英 客家楷模

（一）大埔精英楷模

无论在家乡大埔，还是海外或他乡，大埔人继承了客家人聪明智慧、勤劳好学、务实进取、重教兴学、好客尚礼等传统，延续着古朴淳厚、智慧勤劳、自强不息的客家文化和精神，因此孕育了许多华侨精英、客家楷模，他们不乏商界、政界、军界、学界名人志士。

自古至今，大埔涌现了许多客家楷模。明清时期，大埔出现翰林15名、进士58名、举人298名以及清朝著名的外交家何如璋。在抗日战争和革命战争时期，涌现了罗卓英、吴奇伟、范汉杰等112名将军，出现早期革命家"国叔"徐统雄和中山大学首任校长邹鲁等革命先驱。

在世界各地20多个国家和地区，还出现了许多华侨精英。在印度尼西亚有著名的商界大亨、政界华侨精英张弼士，在香港有著名的企业家和慈善家田家炳，在新加坡有内阁总理、内阁资政李光耀以及总理李显龙等。

作者与广东省工商局凌锋局长合影（2016）

大埔客家楷模和华侨精英们及其事迹与故居，不仅成为大埔客家人们学习的榜样，成为大埔历史和文化的璀璨明珠，而且激励着大埔客家人继续开拓创新、自强不息。

（二）华侨精英——印尼侨领张弼士

张弼士生于1840年，是著名的企业家和商界大亨。他16岁从大埔到印度尼西亚经商，当过帮工，开过商行，采过锡矿，实业兴邦。他曾投资国内铁路、远洋、酒业等，开办张裕酿酒公司、远洋航运公司、葡萄酒厂等，商业鼎盛时全部资产达七八千万两白银，成为海内外侨商的首富，被誉为"中国的洛克菲勒"。

他从商也从政，既是商界大亨，又是政府要员和爱国侨领。他曾在国外先后任槟榔屿领事、新加坡总领事，国内先后任商务部考察外埠商务大臣、闽粤两省农工部大臣、钦命头品顶戴、光禄大夫、太仆侍正卿、粤汉铁路总办、佛山铁路总办、总统府顾问和工商部高级顾问以及南洋宣慰使、参政院参政、全国商会会长等职。

他还是著名的慈善家。1900年黄河决口，张弼士急回南洋，募捐百万两银款赈灾，清政府为此赐其"急公好义"牌匾。他帮助和支持孙中山先生开展民族革命事业，支持同盟会革命活动，通过胡汉民资助孙中山30万两白银作为活动经费。他与张耀轩以南洋中华总商会名义，给孙中山捐赠了巨款。他还热心于社会福利事业，捐献巨资，兴学育才，为国内、香港、新加坡、马来西亚、印度尼西亚等地，兴建多座学校和汕头"育善堂"，设立嘉应五属福利基金，资助出国学子。

1916年张弼士在印尼逝世后，灵柩途经新加坡、香港，荷、英殖民政府为他降半旗志哀，港督亲往凭吊，孙中山派代表送挽联，潮汕群众予以祭奠。张弼士的豪宅在东南亚和国内不计其数，槟城"蓝屋"是保留最完整的张弼士故居。张弼士故居被御赐"乐善好施""急公好义"牌坊。大埔的张弼士故居建于1908年，被李鸿章亲笔题名"光禄第"，工艺精致，绘雕并齐，后被列为省级文物保护单位。

(三) 新加坡"国父"——李光耀

李光耀是大埔人和新加坡华侨的骄傲。他出生于1923年,来自中产阶级家庭,受外祖父母和父母的影响,自幼接受华文教育和英文教育,在家与父母说英语,与外祖父母说夹杂华语的马来语,与玩伴们说马来语和福建话。受祖父李云龙的深刻影响,他和父亲李进坤在英国殖民政府开办的莱佛士书院接受了初中和高中的英文教育。"二战"后,他获得大英帝国女王奖学金,先后到英国伦敦经济学院和剑桥大学留学,学习经济和法律。

1949年大学毕业,1950年加入争取马来亚独立为目标的团体马来亚论坛,并获得律师执业资格。1954年创建人民行动党,1959年成立新加坡自治邦,并出任自治邦政府首位总理,1961—1964年促进新马合并,铲除"马共",1964年新马分裂,1965年新加坡宣布独立。1965—1990年出任新加坡首任总理,1990—2011年为国务资政和内阁资政。

作者与菲律宾、美国老师在新加坡李光耀总理祖居 (2007)

在国家治理和发展方面,他始终提倡"亚洲价值观",提出"亚洲国家不需要完全依照西方的价值观行事"。他不理会西方国家对他的批评,认为西方民主不能强加给亚洲人民。在总理任期内,他积极采取多项政策,开发裕廊工业园区,创立公积金制度,成立廉政公署,推动经济改革与发展、教育改革等,倡导公共文明和公共卫生,实现了经济腾飞和社会快速发展,使新加坡在30年内从贫穷的殖民地国家发展成为亚洲的发达国家。在新加坡的政权独立和经济、政治建设方面，他做出了重要贡献，因此被尊为"新加坡国父"。在其影响下，长子李显龙先后毕业于剑桥大学和哈佛大学，曾任新加坡国防部部长、财政部部长、贸工部部长、副总理和第三任总理。

此外，在指导公众行为方面，他做了指令性研究，发起反对随地吐痰、嚼口香糖、喂养鸽子的公共卫生运动，禁止乱扔垃圾、在公共场所吸烟和说粗话脏话的行为，制定了严格的法律以及处罚标准，大力倡导和推广微笑、礼貌待人以及在公共厕所主动冲水的文明行为。因此，1994年他获得搞笑诺贝尔奖心理学奖。

作为客家族裔的杰出代表，由于对世界客家事务的影响和贡献，他被新加坡最大的客属团体（组织）——新加坡茶阳（大埔）会馆特聘为永久荣誉主席。他获得了两个荣誉博士学位。2000年香港中文大学为他颁发了荣誉博士学位，是因为他作为新加坡的政治家和国家建设者在"带领新加坡走向富强之路""以廉反贪""以法去乱""注重和平而避免冲突""协调种族而拘除仇视"等方面的杰出贡献。2005年复旦大学授予他名誉博士学位，是因为他在中新两国关系发展方面的重要贡献。

他的主要作品有《李光耀回忆录：我一生的挑战——新加坡双语之路》《李光耀回忆录》《李光耀：新加坡赖以生存的硬道理》《从第三世界到第一世界：1965—2000，新加坡历史》《李光耀观天下》等。其中，《李光耀回忆录》一书包含上卷《风雨独立路（1923—1965）》和下卷《经济腾飞路（1965—2000）》，记录了新加坡从殖民社会到现代社会的发展历程。

李光耀是华裔新加坡移民家庭第三代，属于典型的英属马来西亚人，其家族在马来西亚生活了半个世纪。曾祖父李沐文于1846年出生在大埔县唐溪村，18岁乘船到南洋经商。祖父李云龙1871年生于新加坡，父亲李进坤1903年生于中爪哇三宝垄。

他的祖籍是大埔县古野镇唐溪楼下村。据说，唐溪村李氏家族的祖先来自福建省上杭县稔田乡李火德，其后代李淳笃迁移到广东梅县（即程乡）居住，到其第13代李衍白时，即有7子、49孙、120个曾孙。李光耀曾祖父李沐文是李衍白第6代人，祖父李云龙是李衍白第7代人，父亲李进坤是李衍白第8代人，李光耀是李衍白第9代人。据《李氏族谱》记载，李光耀的曾祖父李沐文在新加坡又名李博文，是村里有名的秀才，还在清朝时官金城，捐中书科中书。1864年他离开大埔，去新加坡做生意发迹，成为新加坡富商。1884年他回到大埔县唐溪村建造了李氏祖居"中翰第"。

祖父李云龙曾在英国轮船上当事务长，经常航海到爪哇与附近岛屿，常与英国人说英语,又说客家话,常与他用英语交谈。祖父认为,英语是全世界最具影响力的语言,主张儿孙从小接受英语教育,使他自幼受到英语教育和英国文化的强烈影响。祖父的影响源于他曾在船上当事务长,因为当时那个轮船的船长是英国人。也许正是受英国文化的影响和后来到英国留学的体现与思考,为日后新加坡的文明建设奠定了基础、提供了思路。

父亲李进坤受过中等英文教育,讲流利的英语和客家话,先在新加坡壳牌石油公司任职,后自己开钟表行,经营钟表生意,祖屋"中翰第"交给族人看管。到了李光耀时,"中翰第"由堂弟李奋森一家看管。"中翰第"是新加坡首任总理李光耀的祖屋,属"下山虎"式、砖瓦结构的客家民居建筑,平房中间为厅堂,挂有李氏族谱及介绍,两旁有厨房、卧室等房间。

2008年经过政府拨款修缮后,"中翰第"变得美观漂亮,被辟为旅游景区"李光耀故居",并成为大埔县名人旅游资源,向游客开放,促进了地方旅游业发展。

作者与耿庆山副厅长、朱朝奉会长、刘学忠局长等在祖屋(2010)

(四)客家楷模——"国叔"徐统雄

徐统雄原名徐洞云、家名徐港宜,生于1886年,是大埔县三河镇汇城村人。他16岁随父到新加坡经商,因天资聪慧过人,不久便独当一面,经营

"富华""强华""国华"等商贸公司,成为新加坡颇有名气的富商之一。

1905年,20岁的他与孙中山结下深厚友谊,成为忘年之交。孙中山认为,"洞云"有遁世绝俗之意,随即为其改名为统雄。人们称孙中山先生为"国父",于是就称徐统雄为"国叔"。据《大埔县志》记载,"徐统雄与孙中山先生交情甚笃,成为挚友、忘年交,时人对徐也常以'国叔'称誉。"

"国叔"积极支持和资助孙中山进行革命活动。孙中山介绍他加入同盟会,鼓励他参与革命工作。他经常与孙中山先生一起四处奔走,为革命筹措资金,推翻清朝政府。辛亥革命胜利之前,孙中山到新加坡都在徐家食宿,与他共商救国兴邦大计。

为支持孙中山领导的民主革命,他爱国至诚、毁家纾难,典卖了新加坡的7间店铺及其资产,资助革命活动,使孙中山深为感动和信任,视为海外知己。为了纪念1918年孙中山5天大埔之行饬令护法之举,1928年春他到南洋筹集资金,1929年夏天在三河镇建成中山纪念堂,并将翁万达故墓道辟为中山公园。这样,纪念堂和中山公园成为中国最早的中山纪念堂和较早的中山公园,也成为大埔的红色旅游景观。

他不仅为官廉洁奉公,两袖清风,生活俭朴,先人后己,仗义执言,解除民困,而且热心公益,乐善济贫,重视教育事业。1915年他和陈嘉庚等一起,在新加坡发展华文教育,创办华侨中学、南华女校;1926年在三河镇与乡贤一起创办三河联校(今三河镇小前身)和三河中学。

(五) 客家楷模——慈善家田家炳

田家炳于1919年在大埔县古野镇银滩村出生。父亲田玉瑚以经商为业,平生为人耿直刚正,敦厚诚实,急公好义,济贫恤孤;母亲田房氏为人纯朴务实,克勤克俭。他自幼受父亲的熏陶,学经史习诗文,知书达礼,恪守孝道,勤奋好学、自强不息。在父母耳濡目染和古代圣贤忠孝节义故事的熏陶下,他秉承家训,以《朱柏庐治家格言》为教诲,养成了洁身自爱、刻苦自励的性情以及慈悲为怀、乐善好施的品格。

他接受了中小学教育,好学多思,勤奋进取,通经明史,见识渊博,初中二年级时因父亲去世,不得不辍学回家。此后他弃学从商,18岁开始做瓷土生意,20岁到南洋发展,开办树胶产业,39岁到香港发展塑胶产业,逐渐成为香港人造皮革大王和著名实业家。

他热爱慈善，独钟教育。他宽厚待人，谦俭克己，乐善好施，秉承"勤、俭、诚、朴"四德，继承和发扬了重教助学的优良客家传统。他认为，兴国之道在于人才，而人才培育始于教育，发展教育，培养英才。他一生捐资10亿多港元用于教育、医疗、交通等公益事业，捐资1亿多元支持大埔教育事业，在家乡创办了44间学校。

1982年他成立了"田家炳基金会"。基金会以"安老扶幼、兴学育才、推广文教、造福人群、回馈社会、贡献国家"为宗旨，其慈善项目遍布31个省、自治区、直辖市100余所大专院校的教育书院、40余所中学及横贯家乡的医院、道路、桥梁等，资助国家教育部"高等师范教育面向21世纪教学内容和课程体系改革计划"、北京市自然博物馆之生物标本馆及南京市中国科学院紫金山天文台之天文科学交流中心、全国乡村学校图书室550间等。

他热心慈善，誉满天下，被多所大学授予荣誉博士、院士衔，被数十所大学聘为荣誉教授，被30多个省、市、县授予"荣誉公民""荣誉市民"称号，1982年获颁英女皇荣誉奖章，1996年被英女皇授予英帝国员佐勋章，1993年获得"田家炳星"小行星命名。

受他的深刻影响，涌现了许多客家楷模。例如萧畹香先生坚持兴学育人，在家乡建成规模宏大的进光中学；揭永生先生及其兄妹已为母校虎山中学捐资2000多万元人民币；张耀华先生捐资2500多万元支持实验小学的建设；廖光明、何瑞香建立廖光明教育基金会，每年用45万元奖励大埔师生；大埔各镇、村，众多的侨贤、乡贤、校友一如既往地为当地中学、小学、幼儿园排忧解难，为建立奖教奖学基金慷慨解囊。

（六）客家楷模——革命先驱邹鲁

说起邹鲁，大家熟知他的名字，正如熟悉中山大学一样。他生于大埔县，不仅是国民党的革命元老，而且是中山大学的创建者和首任校长。邹鲁早年追随孙中山革命，是中国革命早期响当当的名人。据说，在孙中山遗嘱签名处，也有他的名字，这足以见证他在国父孙中山先生心目中的重要地位。

我偶然读到《邹鲁回忆录》一书。书中有邹鲁追忆他母亲的文字，两处描写让我感动得流泪。一处是邹鲁年幼时，有一次与邻居的孩子玩耍，他的物件被邻居的孩子毁坏了。这时，他的母亲恰从外面归来。于是，他就在母亲前哭诉，意思是要母亲责骂邻居的孩子。可是，母亲抱着他痛哭，他感到莫名其妙。许久，母亲慢慢说：我望儿读书立志，一定要有远大的抱负，没想到竟然与人争此细小的事，这绝不是我对儿的期望啊！听了母亲语重心长的教诲，邹鲁大为感动，从此做事谨慎，不敢因小事与人做无谓的争斗，母亲始为之宽慰而欣喜。另一处描写是：邹鲁15岁时，母亲因积劳得了病而无钱医治，也没有好好休息和调养，所以病情一天天加重。邹鲁16岁时，在阴雨霏霏的一天，母亲便与世长辞了。在弥留之际，母亲屡次目视一处，似有所示，举物请示，皆微微摇头否定。及至逝世后，才找到母亲目视的地方，从眼镜袋里，掏出两角钱。顿时，母亲的清贫和慈爱，让邹鲁心血腾涌，泪从眶出。

善良而勤劳的母亲，正如千千万万的客家妇女一样，坚守贫寒而含辛茹苦地供养孩子读书。这种在客家妇女言行里体现出来的，典型的客家耕读文化、崇文重教传统，使众多客家后代读书成材。慈爱的母亲，一方面使他体会到仁爱的真义，另一方面培养了他独立奋斗的精神。后来，邹鲁终成经世致用的栋梁之材。

邹鲁追忆他母亲的两处描写，一直留在我脑海里，时时感动着我。大埔有很多这样的名人故事。可以这样说，大埔之所以名人辈出，主要是因为客家耕读文化、崇文重教优良传统的代代传承。邹鲁是大埔县茶阳镇长治仁厚村人。现在的仁厚村有邹鲁的祖居——敬爱堂。敬爱堂正门前方，竖有好几支石华表，这些石华表记载着邹氏祖先耕读传家、功成名就的荣耀。敬爱堂作为名人祖居，长期以来为海内外众多游客所关注。

（七）客家人的女婿——诺贝尔奖获得者

田家增是知名企业家、慈善家田家炳的堂兄，祖籍梅州大埔县，旅居马来西亚。女儿田东山出生于马来西亚，1973年在美国明尼苏达州的德鲁斯大学读生物学专业本科，与读医学预科的布莱恩·科尔比卡相识，两人于1978年结婚。生育两个孩子以后，她在斯坦福大学医学院获得博士学位，并在红木城凯撒医院做内科医生。1989年他们夫妇到斯坦福大学，成为分子和细胞生理学创始人Richard Tsien博士研究部门的成员。她多次陪同丈夫到清华大学访问，并担任清华大学实验室翻译。

美国科学家布莱恩·科尔比卡于 1955 年出生在明尼苏达州小瀑布城。他希望成为一名医生或老师。本科毕业以后，他进入耶鲁大学医学院读书，并获得硕士学位。1981 年他在耶鲁大学医学院，获得医学博士学位。此后不久，他便成为杜克大学的博士后学生。他在斯坦福大学医学院任分子和细胞学教授，与罗伯特·莱夫科维茨因在"G 蛋白偶联受体"研究方面的贡献，被授予 2012 年诺贝尔化学奖。

瑞典皇家科学院赞扬两人研究细胞的感应机制取得突破成就，为医学界进一步了解糖尿病、心脏病、肿瘤、精神学病等疾病的起源与治疗做出了重大贡献。大埔为这样的女儿和女婿感到骄傲和欣慰。像他们这样的优秀儿女举不胜举，都成为大埔人民骄傲！成为为党为国争光，为人民服务的典型，一直影响着后人。

四、名山胜景　最美小城

（一）风景名山——秀丽西岩山

西岩山距县城 30 公里，位于大埔县东南部与饶平县交界处，清朝时已经成为"名山胜景"。西岩山延绵数十公里，梯形茶田秀美苍翠，怪石嶙峋活灵活现，山上云雾缭绕，仿佛进入人间仙境，而且峰顶有一个奇石，貌似龙船，悬于空中，神奇无比，还有一个国家军事测绘局的测绘标志。山间含情脉脉的泉水，时而在欢快流淌，时而如壮观的瀑布飞泻而下。山下小溪清澈见底，脉脉含情。优美的自然风景和千年古寺、山水田园、土特名产、风味小吃，每年吸引着数以万计的海内外游客，到西岩山游览。

关于西岩山的美景，康熙时期，进士杨之徐曾经这样描绘："望到西岩不尽峰，连天翠色意何浓；一朝雷雨绕云起，却怪深山有伏龙。"如果到了西岩山，就可以游览山上的"小京城—北坪""鸡公髻石""清泉石上流""西竺寺"等景点。著名的西竺寺建于唐代，清末进士杨壁远用一副对联来描绘这座名扬四海的寺庙,即"石盖自天开 倒覆掌平摩僧顶,山峰特地起 面立当空显佛头"。过了西竺寺,还可以看到"天狗望月""七星石""仙人桥""撑腰石""仙人打鼓""飞来石""仙人茶壶"等景点。

说到七星石,还有一个美丽的传说。很久以前,中秋节的夜晚,月光皎洁,群星点点,七个美丽的仙女结伴下凡来到西岩山,看见林木苍翠,怪石嶙峋,泉水叮咚。她们品茗作诗,欣赏美景,竟忘了返回天宫。公鸡一叫,仙女回不了天宫,就化成了石头并排站在西岩山上。天上的神仙们修了"仙人桥""高升平台",营救她们"步步高升"回到天宫,安享天伦之乐。

西岩山麓有西岩茶乡度假村、西岩山茶叶基地和依岩寺。西岩茶乡度假村是别墅区,内有8栋休闲度假的高级别墅。别墅区内小溪流淌,瀑布悬练,溪水清澈,登山石径别出心裁,沿途岩石刻着"寻找机会"等字眼,修建了品茶阁、山歌台和小型游泳池,内有清澈凉爽的山泉池水,可以在品香茗时听客家山歌。西岩山茶叶基地位于西岩山麓,有2万亩优质茶叶茶园,这里位于海拔1000米,常年云雾缭绕,土地肥沃,方圆几十公里内无任何污染,盛产的乌龙茶以"清、香、甘、滑、醇"而享誉海内外,成为茶中精品,多次获农业部银奖、金奖以及国际大奖。如今西岩山周围的几个茶场,已属于广东西岩茶叶集团公司。

依岩寺远近闻名,供奉有观音菩萨、惭愧祖师等,还住着一些尼姑大学生,她们都有大专或本科文凭。寺门还有"五山"和"五水"对称的对联"倚岩巍峨屹高峰,小溪流淌汇大海"。一首古诗对依岩寺作了生动描绘:"久闻依岩景生成,今日到此果然真;前面鞍山成照壁,后石山峰似回屏;左右龙抓地势好,中间落脉结庵亭。"

(二) 宗教旅游景点——千年古刹

大埔是宗教文化历史悠久的游览胜景。据说9世纪,佛教传入大埔;清朝末年,天主教和基督教传入大埔。此后,这里宗教文化活动络绎不绝,因此出现许多古刹也就不足为奇了。著名的有万福寺、启明寺、文武庙、福山寺、广福宫、盘湖庵、基督教堂等。

万福寺位于大埔大麻镇的阴那山麓,始建于公元819年,是粤东千年古刹、韩江水系四大名寺之一,寺内香火旺盛,内有大雄宝殿、观音殿、祖师宝殿、弥勒殿、天王殿、普贤殿、文殊殿、藏经阁、居士楼、罗汉堂、福禄堂、钟楼、鼓楼、山门等，还珍藏着镇山之宝"佛光大藏经""频加大藏经"，内有佛、法、僧等十三尊诸佛及四大天王、十八罗汉等108尊菩萨。据说，观音殿开光时，还出现了七彩祥云。

启明寺位于大埔县光德镇，始建于明朝，内有慈悲娘娘、玉皇大帝，香火鼎盛，门联曰"天半未霞云中白鹤，山间明月江上清风""游目怀此地有崇山峻岭，仰观俯察也天朗气清""启来一角山灵谁为梅檀辟界，明证三坐石上我寻善树修缘"。文武庙位于富善街，建于1891年，庙内供奉文武二帝，被列为受保护建筑物。

福山寺位于大埔五虎山公园内，由大雄宝殿、祖师殿、文武阁等组成，还有弥陀殿、药师殿、海会塔。大雄宝殿为福山寺正堂，两旁为钟鼓楼，内有直径1.62米的大鼓。文武阁建于1777年，雕梁画栋，顶为重檐歇山式，镶嵌着双龙戏珠，底层祀关帝，一层祀三帝，二层祀文帝，三层祀魁星。

大埔许多千年古刹，不仅反映了这里的宗教文化的悠远，渗透了民间文化和故事的精髓，而且显示了大埔精湛的古代建筑技术和雕画艺术。

（三）田园景观　最美小城

大埔是粤北风景优美的山城。秀丽的田园风光、天然美景，给美丽的山城增添了秀色和魅力。西岩山林木苍翠，泉水叮咚，奇山怪石；阴那山怪石嶙峋，云雾缥缈，雄奇险峻；双髻山峰高路陡，竹海蕉林，石奇洞幽，寺庵掩映。丰溪林场风光秀丽，古木参天，众多珍稀动植物，成为天然生态公园。这些秀美的自然风景，不仅吸引着客居海外的客家侨胞，经常回到故乡，支持故乡建设，而且吸引着来自全国各地的游客来到这里，欣赏和领略大自然的美丽与魅力。

更难能可贵的是，这里资源丰富，建筑古朴，民风淳厚，不仅养育了许多客家名人志士，而且出现了许多富有客家文化气息和地方特色的人文景观。大埔历史上名人绅士众多，例如乡绅宋布衣、香港著名慈善家田家炳、兵部尚书翁万达、陕西按察使杨缵绪等。

著名的人文景点主要有明代兵部尚书翁万达之墓、全国最早的中山纪念堂、李光耀祖居、张弼士故居、杨缵绪故居、中山公园、明代古城、韩江源、

"父子进士"牌坊、三河坝战役烈士纪念碑和烈士陵园以及双髻山森林度假区、三河坝旅游区、丰溪林场省级保护区、阴那山的万福寺和灵光寺、西岩山的依岩寺等。大埔有文物遗址和名胜古迹 200 多处,还有 6 处省级和 24 处县级文物保护单位。

秀美的田园风光、古朴的民居建筑、悠久的人文景观、淳朴的客家民风、璀璨的客家文化、众多的名胜古迹等,吸引着海内外游客,不仅使大埔获得"客家世界的香格里拉"的美称,而且在 2009 年"中国最美的小城科学发展高峰论坛"和"中国最美的小城推介结果发布暨颁奖大会"上,赢得"中国最美的小城"的荣誉。

作者与朱鹤亭会长(中)、朱朝奉会长(右)合影(2014)

作者与尚记邓丽芳董事长合影(2015)

第二部分

勤奋智慧 自强不息

作者在老家大埔（2010）

一、勤劳智慧　家庭兴旺

我的爷爷是地道的大埔人，是新中国成立前参加革命的老干部，在"文化大革命"中被造反派迫害，不幸致死。奶奶是战争年代的"双枪老太婆"，如今已是一名离休干部。在这个红色家庭，我的父亲早年求学，因家境贫寒，考上高中后放弃读书，主动担起了养活全家的重任。20世纪60年代父亲在县公路局工作，每天起早摸黑，很少有时间照顾家庭。后来又转到肉联厂工作。

我的外公早年出国到新加坡经商，后来归国成家立业。我的母亲出生于中国葡萄酒之父张弼士的家乡——大埔县西河镇，是8个兄弟姐妹中的大姐，从小就担当起照顾几个弟妹的责任。母亲念过高中，后先在小学、中学做过民办教师。20世纪60年代结婚后，生育了我们5个孩子。

为了改善家庭生活，20世纪70年代父亲辞职下海，开了潮梅餐馆，身兼老板、大厨、采购员数职，在菜式上下足功夫，品尝菜的味道，细心观察剩菜多少，不断改进菜肴，多做街坊生意，经营上薄利多销。他的拿手好菜爆炒猪肠等，曾经被香港《大公报》《文汇报》等报道。后来母亲也一起帮忙。潮梅餐馆由夫妻小店发展成为有几十个员工的中档酒家。酒家不算高档，名气却相当大，生意红红火火。这样我们一家人逐渐过上了温饱的日子。

母亲是贤妻良母型的客家妇女，把家庭安排得妥妥当当。一面照顾家庭，一面帮助父亲打理生意。父母亲非常重视对我们的教育，管教很严，教我们读书做人。

20世纪60年代，父亲没开餐馆之前，正是全国闹饥荒的时候，是全家最艰苦的时期。那个年代根本谈不上营养，就连填饱肚子都成问题。一家8口人，上有老、下有小，每餐饭就是一大锅稀粥和几个番薯。

20世纪70年代末到80年代初，家里开了餐馆以后，生活一天天好起来了。父母从没忘记乡里乡亲，对有困难的左邻右舍、孤寡老人、小孩甚至乞丐，能帮就帮，从不计较。他们经常嘱咐我们，给曾经帮助过我们的亲戚邻居送节日礼品。每年春节回老家，父母总去看望乡邻，送钱送物，嘱咐我们和孙子们要记住那些好心人。

父母相敬如宾、勤劳俭朴，经过他们的精心经营，我们的家庭经济和生活都好了；而且他们的5个子女相继考上大学，如今都已成家立业，在各自岗位上做出了成绩。我的大哥曾是边防武警，当兵转业后，自己经营公司。我也由中学教师考录为国家公务员，现在省民政厅工作，获得多次嘉奖。我的大妹曾在梅州市大埔电视台任财务总监，现经商。我的小妹在深圳供电局工作，是一名优秀的干部。我的弟弟是全国劳模、十杰市民、国际散打冠军，现任中山市某区公安局局长。我们兄弟姊妹的六个孩子正值青春年华，勤奋好学，爱好广泛，喜欢写作文、跳拉丁舞、吹葫芦丝等，获得过全国奖项，最大的孩子已经考上了重点大学。

我们五代人的家族其乐融融，经常进行家庭聚会，相互交流，分享温暖和幸福。更为感叹的是，父母省吃俭用，把攒下来的钱用于公益慈善，而且还带领我们做慈善。为了村里的乡邻出行方便，在父母的倡议下，我们兄弟姊妹五个和父母共同捐出8万元，用于村里修路，为村民们发展创造条件。我们几个不在老家，父母有时自己捐钱安装村路灯，看望孤寡老人。因此在父母言传身教、潜移默化的熏陶下，我们这个家族形成了勤奋智慧、乐善好施、自强不息的家风。一直以来我都在力所能及地做公益事业，已连续做了二十多年，主要在教育方面扶贫助困、义教、建图书角，已在26个省铺开，引领爱心人士同行。2016年初我把自己给"捐赠"了，响应卫生部、红十字会的号召，我是政府机关第一个做"遗体捐赠"的干部，引领了近3万人捐赠，至今没人破这纪录。

作者第二次到清华大学（班长）学习时与国务院法制办朱卫国司长合影（2009）

二、赤色家族　清贫童年

爷爷、奶奶和父亲两代人都参加过革命,当过兵打过仗。因此从爷爷奶奶那辈开始,再到我父亲这辈,我的家族可以说是红色家族了。奶奶曾是战争年代的军人,爷爷当过军官。在我的记忆中,对爷爷的印象比较模糊,而奶奶对我影响最深刻的是她的教诲:不要随意拿别人的一针一线,更不能占别人的小便宜。要学花木兰替父从军,学岳飞精忠报国……奶奶在我幼小的心田植下了勤俭自励的种子。

赤色家族的另一则含义,就是我们家也像当时大多数家庭一样,都是赤贫家庭,有那个时代的普遍特点。即使父亲、母亲读过书,我们家也不能幸免贫穷。

我在家里排行老二,前面有大哥,后面有弟弟和两个妹妹。母亲生下我没几天,因为家里穷,后来的爷爷又没有孩子,哥哥4岁就过继给他了。

童年应该是天真无忧的美好时光,但对于与我同时代的人们来说,贫穷是童年最深的记忆。在那个非常的历史年代,特别是20世纪六七十年代,那个时代的孩子无法逃离历史和现实,更不能逃脱赤贫的童年。那时自然灾害不断,政治浪潮不停,全国生产遭到严重破坏,人们得不到基本的生活保障。客观的自然灾害和人为的生产破坏,使大多数人都处于饥饿贫困状态,甚至死亡的边缘。因此赤贫,成为那个年代的重要特征。作为偏远乡村的村姑,我同样也不能幸免童年贫困的命运。因家庭贫寒,童年的我不得不承担母亲的助手和家中大姐的责任,带弟妹、种菜、割菜、洗衣服、养鸡、养猪……当时衣服不够穿,只能接收别人的旧衣服。

吃饭是童年生活的大问题。那个年代一般家庭都有四五个孩子,有的家庭甚至十个八个孩子,这样一家人吃饭就成了问题。不断的政治运动,使生产遭到严重破坏。那个时候,在农村,向国家义务交公粮,是老百姓的责任和历史习惯,经数次改朝换代也从未改变。我家也一样,家里虽然种了水稻,每年要用稻谷交公粮,剩余的稻谷仅够一家人半年生活。我们每天仅能吃粥,能喝饱肚子就已经很不错了。难得的一顿饱饭,就像过春节一样高兴,这样的童年可想而知。

　　回忆童年，借大米是一件印象深刻的苦涩记忆。尤其春天青黄不接的时候，家里一连几天没有大米煮粥。那时候，到亲戚或邻居家借大米维持生计，不仅是父母犯难的事情，而且是我有时要做的事情。母亲向邻居借了几次大米之后，因为没有米还人家，就不好意思再去借了。我是大姐，自然就应为母亲分忧解难。母亲常常硬着头皮，让我拿着一个小袋子，到好心的邻居和亲戚家借米。亲戚和邻居们虽然大米也不多，但也经常几斤几斤地借给我们，这样够一家人几天煮粥喝。

　　在我的记忆中，借米的事情至少有三次。我们几个长大后，各自成了家，母亲经常告诫我们"富贵不能忘记贫穷，要不是当年那些邻居和亲戚经常借给我们大米，我们早就饿坏了"。她要我们记住那些好心的邻居和亲戚，也要我们经常帮助那些穷人和老人、孤儿，要我们记住受人"滴水之恩，当以涌泉相报"。对于那些曾借过米给我们的亲戚和邻居，我每次回大埔老家都会去看望他们，顺便给他们一些礼物和零花钱。我从事民政工作二十多年，业余时间喜欢做慈善和义工，虽然我不像亿万富翁那样富有、慷慨，但每年都拿出自己的书稿费，到贫困地区帮助有需要的人，并引领大家一起参与慈善活动，如今做快乐慈善和做义工成了我一生的追求和爱好，这与母亲的教诲和我的童年生活有直接的关系。

　　在童年的记忆中，依稀记得"穷人的孩子早当家"的乡村谚语。我是大姐，很早就挑起了家务重担。当年父亲在县城上班，母亲在乡村种田。我打小就开始帮母亲操持家务，在厨房内站在小板凳上煮饭烧菜，到山坡上打猪草，还照顾弟弟和妹妹，给他们穿衣喂饭。那时我才6岁。后来爸妈开餐馆时，我就更要负责家务了。

　　在童年的记忆中，父亲是一个严厉的人。他严厉的性格也许来自爷爷、奶奶的军人作风。战争的残酷和严峻考验，造就了父亲严厉的性格，也使父亲养成雷厉风行的作风。因此以前在我们家有个惯例：父母打你时，是不准哭的，越哭，打得越狠。遇到委屈的事情，不能随便顶嘴，这样使我养成了倔强忍耐的性格和雷厉风行的风格。记忆中最深刻的是，有一次在家里，弟妹们在打架哭闹，我站在一边看，没有劝架或管教他们。父亲用细细的柳条，狠狠地抽打我的腿。当时还不明白为什么打我，后来才知道是我没管好他们，因此我学会了管好兄弟姐妹。

　　童年生活的改变要从父亲辞职开始。为了全家团聚和改善家庭生活条件，父亲也像客家先辈一样，勤劳进取，务实开拓，寻找新的谋生路子，最早决定下海经商。和母亲开餐馆，起早贪黑忙活。我读书及操持家务，照顾几个弟弟妹妹的生活，这样，全家人的生活逐渐得到改善，而且使我们姊妹几个有书读有饭吃，还可以吃到饭店的美味菜肴。如今父亲和母亲都近八十岁了，在中山养老，不时回老家看望那些好心的邻居和亲戚。

父亲母亲对我的童年影响很深刻。他们对我们姊妹严格要求，对他人则宽厚仁慈，这使得我在人生的道路上学会了严于律己，洁身自爱，宽以待人，公平合理。童年的时候，他们经常跟我们说"如果谁在外面乱来，就拉出去打死；打完之后棍子都要扔到河里去"。正是这种严格的教育，培养了我"莫以恶小而为之，莫以善小而不为"的严谨，使我在30多年的官场中能够洁身自好。这是从小受传统文化和父母教育影响的结果。印象更深的是，20世纪七十年代，我上小学五年级了，父亲在经营大排档，有一次有人借了我们店的绞肉机，结果不小心搞坏了，人家买了一个新的绞肉机还回来。无意中，我听见父母亲在商量："人家还来的是新的，原来那个我们已经用了大半年了，是不是要退还一点钱给人家？"结果父亲主动退还一些钱作为折旧补偿。我对这件事印象很深刻，因为父母亲做事很有分寸，讲究公平合理，"不要贪别人的便宜。"因此，童年的教育对一个人的一生具有重要影响。

三、求学之路　蜿蜒崎岖

大埔世代相传"男人无文盲，女子无小脚"的乡风，崇尚教育、勤奋好学的传统延续至今。这里大街小巷，各种书店多不胜数，历史上的状元和举人不胜枚举，明清期间人才辈出。大埔具有中原汉族重视教育传统的文化特征。大埔人智慧勤劳、自强不息、崇文重教、慈爱宽容的客家文化传统和品格，在为人处世中彰显个性，独具魅力。

正是受客家文化的熏陶，我从未放弃过求学之路。母亲高中毕业，做过教师，有一些学问，在我小的时候，就重视对我和弟妹们的教育，经常给我们讲故事，我们似懂非懂地听着。岁月匆匆，人生如歌，我也像村里的其他小孩子一样，匆忙踏进了小学大门。此后母亲就把自己以前的小学、中学课本和一些书送给我看。阅读的书越多，我就越喜欢读书，自然就有很大的成就感,读书也就成为很快乐的事情。因为从小喜欢读书,我成绩一直很优秀,学校免了我小学五年的学费。小学期间,我连续五年担任班长。作为班长,遇到男孩子上课不听话或课堂捣乱的时候,我总是很严厉,记得有一次还踢过一个特别爱捣乱的同学一脚……

童年悄然而逝,青春迎面而来。从小学进入初中,我由顽皮的女童出落成为一个亭亭玉立的少女。这期间我一直担任班长、班干部。因为从小喜欢看书,我经常一边煮饭一边看书。看书让我得到了很多乐趣,并使我养成了阅读的习惯。那时看的书主要是历史、文学类,像"四书五经""四大名著"以及"老子、庄子"等。

到了高中,还是要照顾家庭和兄弟姐妹,但我的学习成绩依然保持优秀,且一直担任班长、班干部。学校免去了我高中的学费。此时,考大学、跳出龙门的梦想越来越接近现实,我读书的兴趣也更浓厚,特别喜欢一些女强人、历史名人,例如撒切尔夫人、甘地夫人、希拉里等,她们是我心中的偶像。然而命运似乎在故意考验我,给人生增添一些传奇色彩。就在高考前夕,因体育考试,头部意外摔伤,我不得不在医院治疗,不能参加高考。老师和同学的惋惜,头部剧烈疼痛的无奈,引起了我内心的悲凉。

当时我的英语成绩在全校排第一,随着头部伤痛渐渐好转,高中时的校长到教育局当局长挑选我去华侨明德学校教英语。我继续保持着读书求学的习惯,还特别喜欢"国家大事"方面的书籍,却从来不看通俗类的杂志。记得十八九岁的时候,咬牙用几个月的工资买了一整套《资治通鉴》。

做了教师之后,我所带的初中毕业班在全县中招英语考试中连续三年成绩名列全县第一。此后,我又考上了英语师范专科和广东教育学院本科行政管理专业,获得了专科和本科毕业证书,成为嘉应学院的英语教师。之后,调入广州市18中、113中学任教,90年代初,参加了广州市第一届公务员考试进了天河区政法委工作。我对知识更加渴求,连续攻读了教育管理、工商管理、行政管理三个专业研究生,获得了两个硕士学位。进入民政厅工作以后,又获得公共管理博士学位。

作者博士研究生毕业照(2002)

四、学为人师　行为世表

  我在高中毕业后，选择教师这一职业，既是无奈的偶然，也是现实的必然。说是无奈的偶然，就是高考前偶然的头部摔伤，造成了我放弃高考之后无奈的职业选择。说到现实的必然，一方面与传统社会下女性的职业角色和社会地位有紧密的关系，女性做教师，可以教育好子女，还可以照顾好家庭，过稳定平静的日子；另一方面，受母亲做过教师的影响，我从小对教师这一职业产生好奇和兴趣。因此在无奈的情况下，选择喜欢的职业，体验职业的成就感和乐趣，就成为现实中职业选择的必然。"学为人师、行为世表"这一北师大校训，恰好反映教师这一崇高职业的基本要求。

  我的人生中曾以教师为职业，经历了从民办到公办、从中学到大学再到中学，再考公务员，在政法委工作，再到区民政局，再到省民政厅工作的曲折转变，职业生涯可谓丰富多彩。对于教师这一职业，当时我认为"无论做什么职业，要做就尽力做到最好。"当教师时经过不懈的努力，终于换来丰硕的成果。我所带的班级在全县中考成绩总分排第一，得到了学校和教育局领导好评，每年被评为优秀教师。

  从嘉应学院调入广州市后，当时学校没有给我分配住房，我和家公家婆就一直住在学校由教室改用的临时宿舍，我仍然认真教书，把许多调皮孩子教得很优秀，我所教的班级英语成绩年年优秀，班级管理井井有条。当时我担任年级组长，后来在政教处负责管全校30多个班的学生思想教育工作，同时业余时间也在"炒更"，一方面贴补家用，另一方面解决自己家庭的住房问题。因为先生长年远洋出海不在家，我既要照顾公婆，又要忙于教书，还要业余学习，炒更等，因此结婚十多年我和先生没敢要孩子……

五、感恩家人　经营家族

（一）感恩家人　珍惜婚姻

我与先生认识是缘分，认识不到一个月，他就出海远洋了，而我继续在学校教书。初恋的思念像野草一样快速生长。在出海的一年内，他坚持每天给我写一封信，表达对我的思念并告诉我世界各国的见闻，船舶每到一个停靠点，就立即给我寄信。一年以后，我带着厚厚重重的365封信和浓浓的情意和先生登记结婚了。那时我才22岁，他是我唯一的恋爱对象。可笑的是，结婚之前，我跟老公连手都没有拉过，可见当时的我们多么传统与"封建"。

结婚之后，因为先生是海员，常年不在身边，长期出海。因此我与公公婆婆一起生活，我义无反顾地担起了照顾公婆和亲属的责任。一直没有住房，为了解决住房，广州恢复招考公务员，我去报考，以第一名的成绩通过，调到政法委工作，不到半年，单位分了一套80平方米的房子，屋子放了6张上下铺的床，里面挤住了先生的亲戚，包括年迈的公婆、生病的大姑以及先生哥哥的女儿等。大姑因开大脑受损需要治疗，一天要吃几十种药。每天除了繁忙的工作外，我还必须为大姑奔走，经常为购买几十种药物而费神，照顾体弱常生病的家公家婆，那一阵子每天不得不在单位、医院与家之间往返几次。平时她们看电视时，声音会开得很大，我下班回家以后想看看新闻都没办法。我也从未与亲戚们红过一次脸，也不知道自己当年哪来这么多的精力。生活的艰辛磨炼了我从不轻言放弃的个性，使我做到了在别人看来常人难以应对的事情。

善待、感恩公婆，是客家女人的传统。公公婆婆原来是镇上食品公司的职工，有一点农村的风俗习惯，思想也非常传统。虽然我和公公婆婆生活上有点差异，但说起大的矛盾还真没有。刚结婚的时候，我跟先生回老家住，每顿饭吃完了以后，碗筷都要留给我洗，因为我是家里最小的媳妇。当时由于家里还没有洗衣机，婆婆就把她儿子的衣服拿走去洗，而把我的扔到一边，

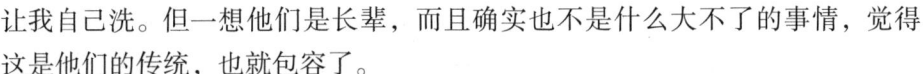

让我自己洗。但一想他们是长辈,而且确实也不是什么大不了的事情,觉得这是他们的传统,也就包容了。

从我和先生结婚至今20多年了,家公家婆一直跟我们一起生活,我内心十分感谢他们。如今家婆已90多岁,以前她有时配合保姆在家做饭打扫卫生,指导保姆帮我照顾孩子,使我安心工作。我经常忙于工作和民间慈善,即使双休日,也在做公益,当然我在平时还是尽力挤时间料理好家里、孩子和老人的相关事宜。

以前先生长期出海,家里的事情很少能顾及,甚至大年三十万家灯火的时候都不在家,那时我的内心也有怨气,但我和先生从未吵过架,更没有闹过离婚。我从小受家庭影响,就比较自立,我觉得人活着不要老指望别人对自己付出多少,要反过来想自己为别人付出了什么;我觉得生活的烦恼、困难,不能成为一个人自我放任的理由。

宽容理解是维系良好夫妻关系的关键。了解自我,宽容先生,就是善待家人。我和先生之间的个性差异很大。先生喜欢过一种逍遥的生活,比如这杯茶,假如不好喝,他就不喝了;但为了解渴,我还是会喝下去的。这是我们不同的观念。在事业的追求和人生发展方面,先生觉得人生苦短,不要那么累,从来没有为"进修"费过心思。而我不断提高自己,进修了几个专业,继续读博士研究生。这样,他和我之间形成的反差,使我觉得他太"不求上进"了。正是这种性格的差异产生了一些分歧,但是为了解决分歧和婚姻中的小矛盾,我就使劲去找他的优点,比如他的品行不坏,没有出去到处招惹麻烦;再有,他对我还很是尊重,支持我的事业和理想;他还有一个很大的优点,凡事不太计较,能够包容,脾气较好。这样一想,就觉得他实在、质朴,难能可贵,给我免去很多"后顾之忧",使我能专心工作。所以家庭的事情不能钻牛角尖,要跳出来想一想,很多"关卡"也就过去了。

相互尊重、关爱理解是一家人和谐相处的基础。我觉得人都是通情达理的,关键是你要理解、尊重他们的想法,大家就能相互理解、和平共处。必要的时候,需要彼此开诚布公地沟通。比如以前我给公婆讲一些工作上的事情,他们觉得我也挺不容易,婆婆知道我喜欢吃青菜,煮了青菜就会放我面前。婆婆耳朵有点背,有时我说话声音稍微高一点,对方也就"嘿嘿嘿"笑几声就好了,没有什么事,大家都很珍惜这个家庭的感情。公婆生病的时候,我肯定比我先生还着急。由于先生常年跑远洋,像带老人上医院这样的事情大多由我来做。

经营好婚姻,善待家人,也需要洁身自爱,经得起诱惑和考验。社会诱惑很多，我比较自爱，早就采取防微杜渐的态度。以前做老师的时候，一些学生家长、老板或者朋友经常打电话约我出去吃饭，但是我一般都不会去。先生知道这些，对我很放心，我不能有愧于他的"放心"。有时候也会烦恼，就自己转移注意力，多看书学习、多做运动，多做好事、义务讲课，当然有时也"炒更"。所以养成了爱工作、爱学习的习惯。

朱鹤亭长老、廖健康会长、孙春宁主任、郭小刚所长与作者家人合影（2016）

先生常年远洋在外，我们结婚近十年才要孩子。孩子出生时难产，经过医院急救，才保住孩子的生命，因此我十分珍爱儿子，重视儿子的抚养和教育。我觉得对从小的教养和习惯培养一个人最重要。现在很多家庭，一方面家长教育观念落后，缺乏先进的教育理论指导，另一方面大多数家长教育孩子不得法，因此非常头痛的事情是对孩子的教育。他们往往只关心孩子的学业，认为学习好了就是一切。这是孩子教育的一个严重误区：一是家长和教师高压逼迫，形成严重的逆反心理，容易使孩子产生厌学情绪，这将影响他一生的学业与发展；二是就算学习成绩好了，没有好的修养与心态，也很难在社会上立足。因此我觉得教育孩子，重要的是教他讲礼貌和守规矩，培养他养成遵纪守法的良好习惯，让他做出自己的选择。教育孩子，就要为孩子立一些规矩，但家长往往立不起来，我也一样，这方面我就不及我的父母了。本来，我曾是多年的"优秀教师"，教好了很多人家的调皮学生，但是轮到自己儿子的时候，我就郁闷了，觉得不好下手。欣慰的是，儿子有一个优点，就是懂礼貌，能体谅父母的辛苦，关键时候非常懂事，而且熟读四书五经，了解中华民族五千年文明历史。他的学习成绩还可以，高中二年级先后出版了7部作品。

（二）亲情至高　经营家族

我家兄妹五个都大学毕业，在各个行业中都做得很出色，而且彼此保持着浓浓的亲情。大哥公司经营有方、心地善良、孝敬父母，工作之余，常常做善事，是我的榜样。我坚持学习、勤奋工作、快乐生活，成为优秀公务员、省三八红旗手、省正能量先进人物等，也为弟妹们做表率，鼓励和支持他们勤奋进取。

我家大妹精明，会理财，做一个优秀的企业理财师。小妹妹有歌舞的才能，本科毕业后是南粤电网评估专家，常被评为工作能手。

弟弟从小好体育，在省运动队，16岁获得国际散打冠军，接着又去考本科。弟弟工作忙，我担心他抽不出时间，就买好参考书籍寄给他，告诉他无论如何都要考上。弟弟考上本科后，再也不用督促，而且自觉地读书，还考上了研究生，之后成为全国劳模和××市局长。看着弟弟妹妹们逐渐成长，个个变得优秀，我内心感到欣慰。

全家福（2011）

妹妹、弟弟们不断勤奋进取，个个家庭和谐幸福，而且他们的子女都很优秀。小妹的女儿黄思雨考上重点大学，并获得学校英语竞赛一等奖，担任年级班长；弟弟的儿子李峥曾获拉丁舞全国少年组一等奖；我的儿子兵兵也不错，获得全国计算机软件设计一等奖。

为了经营好家族，我们家族兄弟姊妹五个每年都会举行两次的大家族外出活动，促进相互交流，而且每隔两三个月就要见一次面，互相沟通。这样用心的经营，整个家族五代同堂非常和谐，可谓其乐融融，连朋友们也深感羡慕。我们兄弟姐妹每年捐赠几万元给乡亲们点路灯和共同供养一些孤儿，供困难学生读书等。以此表达我们对家乡的心意，反哺山村对我们的养育。

第三部分
踏上政道 修炼提升

广东省民政厅李建辉副秘书长在第二届中国民私营企业投融资高峰论坛会上发言（到会500人）

奥迪2010·转变中的中国机遇
Audi 2010 · Opportunity on the way to China in Transformation

一第二届中国民营企业投融资（东莞）高峰论坛
暨20○○企业多元化上市与融资对接会
The second Annual Summit Forum on Private Financing of private investment in China
Con... n Corporation Diversified Public-going and Financing in 2009

一、公考竞争　踏上政道

1996年一个偶然的机会，学生家长给我提供信息，我参加了广州市天河区公务员考试。幸运的是我被录用了，进入天河区政法委，由此踏上了政道。我先是担任天河区综治办基层科科长（三级警督），后任天河区双拥办优抚科科长、区民政局党支部书记、区社会组织管理办主任。

进入区政法委，在综治办基层科工作，因工作需要，我被调到天河区双拥办优抚科，开始了双拥工作。这个工作涉及处理军、警、民纠纷，也很复杂。我们那个辖区范围内有99家部队，我做到底数清、情况明，全部都有联络。有一次有个团级干部，他生活比较艰苦，小孩得了白血病却没钱治疗。当时我以双拥办的名义向外界发出倡议书，三天内筹了30万元善款，解决了病人的燃眉之急。这样一来，部队很感激我们地方政府，军民鱼水关系由此更加密切。

当时我经常要下部队，他们就说给我弄一个军用车牌，开车方便，还免路费，但是被我婉言拒绝了。他们觉得很不理解，因为这是很多人都求之不得的，而我却送上门都不要。我有自己的原则，好心做的事情未必就是合理合法的，我又不是军人，挂着军牌狐假虎威，就是一件非常不合适的事情。而且挂了军牌，在处理军民纠纷上，恐怕就有人怀疑政府的公正性了。

一分耕耘，一分收获。我的积极付出得到了政法委领导和同事们的肯定。在区政法委工作期间，我先后被市政法委评为"广州市人民满意政法干警""依法治区先进个人""综合治理先进个人""十佳政法干部"。

二、天河民政　全国先进

2002年，我调到天河区民政局，负责社会组织管理工作。天河区是一个高新产业区，经济发展特别快，因此社会组织也比较多，主要包括民办非企业单位、社会团体、基金会管理三块业务。民办非企业单位是指私立的中小学、幼儿园、研究所等；社会团体包括一些行业协会、校友会、联谊会、发展促进会等。基金会当时只是协助管理，在我们国家，社会组织是非政府性质的，在发达国家，它们的社会地位是举足轻重的。但有些部门不够重视社会组织发展，甚至有时看作"对手"，要制约甚至打压，我认为这种思想是错误的。一个国家的发展，社会组织越多，它自我治理能力越强，政府就越轻松，非政府组织应该成为社会良性运作的有力支柱。政府的作用应该是扶持、培育指导监督和管理，让它们健康发展，起到画龙点睛的作用，而不是把所有权力都抓在自己手中。

在我接管之前，天河区大概有80家社会组织，对它们的管理基本处于休眠状态，非政府组织的发展速度也比较慢，很多因素制约其发展。我接手之后，尽量在法律范围内建议领导给这些社会组织发展的空间，引导它们健康发展，三年内发展到了四五百家。

我先后走访了200多家社会组织，了解他们的冷暖饥渴，也了解管理中存在的一些问题，写了两篇文章刊登在我们区政府的《决策内参》里。领导看了以后，了解了我们这块工作的重要性，给予了很大的支持，每年拨给几十万元管理经费。这也是工作的一种方法，很多人怨天尤人说领导不重视，其实不要怪领导，领导管的行业、部门这么多，如果他对你这块不了解的话，又如何重视。因此，有所作为地争取领导的重视，不失为积极主动做好一项工作的办法。

为了方便管理、促进发展，我筹划成立了全广州市第一个社会组织发展促进会。筹备的过程很难，我们需要一个一个进行走访，了解大家对这样一个机构的意见，根据反馈意见调整工作计划。在这个过程中无形中产生威信，大家都说我是来帮助他们排解困难的。当时，天河区有200多家社会组织加入了发展促进会。每年可以收到十几万的会费,利用这笔钱,可以开展很多活动,组织不同行业的人进行培训,聘请了一两个工作人员做年检前置审批、日常咨询服务、组织外出考察,大家相互沟通交流,形成良性循环。其实社会组织发展促进会就是提供服务,要办实事,解决实际困难,不能只管收钱,也不能按政府上下级的行政命令那样对待,否则就没有生命力。

在天河区民政局工作期间,我先后担任社会组织管理办公室主任、民政局党支部书记、天河区社会组织发展促进会总顾问等职务。由于成绩显著,我几乎每年都被市区评为先进工作者,还被评为广州市首届"十佳民政干部",获嘉奖多次。2006年天河区社会组织管理办公室被评为广州市人民满意政法单位、广州市巾帼文明岗等,2007年此办公室被国家民政部评为全国先进单位,并且先后20次获得地方政府及相关部门颁发的"扶贫助困先进个人",及其他各类奖项近百次,并在广东省乃至全国各地介绍经验。

全国大会介绍经验并领奖(2014)

三、调入省厅 高扬风帆

由于我在广州天河区所做的民政工作积累了一点经验,取得了一些成绩,又恰逢广东省社会组织管理局扩编,省民政厅的领导找我谈话,希望我可以调过去。这属于跨级调动，我深感荣幸。于是2008年我作为人才引进被调进省民政厅社会组织管理局工作。

到了省民政厅以后，我首先在综合处工作，主要负责局里的宣传工作，同时也负责广东社会组织总会的日常管理。在这里，我发现广东社会组织更全面更系统。首先广东社会组织的数量在全国名列前茅；其次我们创新与松绑是最快的，行业协会创新、公益慈善类的社会组织创新、异地商会的创新，还有在社会组织里成立党工委、团工委、妇工委。此外，我负责筹办成立了社会组织等级评估中心，对社会组织进行等级评估，充分发挥社会组织的作用，把政府管不好、管不了的事放给社会组织来做。政府可以委托较强的社会组织来承接社会事务，并在社会组织中成立党支部，这对巩固我们的政权，对推动社会的发展是很有帮助的。在这个过程中，政府的职能就是发挥引导、扶持、培育、发展、监督、管理的作用。要把社会社会组织管理好，就要站高望远，要把工作经验和实践上升到一定的理论高度，利用理论成果的指导意义，巩固、发展和指导社会组织，就需要进行相关方面的法律政策规范，通过政策法规汇编把理论成果传播辐射出去。一个人做得再好，也是一时一事，工作就是要共同交流，互相学习。正因如此，我到省厅工作后，要做的第一件大事就是整理汇编相关的政策法规。负责省局宣传工作4年多期间，宣传工作评比每年名列全国前三名，4次在全国大会上作代表发言介绍经验，可谓在全国有点小影响。

在领导支持下，我所要做的第一件事情就是把民办非企业单位、社会团体、基金会、综合执法等法律法规进行编写，将1998年到2011年，十多年社会组织管理方面的法律法规编辑成书，要把这个工作规范起来。社会组织管理涉及很多方面，令出多头，时间跨度大，再加上人手不够，所以仅仅收集资料也是一项浩大的工程。加上自己是新调来的，情况不熟悉，对省厅的工作模式也不习惯，所以压力比较大。当时我每天都晚上八点多才下班，非常努力，花了大半年才终于完成了这项工作。书编好以后，缺印刷费用，还得筹钱出版，填补出版经费的不足。

在厅领导的支持下，经过多方协调，厅里给了8万元钱，剩下的由广东社会组织总会垫付。总会不属于公务员编制，但参照事业单位管理，工作人员的工资自筹经费解决。为了解决剩余出版经费，我负责广东社会组织总会的日常工作，总会所有经费仅有4万元，工作人员都快发不出工资了。经调查发现，300多个会员单位中有178个没有上缴会费，于是就找178个欠费的单位分批进行座谈，了解他们不交会费的原因，听他们的意见，归纳总结，尽力协调解决，最后都同意把没交的费用补上。总会组织开展会员单位法定代表人、秘书长培训等有偿服务，这样一来，政策法规书的出版经费也就解决了。

其实会员不交会费的原因很简单，是因为总会人手不足，两年都没搞活动，不能帮助他们协调或解决问题。社会组织的运行会遇到一些困难，比如一个学校的开办，需要得到教育局颁发的职业许可证，民政部门颁发的法人登记证，拿了民政部门的证以后，才可以办技术监督代码证，到银行去开账户，到地税、国税办地税、国税证，到分管卫生防疫的部门办理防疫证……大概要办齐10个左右的证，不是办理过程的每一步都很顺利的。如果卫生防疫站说厨房不行，需要改造，要花不少钱，但事实上可能不用这么多，所以群众会很反感。总会转变作风，改进服务，经过充分协调和帮助，解决他们的许多问题。这样他们就向总会靠拢，积极缴纳会费了，组织培训学习、外出考察也就踊跃参与了。

广东社会组织总会的日常管理方面的主要工作为：

（1）向会员单位提供有偿服务，进行从法定代表人、管理层到专职人员的培训。在组织去清华大学培训之前，我先请年休假一个星期到北京学习、考察体会，之后给领导写了一个报告，得到了领导的支持。举办了这种培训11期，其中有4期是把法定代表人带到北京培训，每期在清华大学学习一个星期，还请了国务院法制办、国家民间局局长来给学员们上课，课程的设置有实用性、有针对性，让大家受益匪浅。还安排了演讲与口才、音乐修养等课程，不仅要让参训人员在业务上，并且在人生修养上都有所提升。培训完后，很多人说：一辈子没有这么认真来学习过。

这些培训活动没有硬性要求，提倡自愿参加。许多人积极参与，也有些人确实很忙、走不开。因为人总是有先进，也有后进，像十个指头也有长有短的，长的让他先走，慢的让他后进，没关系的。我们分期分批组织会员单位参加培训。有的会员单位也会请我们过去指导，给他们的职员上课。

（2）加强总会规范化管理。进一步增强服务意识，明确工作规范。提供学习交流以及督促检查、评估等公共服务。让会员了解相关的法律法规、党的方针政策，督促他们依法依规办事。通过这些手段监督、管理、帮助、扶持、培育社会组织，让他们为社会发挥积极作用。由于施行规范化管理，总会发展了500多家会员单位，队伍得到进一步壮大。

在总会的日常管理实践中，我认真研究了社会组织的三个方面：一是行业内目前存在的问题；第二是社会组织可持续发展的管理方法；第三是非政府组织与全国各省的交流，与国际接轨促进发展的问题等，都尽可能以文章形式发表出来。同时还写了有关广东省的机构改革与社会组织的发展之间关系的文章，在大会上或报刊上发表，反应还比较好。

我在实践中研究思考，收集了大量资料，利用工作之余勤奋写作，完成了全国第一本研究社会组织的专著《社会组织的实践与感悟》，并由中央文献出版社出版。本书对广东社会组织如行业协会、基金会、民办非企业单位、城乡基层组织以及党工委的发展和创新，进行工作经验总结和理论思考与研究。该书得到了全国各省民政部门领导和社会各界的一致好评。广东省民政厅刘洪厅长为本书作序，对我的工作经验总结和理论学习研究给予了充分的肯定，鼓励我密切关注现实，勉励我继续勤于学习、勤于思考、勤于总结、善于钻研、不怕困难、努力工作。国务院扶贫促进委员会党组书记、秘书长、历史学博士张高陵研究员为本书作跋。在跋中，他说"把实践上升为理论著书立说的，在全国社会组织管理系统是不多见的。该书是一片叶笛，叶笛是摘一片较厚的鲜时树叶，放于唇中，两手扶叶，以气吹之，能吹奏出脆亮的音符。感悟如'生命的思绪浩荡壮阔，有赤热的灵魂滚烫大地，有霹雳勇猛地撕碎黑夜，有奉献闪电的壮美，有飞速旋转的长风，有滚滚澎湃的东流之水，毫不留情卷走一切沉渣与腐朽'"。

社团管理研究杂志社（北京）高级评论员郭小刚读了本书之后，写下《如歌的行板》一文，评价说，"践于行——敢为人先"，广东向来以敢为天下先著称，生于大埔的才女建辉绝对是个地道敢吃螃蟹的探路者；"精于思——孜孜以求"，行万里路，读万卷书，建辉是个典型的理性思考者；"爱于仁——身体力行"，天有才，地有气，仁者有爱，建辉是个典型乐善好施的爱仁者。他又说，此书在对中国社会组织发展之路的诸多思考中，闪烁着思想者的锐利和光芒；此书算得上一本社会组织的"小百科"，有理论，有实践，有思想。通读全书，无处不传递出作者那科学严谨的治学态度，蓬勃向上的进取精神和执着向前的坚定信念。

我由综合处到局管理二处负责业务审批工作一年多。随着广东社会组织的快速发展和政府相关政策的出台，社会组织管理的业务快速增长，各行各业的协会、商会、学会、基金会、促进会等注册登记量大增，出现了许多稀奇古怪社会组织的审批和登记方面的问题，例如同性恋服务中心、单亲母亲联盟、家长教师促进中心、反宠物虐待保护中心、反堕胎中心等。我主要负责这些问题解释、处理、审核以及审批登记培训等系列工作，同时也接触了社会各界许多精英人物，更多了解社会组织的发展。同时把很多复杂问题处理好。

三年前年我调任广东省救灾物资储备中心副主任，分管全省的救灾款及采购监督。这一工作既需要理清思路，坚持原则，又需要吃苦耐劳，务实创新；既需要管理科学化，程序规范化，又需要信息化、透明化运作。只有如此，才能确保全省救灾物资在采购、储备、审批、调拨、运输、发放等环节实现现代化管理、规范化运作，进而努力成为全国救灾物资储备管理的标杆。

2008年至今，在省厅工作主要负责宣传工作、社会组织总会日常管理、业务审批，到救灾中心也辛勤工作、吃苦耐劳，成绩显著，得到了领导和同事们的好评，也赢得了许多荣誉，先后被评为"广东省建功先进个人""广东省三八红旗手""全国行业杰出代表""广东省社会组织评估专家""国际专家组成员""中国风云人物"等，今年被省直机关评为"正能量先进人物"等。同时利用工作之余，热心慈善公益事业和社会工作，先后百次被相关地方政府部门评为"扶贫助困之星"，而且还在国家级、省级刊物上发表近40篇论文，其中两篇论文获得国际优秀论文奖，出版了19本书，其中2011至今出版个人专著《社会组织的实践与感悟》（中央文献出版社），合作撰写广东家校合作教育学会丛书（中山大学出版社），已出版《现代家长教育学》《现代婴幼儿教育学》《天才教育学》《家校合作教育学》等。

我还兼任广东省社会妇工委副主席，以及省社会组织评估专家、慈善公益组织活动顾问等。因工作成绩突出，我受到全国人大常委会副委员长、全国妇联主席陈至立签字表扬并要求全国推广广东社会组织妇女工作经验，受到签字表扬在广东妇女工作中尚属首次。当然这是领导重视，大家努力的结果。

四、从政感悟　修炼升华

（一）积极心态　政绩共勉

有信仰，有思想，保持积极向上的心态，养成阳光的个性。这是我对自己提高工作效率和增强个人魅力的基本要求。我认为，作为一名共产党员、国家公务员，从政为官，首先要有信仰。共产党人为全人类解放实现共产主义而奋斗的远大理想，影响着我的人生观和世界观，因此我坚定地信仰共产主义，把它作为人类社会的宏伟理想和奋斗目标。我所做的事情一定要有利于大多数人，不用个人的功利来衡量，这是我从政的宗旨。有了这个信仰，就有了个人存在的精神支柱，来支撑个人的内心世界，保持个人生存的源泉和动力。

其次要有思想，保持积极向上的心态。我18岁加入中国共产党，一直努力为社会做一些事情。虽然现在社会上出现这样那样的问题，但我还是坚持相信共产党。中国共产党是北极星和灯塔，没有共产党就没有新中国。为了新中国的成立，共产党在那么艰苦的条件下干革命，流血牺牲，最终取得了革命胜利，因此我相信共产党最终能经受住政治建设、经济建设等方面的考验。共产党能够正视现实，能够挖掉自己身体上的毒瘤，这是很不容易的。我认为有错不要紧，能够正视并正确处理，说明共产党还是值得我们信任的。对于我自己来说，只要是对大众有利的事，我都会努力去做，尽一个共产党人的本分。2016年7月1日公示7天之后，我被评为广东省优秀共产党员。

在我的人生经历中，一直保持着积极向上的心态。一则像前面所说的，与我的家族和家庭成长环境有关。因为爷爷奶奶都是老革命，父亲也是革命者，母亲是老师，受他们的影响较大。在五个兄弟姐妹中，我是大姐，要为他们树立榜样，而且从小学到大学一直当班长、副班长，使我养成了管理班级以及以后从政工作为他人着想、多方面考虑问题的习惯。二是我的故乡是诗书礼义之乡，有尊师重道、家国天下的传统，又是革命老苏区，这些造就了我乐于助人、顽强奋斗的个性。

作者与省妇联温兰子主席（中）等人合影（2010）

第三，正视成败，戒骄戒躁。不论办什么事情，人人都希望成功，这是人们的共同理想。成功是好事，但它也容易滋生骄傲自满的情绪。综观中外历史上的许多名人志士，大凡骄傲自满情绪的出现，都是在其成功之后。就一般人而论，人的成功次数越多，其骄傲自满情绪就可能会越高，甚至还会飞扬跋扈，目中无人。由此导致先被动而后失败，这就是"骄兵必败"的道理。所以，当一个人获得成功时，就应当认真而又严肃地提醒自己：是不是开始骄傲自满了？如果有谁这样做了，那么他就有可能继续获得成功。不这样的话，他就有可能出现被动，甚至会滑向失败的泥坑。

通常情况下，失败是痛苦的，这种痛苦常常使人难以忍受。然而，它可以锻炼人们的意志，并且可以使人聪明起来。一些经受过挫折的人，往往能用冷静沉着的目光，观察社会，面对现实。实际上，经过挫折或失败而东山再起的人，较之以前处事常常表现得更加成熟和干练。想要不失败，那就需要我们小心防备。成功能激发我们兴奋，但也能导致失败，因此我们应保持冷静和足够的警惕。

第四，正确对待烦恼，学会乐观豁达。作为一个领导干部，学会正确对待烦恼。天上的浮云，大大小小，浓浓淡淡，高高低低，快快慢慢，没有一刻保持着原来的模样。人生犹如浮云，难免这样那样的烦恼。

烦恼的事情是客观存在的，有多少就得承认多少，不能采取"不承认主义"，应当具有正视烦恼的勇气。烦恼是一种情绪，是心理现象，是个人的情感与外部世界产生矛盾碰撞之后的一种不平衡的心理状态。有的人，一碰到烦人的事，就想将它推开，离自己远一点才好。可推开了这个，又来了那个，于是烦恼更多。这种推的办法，好似逆着水流方向推水，水会立刻从两旁围拢过来，无论你怎么去推，手边的水总是推不开的，只是徒然激起浪花而已。我对待烦恼的态度不是推开了事，而是采取分析的方法，彻底了解产生这些烦恼的背景条件及其主观原因，找出消除烦恼的可行办法，并付诸实施。

要想减少烦恼，克服烦恼，重要的一条还需不断调整自己的心理情绪以适应充满矛盾的外部世界，同时还要经常采取措施，来预防新的烦恼的发生。只要你能够采取这样认真的态度来对待烦恼，那么你的烦恼就可以日渐减少。

作为一个领导者，更要经常保持乐观豁达的生活态度。俗话说的"宰相肚里能撑船"，实际上也是讲领导者应该具有宽阔的胸怀和气量，做到大事清楚，小事糊涂。对那些非原则的事情不必过于计较，采取宽容的态度，就像弥勒佛像边那副有名的对联所说的："大肚能容天下难容之事"。这样，烦恼就会少了。

最后，学会团结，自励共勉。对于工作成绩，我认为工作要干出成绩来，无非有三个方面的主要因素：上级领导、工作团队、个人。只有与领导、同事共享成绩，相互鼓舞，彼此勉励，才能体现工作的价值和个人价值。首先我的工作比较顺利，非常重要的一条是领导的信任。领导信任，可以让我放手去做，而且关键的问题需要领导来协调。当代社会每一件事情都不是孤立的，都有着千丝万缕的联系，上级的支持是非常必要的。团队和组织的力量是强大的。团队或组织可以包括一些相关的单位，也可以包括一些相关的部门。一个人没有三头六臂，大家的支持和团结一致，是克服困难的根本保证。

就个人而言，在工作中寻找乐趣，不仅是我最大的爱好，而且是干好工作的最大源泉和动力。我认为工作不仅仅是为了别人，也是为了自己的生活需要，能体现自己的人生价值。有些工作很苦很累，但既然高兴也要干，不高兴也要干，那为什么不高高兴兴地去干呢？作为政府官员，无论工作还是为人处事都要注重修身，提高自己的能力。修身、齐家、治国，方能平天下。这是政府形象的问题，也是个人修养和素质高低的问题。

（二）共生理念　支撑精神

2010年2月1日，香港《文汇报》用整版篇幅刊登了报道我的消息，题目是《李建辉——大爱写人生》。我把报纸快递给了张高陵大哥，他很快给我发来邮件，并赋了一首诗"读《李建辉——大爱写人生》"：红区的沃土/长一棵绿树/柯枝疏秀挺直/起义军千人吾血地/飞扬雨的思考/坠入水的大章/记忆的凹凸石/挤扁浑圆的人生/思维多棱多角/冷僻的小巷/贫寒的家境/生出美的弧线/从寂寞的甘与苦/成熟自然的她/带着起义军的意志/令磨砺的生活/长成一曲天籁。

这天我刚读完张大哥13年前写的书《南昌起义的元勋们》，书中"南征之路，血染残阳骨盈群山的进军之路"和"兵败海陆丰"就写我的家乡大埔。所以张大哥给我的诗称我的家乡是"红区的沃土""起义军千人吾血地"，说我们这些后人是"带着起义军的意志"。

张大哥在书中写道：

三河坝位于广东大埔县的南面，是一个三江口上的大镇子。从北面飞流直下的汀江，同从西南面奔腾而来的梅江在这里汇合后，向南泄入水深流急的韩江。在三河坝对岸有一座80多米高的笔枝尾山。它形如鱼尾，山势险要，松林茂密，群峰叠嶂，可攻可守，大有一山镇三江之势，是兵家必争之地……

10月1日，朱德带着第25师师长周士第等，仔细地观察了三河坝的地形。朱德认为三河坝位于三江汇合处，发生战斗时，第25师如果留在三河坝必将背水作战，这是兵家历来的大忌。于是，决定把部队转移到三河坝对岸的东文部、笔枝尾山、龙虎坑、下村一带布防，连夜构筑工事。师指挥部设在龙虎坑东边高地。朱德、周士第、李硕勋等都在这个指挥所，准备随时迎击敌人……

朱德、周士第、李硕勋率领队伍从三河坝撤出，经湖寮、百侯、枫朗进饶平……

读完《南昌起义的元勋们》，我才知道李硕勋就是前总理、全国人大常委会前委员长李鹏的父亲。李硕勋于1931年9月5日在海南牺牲时仅28岁，李鹏才刚刚3岁。

当我读到张大哥书的后记《打捞昨天》时，我这个被长辈称作"男人头"的女人竟落下了眼泪。张大哥写道：

……我的心仍沉浸在当年喧闹的九江码头上，沉浸在南昌城头响起的枪声里，仍面对潮汕的激战和失败沉思，仍跟随起义军在艰难转战中蹒跚……

是的，这是一本关于昨天的书，一本关于历史的书。……当年，领导南昌起义的周恩来才29岁，朱德41岁，刘伯承35岁，贺龙31岁，陈毅26岁，聂荣臻28岁，叶剑英30岁……而如今，他们全都已经作古，化成了中国革命历史的纪念碑、里程碑，当年跟随他们攻打南昌城、转战粤闽赣湘的千千万万个年轻士兵，即便是幸存者，也都是坐对夕阳，风烛残年了；而那以后，艰苦卓绝的十年土地革命战争，同仇敌忾的八年抗日战争，天翻地覆的四年解放战争……也都成了历史。在这段最为波澜壮阔的中国战争史上，有多少革命先烈抛头颅，洒热血，把生命化作了高山、河流……于是，我们有了北京长安街的宽阔，天安门的雄伟，有了上海外滩对岸高耸入云的东方明珠，有了深圳罗湖桥畔迎着海风噌噌上长的现代楼群，有了一雪百年耻辱的香港回归……

昨天给了我们无数恩惠，昨天也寄予我们无数期盼。

然而，在我们身边，在涌动着改革大潮的全国城乡，繁荣和辉煌中也有阴影，也有暗流。因而我们不能不重提昨天，重提昨天的拼杀，昨天的搏斗，重提昨天的理想，昨天的信念！昨天的周恩来"为中华崛起"而奋斗；昨天的朱德放弃高官厚禄，立志"终身为党服务，作军事运动"；昨天的贺龙"我一切听共产党的，干！"昨天的刘伯承"自信心是军人的魂魄"；昨天的聂荣臻"对于国，则有利国利民之责任"；昨天的叶剑英"矢志共产宏图业，为花欣作落泥红"；昨天的陈毅"死后诸君多努力，捷报飞来当纸钱！"昨天倒下的成千万计的先烈，对新中国投来的最后一眼！

扪心自问，我们能辜负他们吗？我们该如何告慰他们的忠魂？

作者与中国对外友好协会张高陵秘书长合影（2013）

那一夜我睡不着了，思绪很多，于是有了下面的文字：

当前我国正处于社会转型时期，这不仅造成了现实层面社会结构广泛而深刻的变革，而且导致人的精神层面价值观念的多元化趋势及其矛盾冲突，甚至出现"价值真空"的混乱局面。因此，在新的共生理念下协调解决多元价值观的矛盾冲突，拯救人的精神世界，建构新的价值观体系，形成新的思想观念，无疑是全球化背景下我们进行社会转型过程中不可或缺的重要环节。

正确引导转型时期价值观多元化趋势，需要共生理念支撑

价值观是人的存在方式的观念反映。在改革实践中，人们的社会经济成分、组织形式、物质利益分配和就业方式等呈多样化趋势，而且我国经济发

展不平衡，所以这一时期人们的价值观总体上呈多元化的趋势，这是改革开放以来社会发展的必然产物。因此，如何正确认识及处理好社会转型时期社会价值观念的普遍多元化问题是我们首先要面对的重要现实问题。今天如果还按照老一套教条式的思路企图否定这种多元化趋势，单纯追求正统的价值一元论既是不现实的，也是不科学的；同样，如果顺其自然地过分迷信、宣扬价值多元论，夸大价值观的差异性，而忽视与社会主义本质要求相适应的马克思主义价值观的指导地位，也是极其错误的。正确的做法应是在共生理念下来重新认识这种价值多元化趋势，把马克思主义价值观与社会的一般价值观念结合起来，使两者皆容并包，互相促进，从而实现价值观一元论与多元论的有机统一。

首先，我们必须始终坚持马克思主义价值观的主导地位绝不动摇。因为马克思主义是我们立党立国的根本指导思想，是全国各族人民团结奋斗的共同理想基础。在社会转型时期面对国内国际复杂多变的局势，要在以资本主义主导（经济、政治、思想文化）的全球化发展浪潮中立于不败之地，把中国特色社会主义事业推向新的局面，就必须毫不动摇地坚持马克思主义。马克思主义是真理与价值的统一，是对党和国家事业发展起根本指导作用的科学理论。马克思主义价值观的主导地位是历史的选择、人民的选择。长期的革命、建设及改革开放实践，充分证明毫不动摇地坚持马克思主义的指导地位，是中国革命、建设、改革的唯一正确选择。我们要建设和发展中国特色社会主义事业，实现中华民族伟大复兴，必须继续坚持马克思主义为指导。如果动摇或削弱了马克思主义的指导地位，实行指导思想多元化，只能导致思想混乱、社会动荡、民族分裂甚至国家解体。社会主义国家苏联的解体以及东欧的剧变就是悲剧性例证。而且坚持马克思主义对主流价值观的指导地位，并不排斥社会价值观的多元化趋势，而是对价值观多元化有重要的方向指导作用。马克思主义本身也是开放的、"与时俱进"的。

其次，同时引导社会价值观的多元化趋势。当前社会转型时期价值观的多元化趋势是我们改革开放以来社会发展的历史性必然产物。一方面在市场经济条件下，随着竞争机制的引入和人们主体意识的觉醒，利益主体逐渐从一元分化为多元，处于不同利益格局、利益关系中的人们都会从维护自身利益的角度出发来选择和秉持相应的价值观。另一方面随着对外开放步伐的加快，全球化科技信息的高度发达，改革开放在为我国带来西方先进的技术、管理经验、资金设备的同时，也不可避免地使西方的价值观念涌入中国，潜移默化地影响中国人的传统一元价值观体系。一句话，在社会大转型时期，随着国内社会主义市场经济的不断发展,融入全球化的步伐不断加快,人们的价值观念的普遍多元化趋势绝不可逆转,已成不争事实。成为人们现实生活在观念里的常态存在。由于诸多原因,价值多元化趋势尽管在经济、政治、思想文化等方面有一定的消极影响,但我们不可否认它仍是社会进步的表现,尤其是人的精神的巨大解放,体现人的主体意识觉醒,个性自由发展的不断推进。

在当今国际国内激烈变动、新旧矛盾冲突之际,仍然固守价值一元论显然是不可能的,所以既不能简单否定、消灭、取消多元化,也不能任其发展,不做主流价值观引导,舍弃错的价值观。我们必须看到,在社会主义初级阶段,无论是多元还是一元价值观,其产生发展是有深刻的历史现实根源的,而且所有价值观念之间并非总是绝对对立,互相排斥的,他们有时也往往是彼此互补共生的。而且正是一元价值观与多元价值观的彼此互动共生,相互促进,才促使人们的思想价值观念呈良性发展态势,共同展示人们精神价值追求的多姿多彩。所以,正确的做法只能是,在以马克思主义价值观主导下构建一元价值观与多元价值互补共生的综合创新型价值观体系。

协调解决转型时期价值观的矛盾与冲突,需要共生理念支撑

转型社会的另一个显著特征是传统与现代,本土与全球既并存交融又矛盾冲突。30年的改革开放使我国的经济体制、政治体制和文化体制发生了深刻的变化,逐步走上中国特色社会主义市场经济、社会主义民主政治和社会主义思想自由的自主发展的道路,这是一个相当漫长的历史过程。在这一过程中,社会的经济、政治、文化体制的转型造成了新旧体制的磨合、主体利益结构和利益关系的大调整,使得不同部门、不同地区、不同行业、不同人群的利益冲突日益明显化、尖锐化。这一切反映在人们的观念领域,就是社会的价值观念处于激烈的矛盾冲突当中,某种程度上出现了精神危机。

从纵向来看,首先是我国传统价值观念与现代价值观念的矛盾与冲突。由于我国几千年形成的传统价值观念是以自然经济为基础、家族血缘为纽带的,具有极大的封闭性和保守性,随着全球化的不断冲击,改革开放的不断深化,社会生产力的不断发展,传统价值观念受到了空前的挑战,其保守性、落后性与人们的多样化生产生活方式形成鲜明对比。在社会转型时期人们的生存方式整体上发生了根本性变化,这在客观上要求人们的思想观念要更新,价值观要重构,以适应变化了的现实。其次,原有计划经济时期价值观念与社会主义市场经济时期的价值观念的矛盾与冲突。新中国成立以后,由于我国长期实行计划经济模式,于是多年来与计划经济相适应的价值观念,如平

均主义、极端集体主义、国家利益至上等思想已深深植根于人的心中。于是当我们由原来的计划经济向市场经济转变时，由于经济改革所引起的国家、集体、个人等多层主体的利益得失不等，利益纷争不断，由此在观念层面也出现群体与个体、道义与功利、效率与公平等多方面的价值冲突。从而使我们的整个观念体系处于旧的已"破"、新的未"立"的转折过渡时期。从横向来看，主要是中西价值观念的冲突。随着全球化的不断推进，国内市场经济不断发展和市场机制不断完善，走出国门与世界各国进行多方面的交往，已是我们现代化建设必不可少的环节，特别是加入WTO之后，中国融入全球化的步伐不断加快，"走出去，引进来"已是中国与世界联系的主要方式，相应的观念层面也就引起中西价值观的碰撞与融合。

　　社会转型时期，尽管我国现阶段人们的价值观念的中西古今矛盾冲突形式多样，但主要还是我国传统价值观念与现代价值观念的冲突。概括起来，集中体现为集体主义与个人主义的冲突。因为中国传统的价值观是群体主义，形式上接近于集体主义，而今市场经济条件下的价值观有集体主义与个人主义相互冲突的特点；当代中国主导性的价值观是社会主义价值观，它以集体主义为原则，而西方的资本主义价值观则是信奉个人主义原则的。那么，我们如何对待、协调解决这种转型时期复杂的价值冲突和矛盾呢？首先，无论是集体主义还是个人主义，既然是在古今中西人类社会纵横交错的实践中形成的价值观念，必有其可存之本，因此简单地就采取坚持一方、排斥一方或贬低一方、抬高另一方等类似的形而上的态度是不科学的、不合理的。其次，集体主义与个人主义作为两种对立的价值观，彼此之间有着内在的优劣互补、长短相依的共生关系。个人主义坚持个人是万物的尺度，以个人利益为标准判断人们行为的得失，有利于人类主体意识的个性发掘，但极易走向狭隘自私的利己主义；与个人主义相反，集体主义坚持社会本位，立足于社会整体利益来衡量人们行为的价值，有利于社会的整体进步和人的社会性的全面展现，蕴含着高尚无私的奉献精神，但容易泯灭人的个性，个体具体的存在。这种优劣互补的共生关系，在我国社会转型时期，表现得更加明显复杂。作为社会主导价值观的集体主义是建立在社会主义市场经济基础上，而市场经济作为社会资源配置的方式和人的生产活动方式，以集体主义和个人主义都有联系，集体主义和个人主义互补共生于社会主义市场经济的土壤中。具体地说，这是由社会主义市场经济本身所决定的。首先市场经济本身是以人的依赖性关系解体和人的独立自由为前提的，以追求经济主体的利益最大化为基本目标，包含有个人主义的倾向；同时市场经济又是社会分工和生产社会化高度发展的产物，它以社会主体之间的分工合作，相互需要为前提，满足市场及社会需求是实现各经济主体利益的中介，在利他中才能利己，因而有包含产生集体主义的可能性。而我国的市场经济作为经济体制和运行机制是与社会主义基本制度结合在一起的。因此，以公有制为基础的社会主义制度有利于集体主义的成长，保证了集体主义成为我国社会主义社会的主导的价值观。总之，在社会转型时期，只有坚持在共生理念的支撑下，兼容集体主义和个人主义的价值观，达到互补统一，兼顾集体利益与个人的合理利益，避免走向极端，这样才能有效协调好人们彼此多元价值观的矛盾冲突，从而使人们树立正确的价值观。

摆脱精神危机，建构新的人本共生价值观体系，需要共生理念支撑

在社会转型时期，由于价值观呈现多元化的特点，具有不确定性，致使人们的价值观与社会实际不一致。人们的社会行为与社会规范也发生矛盾冲突。人们心理上普遍产生一些惶惑和不安。人们在生活实践中也迫切需要相对稳定的价值观支撑，需要在变动不居的世界中找到一个安身立命的精神家园。然而现实世界的变化无常，理想信念的普遍迷失，有的人难以弄清生命的最终意义。人往往生活在渴望理解生活的最终意义，却又怀疑生活最终意义的存在的矛盾之中，生活在因缺乏稳定的价值观念而对周围世界无所适从，却又必须做出明确的自我决定之中。这种非常矛盾的处境下，人们唯一而实际的选择其行为价值取向主要是利己主义的。然而单个人的有目的有理性行为，正是社会整体运行的无理性，利己主义引导下的社会行为和选择会更加无序混乱。正如迪尔凯姆所言："社会生活的剧烈变化也自然而然地使欲望迅速增长，繁荣愈盛，欲望愈烈。就在传统约束失去权威的同时，渴望得到的报酬越厚，刺激就越大，欲望也就变得越迫切，也越不愿意受控制。在这最需要限制激情的时刻，限制却偏偏更少了。脱缰野马般的激情就更加剧了这种无规则的混乱状态。"社会规范的无序，民众心态的浮躁和失衡，特别是价值观念的多元和无主，导致人们行为方式的反常和混乱，引起普遍的精神危机，给社会造成一系列的严重消极后果。尽管价值观念的变迁并不都是消极的和破坏的，但在社会发生根本转型时期最根本的还是要相应的建构新的价值观体系，以便使人们在变动不定的世界中寻找到自己的安全的精神家园。我们之所以在转型时期把建构共生理念作为最佳选择，除了这是由我国社会转型时期人们的现实生活及其理念本身的科学性所决定之外，更主要的是它是同社会转型时期的实践土壤中滋生的强大利己主义根本对立的，通过共生理念的引导才能消除因利己主义带来的种种精神困惑。利己主义主要表现为：

个人利益相对社会集体的个人利己主义，国家民族利益相对全球整体利益的狭隘民族主义、种族主义、国家中心主义等，人类相对自然界的人类中心主义。在这些利己主义价值观的驱使下，人们普遍只想为己，不想为人（物），结果往往是害人又害己，害物又害人。这种观念的实质很明显是传统的主客二分思维模式的再现。所以要根本上拯救人们的灵魂，瓦解利己主义的思想土壤——主客二分，只有坚持"以人为本"，建构新的人本共生理念，并在其引导下形成人与自然和谐共生的生态价值观，人与社会利益互惠共生的社会价值观，以及人与自身身心自由协调的人生价值观。这样才能促进人与自然、人与社会、人与人、灵魂与肉体关系的全面和谐，协调发展，人的精神生活的健康向上，从而更加有利于人们积极主动地、更加自觉自由地投入现实生活世界。

另外，在全球一体化趋势下，我们不得不正视"蝴蝶效应"式的影响力、容纳力。随着全球化趋势的迅猛发展，不仅使人的现实关系发生了根本性的改变，同时也引起人们思想观念的根本性变革。人类活动的观念框架总是与特定的历史条件相适应，当人类的生存背景发生重大变化之后，其思想观念也要发生相应的改变，以服务于人类新的实践活动。而事实上由于思想观念的相对独立性，它往往在已经发展变化了的时代背景下仍继续运行，消极地影响甚至左右着人们的生产生活世界，甚至造成严重后果。当前人类面临的全球性问题从某种意义上说，就是正在形成的全球化大背景与传统的以主客二分思维模式为核心的思想观念矛盾冲突的现实产物，表明僵硬的"主客二分"思维模式已远远落后于全球化进程。由于僵硬的主客二分思维模式的长期影响，过分刺激了人作为主体的扩张性、侵略性，从而在实践中形成人对自然的宰割，导致全球性的环境污染和生态系统的全面破坏，人与自然势不两立；人对人的侵略扩张导致世界范围内国家、地区、民族之间的矛盾冲突，贫富差距不断加大，彼此争斗不休，相互敌视；人对自身的分割导致人们普遍的精神失落，社会道德沦丧，世风日下，灵魂和肉体也不和谐，人性变得不可理喻。在新的全球化趋势下，中国与世界的共生关系日趋凸显，一方面，全球经济一体化下各国的利益高度相关，中国与世界形成共同分享权益的双赢关系；另一方面，全球性问题的不断恶化又使中国与世界各国必须共同分担其责任和义务。随着中国对外开放的不断深入，特别是加入WTO以后，中国的国家利益已不仅仅局限于国内，而是日益广泛地体现在与世界的联系之中。事实上中国已是全球化中不可忽视的一员，可以说，我们今天所经历的向社会主义市场经济转型正是在全球化的推动下进行的，中国已是全球化不可分割的一部分。因此，必须在全球化大背景下来建构新的价值理念。而全球化本身就是人类整体建构共生价值观的基本依据，因此，我们只有建构新的共生理念，我们的思想意识才能同全球化现实进程保持一致，才能在共生理念的支撑下顺利完成社会大转型，才能使社会主义事业在融入全球化的进程中生生不息，蒸蒸日上。

《南昌起义的元勋们》一书的后记《打捞昨天》里写道："尽管有一些堕落、变节，尽管有铜臭的腐蚀，我们的理想都不会扭曲，我们的信仰都不会改变。如这千世不移的山脉，如这万古不废的江河，如这金子般的肤色，如这烈火般的血液。……我们打捞昨天就是打捞信念，我们打捞信念就是打捞一代后来人对历史、对未来的宣言。"

作者与广东省佛教协会会长释明生（中）、广东省伊斯兰教协会会长马光星（左）合影（2012）

（三）勤学精研　善为领导

勤学精研，就是勤于学习，精于研究。这是对现代政府和现代公务员的基本要求，也是公务员从政的基本工作要求，也是建立现代学习型政府、转变政府职能的重要内容。从小时候到现在，我都坚持勤于学习的好习惯。记得小时候，我就爱学习，经常回到家一边煮饭一边看书。无论是以前做教师，还是现在当公务员，坚持学习一直是我的习惯和乐趣。如果有一天不看书，我都会感觉不踏实。即使外出开会或考察交流的时候，我也常常随身携带几本书，一有时间就翻开看，即便看一页也好。坚持学习的习惯，不仅可以增长见识、提高修养和能力，给人"耳聪目明""登高望远"的快乐和感觉。与之相伴，在先生十八年出海远洋、夫妻长期分离的生活中，我唯有读书学习，努力工作才能排除自己的烦恼，缓解繁重的生活压力和工作压力。

学习包括专业学习、业务培训、会议研讨、业余阅读、读报阅刊、考察交流等。通过读书自学、读报阅刊，不仅可以获得专业知识，提高综合素质，而且可以了解国家大事、政治经济、文化历史等，丰富社会知识，提高自己的社会素质和人文素质。我通过断断续续二十多年的专业学习，学习了英语教育、中文专业、教育管理、行政管理、工商管理和公共管理6个专业的课程，先后获得专科、本科、三个硕士和一个博士的毕业文凭和学位，不仅提高了英语和中文的语言能力，而且提高了管理水平和研究水平。我经常参加各种业务培训、考察交流、会议研讨等，熟悉行业现状和发展动态，提高自身的业务能力。我在负责总会日常管理工作期间，组织了总会11期培训，没有一期不到位的，可谓超负荷地工作。而且培训班都集中在北京考察学习交流。

由于工作的性质，我看书主要利用零星的业余时间。在下班后，随时拿出准备看的书，即使阅读几段也好。在等车、排队、候机时，就看报或看几页书。学习英文，就订手机报阅读。在家吃饭时，有时通过DVD光碟学习。

因为我喜欢学习，不仅对弟妹产生了影响，而且可以感染家人和周围的人。我在天河区工作时，曾连续三年每天给三个地方的保安送报纸，希望他们了解国家大事，帮助他们提高素质。榜样的力量胜过一切说辞，无论对儿子、兄弟姐妹或是同事，我都经常勉励他们，要做就做最好的。兄弟姐妹相继大学毕业，有的还考上了研究生。儿子已经熟读四书五经，现在高中二年级出了7本作品。

勤于学习，使我收获了许多。勤勉好学不仅可以提高文化素质和个人修养，获得专业知识和社会知识，了解行业情况，提高工作能力，赢得家人、领导、同事以及朋友的尊重和支持，而且能不断积累知识，提高写作水平和研究水平。我发表了许多论文，负责主编了法规汇编系列文集，研究社会组织，出版了个人专著，合作编著和出版了一些教育方面的书。

精于研究，也是现代公务员的素质要求。我通过硕士和博士的学习，掌握了基本的调查方法和研究方法，转变了传统的思维方式和看问题的视角，提高了研究、分析和解决问题的综合能力，养成了善于思考、综合分析的好习惯。特别是我在民政厅的工作，不仅要有实地考察调研的能力，而且还要具备前瞻性思维、综合分析能力及统筹决策水平。这就要求我在工作中要不断提高研究问题、分析问题和解决问题的工作能力。

我在广东人家社会工作发展服务中心担任总顾问，在广东几个社会组织担任荣誉会长及慈善总顾问，就是为了深入基层，实地考察和了解民间社会组织的运作，帮助建立几十个工作站，提高社会组织的影响力和凝聚力，提高对社会组织发展的研究水平。在社会组织的研究方面，我编写和出版了专著《社会组织的实践与感悟》。在家庭和教育的研究方面，我与相关人员合作，研究婚姻经营、家长教育、儿童教育、天才教育，探讨研究方法和教育理念，编写了一些教育方面的书。有时合作研究既是相互学习借鉴，彼此取长补短，又是新研究方法的学习。这样的研究很有意义，突破了过去闭门研究和学科封闭的门框，有利于创新拓展，显现了学术研究的重要价值。

善为领导，第一要勤学精研。通过勤于学习，精于研究，可以使领导观念及时更新，具有前瞻性，正确把握政策、吃透精神，可以提高科学的领导能力，促进心态调整和适应。一个领导办公室和家里书房中藏书的种类和数量以及取得的学历或学位，可以折射出其是否具备勤学精研的现代素质。

第二，要避免养成经常抱怨的习惯。这是领导或干部做好工作的基本要求。常听到一些干部或领导者对所在的工作地区或单位抱怨说："太复杂了！"时间长了，抱怨的人逐渐多起来，便形成了气候，使得一些领导者不敢到这个地方工作，甚至发展到望而生畏、谈虎色变的地步。谁若被派到这个地方工作，在一些人的心目中就会觉得他是被排挤去的，甚至瞧不起他，认为是对他的变相处罚。

有一些领导者碰在一起，张三说张三那个地方"复杂"，李四说李四那个地方"复杂"，王五说王五那个地方"复杂"，究竟哪个地方"复杂"？不深入其中，便不知其详。谁说他那个地方复杂，是因为他在那儿有过一些酸甜苦辣的感受。总说自己所在的地方复杂，难道960万平方公里的中国大地就他那个地方复杂吗？较为全面的说法应当是，既复杂又不复杂，善于处理，处处都能发现绿洲。

领导者抱怨自己所在的工作地方"复杂"，弊端是很多的。首先，说明他不爱这个地方，甚至还有可能恨这个地方。这样，他势必从感情上疏远这个地方，总想早日离开这个地方。思想上的不安心，带之而来的是工作上的消极，如此发展下去，很难有所作为。其次，由于他认为所在的工作地方"复杂",这就难免不从思想上过于戒备,眼睛中的"坏人"多了,工作起来就不可能放心放手。老是不相信别人,并且总是提防别人,虽然和大家生活工作在一起,而思想上总是两张皮,工作怎么能搞好呢?如此发展下去,很可能成为孤家寡人。

第三,你的同事和部属也容易和你产生对立情绪。因为,你指的"复杂"实为人情的复杂,尽管他们之中也有谈论"复杂"的,但他们中的多数是不会接受这个观点的,因为"复杂"总不是一种令人羡慕的好现象。你的同事和部属辛辛苦苦地在这个地方工作,你来就说人家"复杂",这样去伤人家的自尊心,其对立情绪就很容易产生。一旦有了"对立者",你就会更加认为这个地方"复杂"。如果你采取了打击"对立者"的态度,那么"对立者"就有可能对你进行报复。自己造成这种局面,不仅不去自省,反而还去打击别人,就有可能将自己置于自为的漩涡之中而不可自拔。同时,自己只看到"复杂"的一面,而没有看到还有"不复杂"的一面,从思想上说是片面的。从片面性出发,不仅会把事情搞糟,而且会将自己的思想推向更加片面的地方。到头来,自己会更加苦恼。所以,作为一个领导者,对自己管辖的地方应当采取分析的态度,既要看到它复杂的一面,还要看到它不复杂的一面,决不能一点论。对此,要切实地从思想和行动上解决问题。

第四,善为领导,要保持善良的品质和良好心态。可以肯定地说,绝大多数人都是善良的。正因为这样,同情、包容和怜悯之心,在领导者的身上也表现得相当充分。领导者这种善良的个性,对于带领其部属朝着既定的目标前进,是大有助益的。因为领导者善良,部属就会觉得他可亲近,乐意跟他干。这样,整个团体的工作成效也就必然显著。否则,领导者平时对部属吹胡子瞪眼,遇到有过错时就无情打击,甚至因一过而毁终生,那么部属势必会整日提心吊胆。部属因怕犯错误而谨小慎微,势必无所作为。这样整个团体的工作效率也就必然低下。

保持一颗善良的心,不仅是领导者的自身人格应该具有的,而且也是取得工作上的显著成效所必需的。领导者应当是善良的,因为他不仅是个一般的人,而且还是群众的带头人。善良是优秀领导者的重要品质,但仅具有一颗善良的心是不够的。事实证明,仅仅如此还是免不了要上当受骗的。只要回顾一下往事,或者分析一下现实,就可以举出几个生动的例子来。"人善被人欺",就是对这种现象的写照。

第五、善为领导,就要精明果断。领导者有了善良还不够,还必须精明。对事情不盲从,总是保持一个分析的头脑,能够识别出别有用心之人的阴谋诡计，是精明人的特点。领导者应当精明，而且是能够精明起来的。人的精明度是不会一直停留在一个水平上的。不论何人，只要他能够坚持做到勤奋学习和认真地体察情况，那么他辨别真伪、防止上当受骗的能力是一定可以提高的。即使开始较为精明的人，如果后来的思想懈怠了，不去用心体察周围的情况，那么随着时间的推移，他就可能变得愚蠢起来。办法越想越多，脑子越用越灵。因此，不断地提高自己的精明度，应是领导者的一项经常性任务。

领导者有了善良和精明，但缺乏果敢精神也是不行的。你把问题看得很准，就是迟迟不敢下手，老是躲躲闪闪，畏首畏尾，结果错过大好时机，损失难以弥补。"机不可失，时不再来"，"当断不断，必受其乱"。领导者应当是瞅准了时机就下手，说干就干，遇到了困难需要出面的时候就挺身而出，表现出一种果断和勇敢的精神来。只有这样，才能把事业不断推向前进。由此可知，作为一个领导者，应当是有几分像熊猫，有几分像猴子，还有几分像老虎。人们既敢接近他，他也不至于受迷惑，自身还具有威慑力。这就是大有作为的领导者形象。

第六，善为领导，就要学会顺其自然。遇到雨天，出门撑伞，这是人们顺应自然的做法。人类正是能够顺应自然，所以才得以生存繁衍下来，并能够发展壮大。但人有一个弱点，往往容易强调自我。强调自我者，大多是工作过于热心所致。人们应当明白，个人的才能即使卓越，也只不过是黑夜中的一盏灯，照亮的范围非常有限。若认为只有自己的主张才是唯一正确的，而忽略了众人智慧的话，那他就有可能给所在单位带来不利。甚至他努力的程度和才干越高，单位反而受其害越大。到头来，自己仍不清醒的话，那不仅不会想到自身的过错，而且还可能会怨天尤人，陷入更深重的苦恼之中。因此，任何一个领导成员，尤其是处于高位者，绝对不能以自己狭隘的主观臆断来用人行事。

自以为是的害处很大，要想克服它也容易。只要你能够经常用联系的观点指导自己的思想和行动，推敲着做事即可。怎么个推敲法？就是要从客观存在的事实出发，权衡一件事的利弊得失。你是社会一成员，应不应该想到社会的进步？你是社会一公民，应不应该遵从国家的大政方针？你在先人栽植的大树下乘凉，应不应该继承和发扬他们的优良传统？你处于一个有机的社会团体之中，团体已有的规划，你应不应该积极地去完善和实施？你纵有领导和部属，横有同事和朋友，对于他们的意见应不应该尊重？兄弟单位已有的经验，你应不应该去参考？社会的进步、国家的大政方针、先人的优良传统、团体已有的规划、周围人的意见和兄弟单位的经验,这些都是我们行将做事时应该考虑到的客观存在。所谓自然者,客观存在也。人们做事如果注意到了上述的客观存在,那么他就如同雨天撑伞一样,算是做到了顺应自然。长此下去,他就可以培养出一种能够透视事物背后的潮流和事物间的联系的眼光,从而进入自由天地,自觉地理事用人。这是一种理想的、经过磨炼就可以达到的境界。

不论何人,尤其是领导者,一旦进入上述境界,他就再也不会因拘泥于事物的一面去固执己见而遭受意想不到的失败。同时,他还会更加受到上级和部属的信赖,自己也会得到发展。即便这样,他也不能自视过高,而且仍然要采取谦虚和谨慎的态度,这样就自然而然地顺应自然了。

作者一家三口与美国圣言学校董事长陈玉韶女士、美国詹姆斯老师,香港温远诚董事长及吴清平会长、沈季云、王建萍、崔新玲、胡月红园长等在其公益书吧交流(2015)

作者于华南师范大学义教后与师生合影（2016.8）

第四部分
积淀丰富　回馈感悟

作者与香港孔府学院汤恩佳院长（左二）、朱鹤亭长老（左一）等合影（2015）

一、读书积累　写作沉淀

（一）读书积累　丰富快乐

　　读书是一种习惯，可以是人的兴趣和快乐，也可以使人变得更有修养、丰富厚重。

　　养成读书的爱好和习惯，可以积累许多知识和经验。书读得越多，就越感到知识不够，因此，我对知识的渴望和对书的热爱随着年龄增加而越来越强烈。我在专业方面，有英语、中文、教育管理、行政管理、工商管理、公共管理等专业，显示了语言优势和管理优势。在工作方面，学习政策法规、公共关系、公共管理等方面的书籍。通过读书，我学会处理工作中遇到的难题，学会协调关系，组织会议、处理矛盾，发挥自己的特长。无论是家庭还是单位，无论是朋友还是同事，养成读书的习惯，有助于理解和为贵、和谐相处的重要意义。在人生励志方面，主要阅读历史名人和杰出女性传记类书籍，例如武则天、撒切尔夫人、甘地夫人、希拉里、吴仪等，她们都成为我崇拜和学习的偶像，激励我不间断读书学习。还有历史文化方面的书籍，像"四书五经""四大名著"等。记得在十八九岁的时候，我咬咬牙买了一整套《资治通鉴》。这些经典名著不仅丰富了历史知识，而且提高了语言能力和写作能力。

　　结婚成家以后，我读书的愿望越来越强烈，读书也成为我的生活中不可缺少的内容。卧室和客厅到处都堆着一摞摞的书。这些书有管理方面的，也有教育方面的；有历史人物，也有开国元勋；有当代的女性杰出人物，也有过世的铁腕人物；有影视明星，也有文学名著，还有学习人际关系的DVD。如果有一天不看书，我就会感到空虚不舒服。外出开会的时候我都会随身携带几本书，有时间就翻开来看。在民政厅民间组织管理局，组织社会组织进行了十多期业务培训,还四次组织社会组织的法定代表人赴清华大学脱产学习,请专家为我们讲授公关管理和行业专业知识……我是领队、班长,也一直在读书。

读书是一种没有风险的投资。书读得多,知识和经验积累得就越多,就越感到自己对知识的渴求,收获自然也越多。我家书架上有各种各样的奖状、证书、勋章等,那就是读书积累多年的收获。虽然从小养成读书的习惯,积累多个专业的丰富知识,但随着专业知识和工作经验的不断积累,我还是常常感觉到知识不够用。读书不仅能增加知识,积累经验,增长见识,提高个人修养,而且让人有"耳聪目明"的奇妙感受,看事情、想问题清楚明了,有"登高望远"的感觉。

进入21世纪以后,快餐文化流行,很多人急功近利,一切向钱看,忽视了读书习惯的养成,这种情况十分令人担忧。如果一个民族不重视阅读习惯的培养,人们不重视知识和教育,那么这个民族的整体素质就很难提高。尊重知识和教育,是犹太民族的优良传统。如果有的家庭子女读书缺钱,其他犹太人就会慷慨解囊。犹太父母把蜂蜜涂在书上,让小孩舔到书的甜蜜,这样鼓励孩子读书。在犹太父母看来,就是倾家荡产,也要把女儿嫁给学者,这是家族的光荣。正因有此类思维,一百多年来,犹太人获得了诺贝尔奖总数的近25%的奖项。

要迎接知识经济时代的到来,就要养成全民阅读的习惯,形成尊重知识和科学的风气和传统。德国和美国在这方面树立了很好的榜样,重视全民阅读教育和终身教育,因此这两个国家很快发达起来了。然而我们面临的现实令人很担忧,有的人办公室内放了许多书,却从来没时间阅读;有的人家里放了古典名著,自己却从来没有翻看一页,更不要说教育孩子养成读书的习惯了。很多家庭很少有大人和孩子阅读的书,多是言情小说和武侠小说以及内容不健康的书,这些书不仅污染了孩子的内心世界,还损害了父母在子女心目中的形象,对教育产生很多负面影响。

进入21世纪以后,读书作为创造智力资本的重要工具,其作用日益重要。读书不仅可以提高人的文化素质、生活品位和生命质量,而且可以使人因读书而富有贵气。读书不仅可以收获知识和信息,而且可以获得丰厚的财富和资本,这些是他人偷不走的无形资产。因此富者因读书而高贵,知识与气质是要通过自己耐心、持久的读书才能获得的。清贫而不寒酸,小康而不俗气,这个关键就在于当事人是养成书卷气还是市侩气,也就是你是否重视读书,是否热衷于知识,是否努力追求精神层面的富足。一个胸怀虚心、耐心和爱心的读书人，即使拥有令人向往的权力，也不会变成令人讨厌的官僚；即使拥有令人尊敬的成就，也不会有令人失望的自负。

正因为阅读的意义重大，一些民族和许多发达国家都重视对儿童的阅读教育，培养孩子的阅读兴趣和习惯。在美国，政府提倡孩子阅读教育，主张父母们每天为孩子讲读20分钟故事，培养孩子们的读书习惯。

作者与著名书画家、慈善家夏荆山居士合影（2014）

（二）写作沉淀　创新升华

仅有读书的习惯，还是不够的。因为读书只是知识的积累，而知识积累的目的是创新和沉淀。要达到这一目的，就必须学习写作。写作可以是一个故事的生动叙述，也可以是一篇短文或小论文；可以写生活，也可以写工作总结；可以是探讨性的论文，也可以是人生感悟的文章；可以是一个小册子，也可以是一本书；可以是一本书，也可以是一套丛书。总之，坚持不懈的写作，就是经验总结和调查研究的结果，就是知识的积累和文化的沉淀，就是思想或精神的升华，就是理论和实践的创新。

我的写作生涯从小时候就开始了，并延续至今。最早的写作是故事的叙述。小学三年级的时候，我的作文被语文老师作为范文在班上朗读，这激发了我写作的兴趣和激情。从那以后，我就开始练习写文章，为班级和学校出黑板报。到了初中和高中，我的作文得到语文老师和同学们的好评。到大学后，课程论文和毕业论文成为写作的新起点。读了硕士和博士以后，学位论文成为理论升华、思想积淀、实践创新的表现。特别是读了博士以后，写作水平发生了质和量的巨大变化，二十几万字的博士论文开启了人生的写书生涯，这是以前两三万字的硕士论文所无法比拟的。

随着写作水平的提高，写作逐渐成为工作的重要部分，而且促进理论升华和实践创新。自从考入公务员系统，进入政法和民政系统，写作便成为我的工作所必不可少的部分。工作总结、调研报告、公文写作、工作汇报与建议、法规汇编、对外宣传、演说稿等都离不开写作。例如在天河区民政局工作期间，我和办公室人员走访了200多个社会组织，发现在社会组织管理中存在一些问题。为了引起局领导重视，我在区政府《决策内参》里发表了几篇文章，总结了这些问题，并提出了一些建议。领导看了文章以后，了解了我们这块工作的重要性，并给予了很大支持。得到了领导的支持，我们顺利成立了广州第一个社会组织发展促进会，促进了天河区社会组织的发展，适应了天河区经济快速发展的需要。与此同时，我还发表了许多论文，仅2007年就在《天河报》《广州民政》《广东民政》等报刊发表了15篇文章，编写天河区社会组织发展促进会简报14期，还编写了民政方面的书，例如《天河民间》《天河社会组织掠影》等。进入民政厅工作以后，写了《广东省社会组织管理局赴陕西考察报告》40多篇，参与编写了《广东省社团组织行业协会自律建设资料选编》，起草了不少规则、章程文件，编写《广东省社会组织政策法规汇编》4册，出版了《社会组织实践与感悟》专著。

此外，我还写了一些工作心得和从政感想，例如《浅谈行业协会的发展》《浅谈民政》《浅谈社会组织等级评估》《社区社会组织的培育和发展》《民非企业单位管理中存在的问题》以及《关系的底线》等，从经验总结和民政工作探讨中得到快乐，丰富了工作经验。

写作也是生活的重要部分。工作之余，通过广泛的社会交往，我认识了志同道合的朋友，大家一起做一些利国利民的事情。我曾做12年的教师，关心教育，研究教育，对教育有着深厚的感情，希望写一些教育方面的书，这是我的爱好。于是与一些教育界朋友主编了家校合作教育丛书。这套丛书涵盖了婚姻教育、家庭经营到家长教育、早期教育、儿童教育、天才教育和家校合作教育等方面，不仅内容新颖丰富，而且还有教育理论和教育模式的创新。我们与教育厅的领导、专家等共同研究，发现了中国教育转型和改革的关键——家校合作教育。这也是对中国教育的一大贡献，协助解决占全球总人口 1/5 的人的教育问题，应该得到推广和普及；这也是造福民族、促进国家强盛、提升全民素质的好事，有利于实现教育强国的中国梦。

此外，还写了一些人生体会和生活感悟的文章，一方面排解生活烦恼、人生困惑，另一方面还可以悟出生活的真谛，找到人生的乐趣。因此，写作就成为生活的重要部分和爱好。通过写作，可以重新认识和理解家人，可以更好教育子女和影响家人，可以感悟人生的价值和意义，提高生活的质量和情趣，提升自己的修养，鞭策自己更加努力工作，更好生活，学会珍惜生活，关爱他人。同时，通过写作，还可以影响周围的人和社会，帮助更多的人正确认识生活的价值和生命的意义，为构建和谐社会尽点力、做出奉献。

二、慈善义工　回馈社会

（一）热爱慈善　回馈社会

所谓慈善，即心中有别人，就是人们对儿童、老人、穷人等弱势群体的关爱、友好、同情、帮助和救济的总称。"慈"就是长辈对晚辈的关爱和同情，"善"是指人与人之间的友爱和帮助。《汉语大词典》把"慈善"解释为慈爱、善良、仁慈、富有同情心。在英语中，"慈善"不仅有对穷人或困难群体的帮助和救济，而且有博爱的含义。著名经济学家、诺贝尔经济学奖获得者贝克尔认为，如果将时间与物品转移给没有利益关系的人或组织，那么这种行为就被称为慈善。慈善是在人格平等基础上，基于人道主义精神，向他人或社会提供无偿捐赠，不仅限于物质的捐赠，更在于对其精神需求的满足。由此可见，慈善是一种利他助人的亲社会行为，是一种回馈社会的重要手段，也是实现个人社会化、人格健全、自我完善和实现社会价值的重要途径。

我爱好慈善活动，一方面与父母和童年生活经历有关，另一方面也与大埔的客家文化有关。因为小的时候，家里很穷，连吃饱饭都是问题，曾几次到邻居或亲戚家借米，得到他们的帮助，这样从那个特殊的年代走过来。童年时，父母常常叮嘱我们，如果没有乡邻接济，我们也许饿坏了，要我们长大了要感谢他们，滴水之恩，当以涌泉相报。

大埔有许多客居他乡的慈善家，例如宋大布、张弼士、田家炳等。他们一方面在海外经商谋生，成为亿万富翁或商界大亨，另一方面默默地支持着中国革命、家乡建设和慈善事业，回馈国家和社会，他们捐助革命的善举和精神影响着一代代大埔人。作为客家儿女，我从小就听母亲讲这些慈善家的故事。父母和这些故事的影响，坚定了我做慈善的信念。

20多年来，由于对慈善的热爱，我以感恩家人和亲戚邻居、朋友同事以及周围人的心态，不间断地从事慈善活动，我的生活和工作因慈善而更加丰富和快乐，同时我也认识到慈善对自我成长、人生和经历社会和谐的重要意义。

慈善可以扶贫助困、救死扶伤。记得在天河区双拥办工作期间，曾有一个团级干部生活艰苦，他的儿子得了白血病却没钱治疗。我就以双拥办的名义发出倡议书，三天为孩子筹了30万元治疗费，挽救了孩子的生命和团级干部的家庭。这种慈善救助不仅使部队和地方政府之间关系融洽了，而且使我深刻理解了慈善的生命价值和社会意义。

慈善可以帮助山区教育，促进教育发展和人才建设。为了帮助山区贫困家庭的孩子，在周末或节假日，我带着朋友们开车跑四五百公里，回到大埔、五华、丰顺、河源、龙川等地方，给十几个学校组织专家义教，捐赠桌椅、书包、电脑、乒乓球台，捐建篮球场等。我把卖专著《社会组织的实践与感悟》所得的十几万元，全部捐赠给百年老校虎山中学用于建学校办公大楼。还有很多朋友受我影响，每年自发做善事。一些外国朋友和国内的专家学者随我到故乡义教或捐献新书，构建图书角，传播国内外先进的教学方法和教育思想，支持革命老苏区教育发展。

为了使贫困山区中小学学生增长知识、开阔视野，提高山区学生英语学习的积极性和听说能力，促进中西方文化交流，促进中英两国人民的友好往来和相互理解，大埔自2000年至今启动了"北塘计划"，我参加了此计划的8期夏令营。此计划得到广州市政府、英国布里斯托尔市政府以及大埔县政府的支持，在2001年被两个友好城市正式列为交流项目，也得到中山大学医学院、布里斯托尔大学和利兹大学的支持。这一计划的主要内容是每年暑假在大埔县北塘红军小学开办历时10多天的中英联合夏令营，这引起许多媒体的关注，获得了社会各界的好评。

慈善可以救助灾民和流浪儿童。2007年梅州发生严重水灾，我先捐了1万元，身边的朋友当天捐款超过16万元，记得那次一天捐款总额超过了50

万元。我在柬埔寨旅游时,看到十几个在街头流浪的孩子,就把身边所有的钱都掏了出来,分给这些孩子,孩子们便抱着我的腿大声叫我 mother。在非洲街头,看到饥饿和生病的流浪儿童,我忍不住自己的眼泪,把口袋所有的钱分给孩子们,孩子们纷纷围着我合影。无论是水灾灾民,还是街头流浪儿童,无论是中国,还是外国,慈善没有国界之分,这就是人类的大爱,是无边的爱。

慈善是当今社会公共设施建设和公共服务的重要手段。如:为了大埔县建桥,张家振书画家到大埔进行"福"字慈善义卖,带动地方政府、企业家、官员和百姓一起筹措了150多万元的建桥款,改善了交通条件。这样慈善就成为一种公共设施建设的重要手段。

越来越多的慈善活动,逐渐加深了我对慈善的理解。许多人认为,等有钱了再做慈善。其实,做善事不分大小,只要有这份心,只要在自己力所能及的范围内,就是一位慈善使者。我也像普通的公务员一样,虽然没有很多钱来做慈善,但我觉得自己尽力做了。2008—2013年这五年,我捐了近20万元,带动的民间捐款近300万元,参与义教近百场。捐款主要用于建学校、建桥,促进了老区建设。我对慈善事业一直比较热心,希望业余可以投入更多时间做慈善。我更希望自己退休以后,可以专门为青少年和弱势群体做一些有影响的公益事情,如义教义讲等,促进社会和谐建设。

作者慰问孤寡残疾人(2013)

（二） 热爱义工　回馈社会

义工起源于西方宗教性的慈善服务，已有100多年的历史。义工有两层含义，第一层是指经义务服务组织登记，为社会提供义务服务的人员，也称为志愿者；第二层为任何人不以获得报酬为目的，奉献个人的知识、时间、精力和财力等，以改善社会服务为己任，促进社会进步而提供的服务。由此可见，义工既包括志愿者，又包含志愿者提供的社会服务，其本质是服务社会，其核心是"自愿、利他、不计报酬"，具有组织性、志愿性、无偿性、公益性四个基本特征。

每年12月5日被联合国定为世界义工日。设立这一节日的目的是鼓励全球各地政府及团体共同表彰义工对社会所做的贡献，倡导社会各界人士积极支持和参与义务工作，共同促进社会文明进步。义工没有年龄限制。任何人不论年龄大小，只要具备做义工的基本条件，都可以自愿参与不同层次及能力要求的义工服务。义工工作范围包括助学、助老、助残以及关注其他弱势群体、青少年问题、环境保护、社会宣传等公益性活动。

做义工可以传递爱心，关爱弱势群体，传播文明；可以提高自己的自信心、自尊心、社交能力；可以丰富个人的生活体验，增强个人的归属感，帮助个人了解社会、融入社会；可以锻炼和培养自己，学习新技能、扩大生活圈子、提升自我价值，充实生活，获得快乐；可以培养团队精神，树立社团或机构社会形象；可以提高社区的生活质量，促进社会和谐以及社会进步。

由于意识到义工重要的社会作用和对人的社会化的重要意义，许多发达国家都重视和提倡公民的义工教育，将义工教育纳入公民教育。在美国，许多中学要求学生参加义工劳动，工时从20小时到100小时不等，否则就不允许毕业和获得中学文凭。

作为一名国家公务员，我觉得自己有义务、有责任来做义工，帮助他人，造福社会。因此，我经常利用工作之余，利用周末和假日到革命老区扶贫助困，发动朋友先后捐建了5所希望学校，还为近100所学校开展义讲义教，并亲自带领外国教师参加革命老区义教，每月为社区举行一至两场大规模文化服务活动，为构建和谐社会做出了一点贡献，这些是我的业余爱好，也是自己回馈社会的重要途径。

随着我国义工组织的发展,政府应提倡和鼓励社会各界从大人到孩子、从小学生到大学生、从农民到公务员等,都参加到义工组织和义工队伍中来,帮助弱势群体,体验和丰富的社会生活,培养公民的社会意识和社会素质,增强每个公民的社会归属感和责任感,真正使人身心健康、人格健全、服务社会、回馈社会。因此,我希望更多的人都能加入义工组织,共同为社会和谐稳定、国家繁荣尽自己的社会义务。

作者关爱儿童(2014)

三、游览名胜 丰富阅历

人生不仅仅是读书、工作、行善,还要有自己的生活和爱好。外出旅行是爱好,也是生活,更是开阔视野、学习丰富的重要手段。很多人游览名胜古迹的时候,抱着"到此一游"的心态,这样永远感受不到名胜古迹的价值所在,更不会得到真正的游览乐趣。我觉得,看古迹要有历史背景和文化感,只有对当时的文化和社会背景有所了解,才能看出"味道"。看古迹可以积累知识，丰富人生阅历，可以为人排除烦忧，给人"精神按摩"，使人在旅行中享受轻松和思考，才能使人站得高、看得远，看问题更具穿透力。在国内，我带着对革命家、政治家的敬仰，带着对人类社会和科技的好奇，带着对历史和文化的敬意，去过很多有名的地方旅行，积累知识，沉淀经历，这就是"精神按摩"的益处。

1. 孙中山故居纪念馆的联想

坐落在广东省中山市区东南方约 17 公里处的南朗镇翠亨村的"孙中山故居纪念馆"，我去了多次（我的父母现在就居住在中山市区）2010 年 4 月 2 日，我陪朋友又来了一次翠亨村，这次感受颇深。

翠亨村是中国民主革命的伟大先驱孙中山先生的故乡，联翩继出的翠亨英杰与一部中国近代史的书写紧密相连，使翠亨村成为中国最有名的村子之一，是所有对近代中国百年史怀有温情和敬意的炎黄子孙心目中的圣地。孙中山在这里出生和度过他的童年和青少年时代。翠亨村是孙中山最早认识社会的窗口，是孕育他革命思想的土壤，也是他最早进行社会改革的试验场。翠亨村傍山濒海，地理位置优越，自然环境优美，四季常绿，鸟语花香，景色宜人。地灵人杰的翠亨村又是一个历史文化内涵丰富的小山村，保存了丰富的地区历史、文化、乡土建筑、乡村建设的历史遗存，堪称岭南传统乡村的缩影。

公益团队兄弟姐妹（2013）

第四部分 积淀丰富 回馈感悟

当我走出孙中山故居纪念馆，我想了许多……革命先行者孙中山，在列强瓜分中国，而"庸奴误国"、华夏大厦将倾的危急情势下，发出"振兴中华"的号召。由孙中山起草的《兴中会章程》写道："……近之辱国丧师，剪藩压境，堂堂华夏，不齿于邻邦，文物冠裳，被轻于异族。有志之士，能无抚膺！夫以四百兆苍生之众，数万里土地之饶，固可发愤为雄，无敌于天下；乃以庸奴误国，荼毒苍生，一蹶不振，如斯之极。方今强邻环列，虎视鹰瞵，久垂涎于中华五金之富、物产之饶，蚕食鲸吞，已效尤于接踵；瓜分豆剖，实堪虑与目前。有心人不禁大声疾呼：亟拯斯民于水火，切扶大厦之将倾。"

孙中山为振兴中华奔走呼号，并亲手组织创立了中国第一个资产阶级政党——中国同盟会。经过长期的斗争实践，孙中山又明确提出中国资产阶级民主革命的纲领，即以民族主义、民权主义和民生主义为主要内容的"三民主义"。三民主义力图解决中国的民族独立、政治民主和社会经济的进步与发展等各种问题，是19世纪末20世纪初，即马克思主义在中国生根之前关于中国现代化发展道路的一种最为合乎中国国情，也是最为完整的学说。如果说中国有一个"近代文化"的话，那么孙中山的三民主义就是中国"近代文化"中最为优秀的代表。

在孙中山等革命先驱的组织领导下，中国资产阶级经过1911年的辛亥革命，终于推翻了清王朝的专制统治，结束了中国长达两千年之久的封建统治，建立起中国历史上第一个民主共和的国家政权——中华民国。

中华民国的建立为中国的现代化提供了政治保障。在辛亥革命之后的那些年里，中国的政治虽有许多的反复，但孙中山思考最多、最深的主要是怎样才能将中国建设成一个强大的现代国家，怎样才能使中华民族重新自立于世界民族之林。在他生命的最重要关头，他留给我们一部醒世之作，即耗费他半生精力的力作——《建国方略》。

《建国方略》是孙中山思想成熟的重要标志，他在这部巨著中极为精辟地分析了民主政治与社会经济发展之间的辩证关系，明确指出了中国未来的发展路向。这是中国历史上第一部较为系统地论述中国现代化发展模式、前进道路以及基本原则的著作，它虽然由于种种历史条件的制约并没有获得实现，但对后来者确实给予许多重要的启迪。

孙中山的理想并没有变成现实。毛泽东在《论人民民主专政》一文中精辟地总结道："自从1840年鸦片战争失败那时起，先进的中国人，经过千辛万苦，向西方国家寻找真理。洪秀全、康有为、严复和孙中山，代表了在中国共产党出世以前向西方寻找真理的一派人物。……认为要救国，只有维新，要维新，只有学外国。"然而，"帝国主义的侵略打破了中国人学西方的迷梦。很奇怪，为什么先生老是侵略学生呢？中国人向西方学得很不少，但是行不通，理想总是不能实现。多次奋斗，包括辛亥革命那样全国规模的运动，都失败了。……一切别的东西都试过了，都失败了。"中国现代化的道路选择只是到了中国共产党的诞生，找到了马克思列宁主义，尤其是毛泽东在中共党内领导地位确立之后，才在继承孙中山开创的革命事业的基础上走上新的坦途。毛泽东在《纪念孙中山先生》一文中说："我们完成了孙中山先生没有完成的民主革命，并且还把这个革命发展为社会主义革命。"

毛泽东立足于中国国情，排除"左"和右的各种干扰，正确分析和判断世界大势，系统总结近代中国救亡图存的经验教训，把马克思主义的普遍真理与中国革命的实际情况结合起来，创造性地探索出中国民族独立与解放的正确道路。

在以毛泽东为代表的中国共产党人的正确领导下，中国人民经过长达28年的浴血奋战，终于结束了中国半殖民地、半封建的历史，建立了中华人民共和国，为中国现代化的顺利发展创造了必要的前提。

不仅如此，以毛泽东为代表的第一代中国共产党人在建立政权之后，为了中华民族的强盛，更致力于中国现代化道路的探索，从而形成远比孙中山的三民主义更为科学、更为系统的关于中国现代化道路选择的学说，并最终凝聚为以新民主主义—社会主义为基本特征的现代化观念。其主要内容有：

——在政治上提出了完善和推进民主化的方案，强调要充分发扬民主，加强法制和中国共产党的建设，制定了中国共产党与各民主党派之间长期共存、互相监督的方针，提出了反对官僚主义和个人崇拜的原则。

——在经济上提出了要以实现工业化为主要任务，全面推进经济建设的方针。明确提出了以工业化建设为发展方向和主要任务，要改革和调整中国过于单一的经济结构和经济体制；制定了综合平衡、稳步前进的经济建设步骤。

——在科学技术上，充分肯定了知识和知识分子在现代化建设中的地位和作用。

——在文化上，提出了繁荣社会主义文化艺术的"百花齐放、百家争鸣"的"双百"方针。

——在对待外国先进文明的问题上，提出了要全面学习外国的先进科学技术和文化，明确表示过："我们的方针是，一切民族、一切国家的长处都要学、政治、经济、科学技术、文学艺术等一切真正好的东西都要学。""在自然科学方面，我们比较落后，特别要努力向外国学习"，并指出："抵制和批判外国资产阶级的腐朽制度和思想作风，并不妨碍我们去学习资本主义国家的先进的科学技术和企业管理方法中合乎科学的方面。"

公益团队兄弟姐妹（2016）

应该承认，以毛泽东为核心的中共第一代领导集体的现代化理论和发展战略较之孙中山的三民主义更为全面、系统和科学。理论指导实践。中国的现代化进程在不到 30 年的时间里确实取得了中国历史上几千年所不曾取得的重大进展，从而使中国从资本主义现代化道路成功地转向社会主义现代化道路，在国际社会成功地实现了中国几代人梦寐以求的民族独立，中华民族在经历了一个多世纪的屈辱之后终于站起来了，中华民族终于再一次坦然地自立于世界民族之林；在国内政治方面，民主化的进程一度获得相当程度的推进，人民群众真正成为国家的主人；在经济上，国民经济的基础和实力比以往大大增强，一度呈现出健康发展的良好势头；在科学技术方面，短短的 30 年更是进步巨大。"两弹一星"的成功不必说，即便是基础科学方面，所取得的进步也是中国历史上从未有过的。总之，毛泽东的时代，尽管存在不足，但确实为中国现代化的进一步发展奠定了良好的物质基础。

1976 年，毛泽东去世之后，中国经过两年的徘徊，逐步确立了以邓小平为核心的中共第二代领导集体。邓小平在毛泽东对中国现代化道路的成功探索和严重失误的基础上，从反思什么是社会主义、怎样建设社会主义这一根本问题入手，对社会主义现代化建设的一系列问题进行了创造性的探索与回答：

——在社会主义的基本性质和根本任务上，邓小平认为社会主义的本质是解放生产力和发展生产力，消灭剥削，并逐步消除两极分化，最终达到全体人民共同富裕。认为社会主义阶段的最根本的任务是发展生产力。强调"贫穷不是社会主义"，"必须建设能够摆脱贫困的社会主义。"因此，党和国家的工作重心必须从以阶级斗争为纲转移到以经济建设为中心的现代化道路上来。

——在社会主义发展阶段问题上，邓小平创造性地判定中国的社会主义建设在目前还处在社会主义的初级阶段，是初级阶段的社会主义，这是中国最大的国情。中国社会主义建设的一切发展规划和方针政策，都必须从这个基本国情出发。

——在社会主义现代化的发展道路问题上，邓小平明确提出以建设有中国特色的社会主义现代化为基本方向。反复强调"我们搞的现代化，是中国式的现代化。我们建设的社会主义，是有中国特色的社会主义"。

——在中国社会主义现代化的发展动力问题上，邓小平以改革不适应社会生产力发展的经济和政治制度为调动一切积极因素、解放生产力的杠杆。十分明确地提出科学技术是第一生产力，依靠科学技术的进步来推动生产的发展；以教育为科学技术的基础，通过大办教育来培养大批的科学技术人才，加速提高中国的科学技术水平，尽快缩短中国与世界先进科学技术水准的差距，增强中国国民经济发展的后劲。

——在学习外国先进文明问题上，邓小平主张实行全面开放，学习和引进外国一切先进文明和管理手段，引进外国资本，为加快中国的经济发展提供必要的科学技术和资本保障。他明确指出："社会主义要赢得与资本主义相比较的优势，就必须大胆吸收和借鉴当今世界各国包括资本主义发达国家的一切反映现代化生产规律的先进经营方式、管理方式。"

——在经济体制问题上，邓小平认为社会主义也可以搞市场经济，市场经济并不是资本主义社会所独有的。他明确提出坚持社会主义公有制为主体，允许各种非公有制经济的存在和发展；坚持以农业的进步和发展为整个经济现代化建设的基础，以实现工业化为经济现代化的主要目标，以快速、稳步、协调发展为经济建设的调控方针，以提高经济效益为经济发展的中心。

——在政治上,邓小平提出要坚持四项基本原则,发展和完善社会主义民主和法制,始终认为保持社会稳定是压倒一切的大局,是中国社会主义现代化建设的最重要的前提和必备环境。与此同时,他还反复强调,党和国家的政治体制必须适应经济发展和经济体制改革的需要,积极推进党和国家领导体制的改革,促进中国政治生活的民主化。

　　——在文化上,邓小平始终认为应该坚持"两手抓,两手都要硬"的基本方针,以建设社会主义精神文明为繁荣文化事业和提高人民文化素质的主要措施。

　　——在中国社会主义现代化的发展步骤上,邓小平提出以"三步走"的战略构想作为中国逐步实现现代化的进程和阶段。他反复强调要打破平均主义和大锅饭的恶习,要让一部分人和一部分地区先富起来和先发展起来,然后通过国家的宏观经济政策的调控逐步实现全体人民共同富裕和中国社会的全面发展。

　　邓小平的中国现代化理论,反思和总结了中国几十年社会主义现代化建设正反两方面的经验教训,借鉴了其他社会主义国家兴衰成败的历史经验,观照了当今国际社会的基本发展趋势,第一次比较系统地回答了在中国这样一个经济比较落后、资源相对比较贫乏、人民文化素质相对比较低下的国度如何建设社会主义,如何巩固和发展社会主义等一系列关系到中华民族前途和命运的基本问题。正是在这一理论的指引下,30年来,中国社会的面貌发生了巨大变化,综合国力获得空前增强,人民生活水平得到显著改善,中国的国际声誉和地位有了前所未有的提高,中国在国际事务中发挥着越来越重要的作用。

　　邓小平开创的有中国特色社会主义现代化道路是中华民族历史上的一个伟大创举。过去的30年在中华民族五千年的文明史上留下了光辉的篇章,为中华民族的伟大复兴奠定了坚实基础。

　　于是,在20世纪振兴中华民族的努力中,孙中山、毛泽东、邓小平是三位贡献最为杰出的伟人。

2. 畅游故宫博物院

　　1994年4月,带着一丝寒意和春天的萌动与生机,我随团参观了故宫博物院。中国有两处故宫博物院,一处在北京,另一处在台北,它们都是珍藏着许多中华民族历史文物的世界著名旅游胜地。北京故宫博物院建于1925年

10月10日，是第一批全国重点文物保护单位，1987年入选《世界文化遗产名录》，可以说是世界上接待游客最多的博物馆之一。故宫是第一批国家5A级旅游景区，2012年其日最高游客流量突破18万人次，全年游客流量突破1500万人次。

故宫博物院位于紫禁城内，紫禁城宫殿建筑是中国现今保存最完整、规模最宏伟的古代宫殿建筑群。包含"外朝"和"内廷"两部分。"外朝"包括南半部三大殿太和殿、中和殿、保和殿及其东西的文华殿和武英殿，是明、清两代皇帝办理政务、举行朝会及其他重要庆典的场所。三大殿位于高8.13米的3层汉白玉石台基上。"内廷"包括"后三宫"，左、右为东、西六宫，被称为御花园，是皇帝、皇后、妃嫔们的寝宫和活动场所。"后三宫"为乾清宫、交泰殿、坤宁宫。此外，还有外东路皇极殿、宁寿宫、养心殿、乐寿堂等，为皇帝退位后生活所准备，外西路为慈宁宫、寿康宫、寿安宫等，为皇太后、太皇太后、太妃、太嫔等居住。养心殿是雍正以后清朝皇帝日常办公的地方，用于召见臣僚等。奉先殿是皇室供奉祭祀祖先的地方。

故宫博物院是在明朝、清朝两代皇宫及其收藏的基础上建立起来的中国综合性博物馆，也是中国最大的古代文化艺术博物馆，收藏的文物主要为清代宫中旧藏，总计1807558件，其中一般文物115491件、标本7577件，珍贵文物1684490件，包含约14万件绘画、壁画、版画、书法、尺牍、碑帖以及一些绘画孤品、绝品，这些文物几乎涵盖所有文物门类和中国古代文明发展史。故宫所藏的古代书画占世界公立博物馆所藏中国古代书画总量的25%左右，因此每年春到秋季在武英殿区故宫书画馆都有两到三期的书画展。

台北故宫博物院位于台北市基隆同北岸士林镇外双溪，依山傍水，气势宏伟，碧瓦黄墙。它建于1962年，1966年启用时被命名为中山博物院，后被改为"国立"故宫博物院，占地总面积约16公顷，其主体建筑分为四层，正院呈梅花形，充满了中国传统宫殿的特色。

台北故宫博物院堪称中国台湾文化艺术之宝库，内有商周青铜器、历代玉器、陶瓷、古籍文献、名画、碑帖等稀世珍品，还有善本古籍近20万册，包含仅有的一部《四库全书》，明清档案文献近40万件，世界罕见的满文老档40巨册，这样从宋朝到清朝历代皇帝收藏的稀世珍品约有70万件，包括书法、古画、碑帖、铜器、玉器、陶瓷、文房用具、雕漆、珐琅器、雕刻、杂项、刺绣及缂丝、图书、文献等14类，包括青铜器4300多件，玉器1万多件，瓷器2万多件，铜器1万多件，而且经常有5000件左右定期或不定期的书画、文物展。因此，台北故宫博物院原院长秦孝仪说："中国之美，美在文化艺术，文化艺术之美，尽在故宫。"

此外，台北故宫博物院南部院区于2013年2月6日在嘉义县太保市动工，2015年12月28日开馆试营运，占地70公顷，以收藏亚洲各地文物为主，发挥文物研究、维护、教育及展示等功能，定位为"亚洲艺术文化博物馆"，其主体建筑为一座融合艺术和文化的环保绿建筑。

北京和台北故宫博物院，展示了中国五千年的灿烂文明。海峡两岸通过展览交流，增进两岸人民对中国古代文化的了解，加深两岸人民的感情和友谊。

作者与弘扬传统文化的同道中人于接待过100个多国家领导人的亚运城（粤秀书院）公益活动结束后合影（2016）

3. 参观上海世博会

上海世博会是2010年中国最盛大的展会，让中国人不用出国门就可了解世界各国的情况。

2010年国庆节前夕，我到上海考察，顺便参观了上海世博会。花了两天时间用尽了智慧、关系及办法，任何人都无法想象我为什么可在那么短的时间内参观到那么多国家的馆区，了解到那么多有趣的事情，况且还能在护照上盖到那么多的章。我跑遍了大部分展馆，本来每个门馆都必须排队五六个小时，而且还在护照上盖了几乎所有展馆的印章，我用了各种可用之人，请了可协调到的义工带路，避开各馆区高峰区，调配时间进去参观，确实能挑战自己。

中国举办首届世博会——上海世界博览会，这也是第41届世界博览会，其主题是"城市，让生活更美好"。世界博览会于1851年在伦敦首次举办，成为世界所有国家参加的工业盛展，为世界各国经济、科技和文化的交流提供了重要平台，展示了世界各国人民的创新意念、团队精神以及科技与文明的进步，展示了世界各个国家和民族的经济、教育、科技等方面的实力。

上海世博会是发展中国家第一次举办的注册类世界博览会，吸引了200多个国家和地区以及45个国际组织参展，总参观人数达7308.44万人次，创造了世界博览会史上最大规模的记录。

参观这次博览会，我花了两天时间，跑遍了200多个展馆，并在护照上盖了200多个国家展馆的印章，以此作为世界博览会的纪念。护照放网上可卖一万多元。观看的主要展馆有德国馆、中国馆、泰国馆、澳洲馆、美国馆等，它们代表了欧洲、亚洲、大洋洲、美洲等各大洲的科技、教育、历史和文化等，展示了世界的丰富多彩。

对德国的景仰，是因为德国的科技、工业以及职业教育闻名世界，是因为德国近现代许多哲学家、科学家等深刻影响着世界，是因为德国近现代的历史和文明。更为重要的是，德国重视科技和教育，实现了国家统一，而且敢于承认历史，反思纳粹战争，这是我们的海岛邻国无法想象和可比的，是难能可贵的，是值得学习的。这也得益于德国近现代哲学和先进的教育。因此，我和朋友先去了位于C区的德国馆。许多人排着长龙一样的队来德国馆参观。他们主要考察德国的科技和教育。随着"长龙"向前缓慢移动，等了大约两个小时，才进入德国馆。

第四部分　积淀丰富　回馈感悟

馆内分两层，第一层为画廊，展示了德国的风土人情和自然风光，第二层为立体展厅和电影厅。立体展厅内展示着德国名牌产品，例如机械、家电等。在圆形的电影厅内，中央悬着一个巨大的金属球，球的四周都是观众席。通过金属球可以播放电影，金属球像一颗璀璨的夜明珠，瞬间变成五光十色、变幻莫测的大彩球，而且四周的观众都可以观看到电影。大家都很兴奋，赞叹德国的科技。看完电影后，我不忘自己的目标，顺便盖了德国展馆的印章，就去了中国馆。

到了中国馆，我请了两个义工引领我参观，并帮忙盖章。我们首先进入电影大厅，厅内墙上悬挂着巨大的电视屏幕，播放着许多战争时代的照片，很多人牺牲了。看了这些内心不免感到一丝丝的悲伤和寒意，这让我思考了现代电视和网络的问题。接着看到了镇馆之宝兵马俑；再看了《清明上河图》的电子作品，原本不会动的画，现在画内的人像活人一样活动了起来，赞叹古代城市的优美，更吃惊于现代科技的发达。重视科学，发展科技，成为中国未来强大的核心。我们还坐了轨道游览车，进行"寻觅之旅"，观赏木结构建筑、拱桥、庭院、园林、斗拱、砖瓦等景色，领略了城市规划和建设的智慧。在"低碳"展区，荷花与水帘构成的"感悟之泉"景观，看了全国30外个省市直辖市的展区，使人感悟到城市和谐发展的美好未来。这些使我想起了城市的生活环境和条件有待改善，经济发展，社会稳定，人们的居住和生活应该得到改善。人与环境的和谐，才是人的生命质量的重要体现。中国馆区也体现了五千年文明的博大精深。

我曾去泰国旅游，因此知道泰国旅游业发达。所以就去了泰国馆。馆内有三个展厅，第一个展厅悬挂360度水帘大屏幕，展示了泰国绚烂的历史文化。第二个展厅内大屏幕旁有巨大的机器人，看3D电影时，电视里的人物和机器人竟说起话来。如果戴上3D眼镜，就好像电影里所有的人或物就在眼前，向您走来，这样制造出一种真实的电影场景，既有趣又令人惊讶。第三个展厅是主题为"和谐的泰国人"的3D电影放映室。如果您戴上3D眼镜，看缤纷的海洋世界，就有身临其境的感觉。一只游来的大鲨鱼张着血红的大嘴，就要把您生吞下去，现场许多观众都尖叫起来。泰国不仅旅游发达，而且现代科技也不逊色。也许这正是我们国家要学习的，重视旅游资源开发，重视科技发展，才能真正促进经济可持续发展。

澳洲具有优美热带风光和历史悠久的文化。世博会上澳大利亚展馆具有流畅的雕塑外形，它像绵延起伏的弧形岩石，采用特殊的耐风化钢覆层材料，其幕墙的颜色随时间的推移日渐加深，最终形成赭石色的红土。展馆主题是

"畅想之洲",笑翠鸟为吉祥物。据说,澳洲政府投资8300万澳元,最早建世博会场馆,世博会期间有700多万人参观。馆内展览设立"旅行""发现"和"畅享"三个主题展区,展示了澳洲奇异的物种、丰富的文化和宜居的城市风貌。"旅行"展区包含6个小型展区,有一条160米全封闭玻璃通道,可以感受澳大利亚多元文化和历史的特色。"发现"展区有容纳1000人的环形剧场,通过10~15分钟的电影短片,可以"发现"澳大利亚繁茂的植物、奇特的袋鼠、土著的风情、充满幻想的热土等。"畅想"区可以挑选澳大利亚美食、红酒和具有热带风情的纪念品,还可以观赏丰富多彩的世界级艺术和文化演出,享受音乐、哑剧、舞蹈、幽默和视觉艺术的快乐。

更为奇特的是,澳大利亚展馆是唯一展览儿童奶粉的展馆,里面有著名的贝拉米奶粉。此奶粉为有机配方,不添加蔗糖和任何香料,具有粉质细腻、清淡香醇、易吸收、不上火的品质。中国每年出生1500万个婴儿,优质奶粉的需求量很多,奶粉市场潜力巨大。奶粉展览就是向中国市场进军的品牌和旗帜。澳洲馆向世界展示自己的特色和优势,还有许多商务、文化和交流等活动,并在历届世界博览会上占有重要地位。

世博会上,被称为"鹰巢"的美国馆,不仅是参观人数最多的展馆之一,而且是最大的国家展馆之一,其主题"拥抱挑战"与世博会的主题"城市,让生活更美好"十分吻合。场馆总预算为6100万美元,占地面积约6000平方米,是一座都市型的智能建筑。场馆采用许多先进技术,仿佛使我们看到了美国未来城市的缩影,包含了绿色空间、屋顶花园、洁净水源和清洁能源,其外观设计大胆而简洁,像一只展开双翅的雄鹰,体现了世博会可持续发展的理念。

馆内有四个展示体验区,每个展区都有约8分钟的短片和4分钟的休息时间,体现了乐观、创新和合作的美国精神。游览整个场馆需要1小时左右的时间,眼前展现了四幕场景,仿佛已经踏上了美国之旅。在序幕为"欢迎来美国!"的展区,好客的美国人民伸出友谊之手,用普通话"欢迎"远道而来的宾朋,展示了美国文化多元丰富、民族友好乐观、环境多姿多彩的美丽而神奇的国度。

第一幕"美国精神"展区可容纳500名观众,在三块大屏幕上出现了美国人的一张张脸庞和他们的积极行为动作,它们向我们展示了美国人的乐观专注的精神、想象力和团结协作的巨大力量。从青少年到大学教授,从社区里的社会活动家到科学、技术和产业界的领袖人物,无论来自哪个国家、哪个民族,都要团结起来,创造一个更美好的世界。这就是美国人的精神和梦想。

第二幕为"都市花园"。在5个30多英尺高的超大屏幕组成的"城市大厦"上，播放着一个都市女孩的童话影片。一个都市小女孩看着一块废弃的空地，想象繁茂的花园，她富有想象力的激情和克服建设城市困难的决心，感动了邻居们一起重建社区。影片结束时，乐观、创新和合作的美国精神，使曾经破败和灰暗的城市变成美丽的都市花园，呈现出魔术般的奇景；影片4D效果使人们沉浸在惊险神奇的情感和视觉体验的快乐之中。

第三幕为"机遇和创新"，包括共同的世界、可持续发展、健康和营养、高科技和生活方式五大主题区域，展示了美国社区可持续、健康、多元文化的城市建设。共同的世界展示了合作的力量和美国企业的责任；可持续发展展示美国企业如何推进可持续发展的理念和技术进步；健康和营养展示了拥有突破性健康和医疗技术的美国生活；高科技展示了美国的创新能力和新技术成就；生活方式展示了美国引领世界潮流、享受新风尚、新概念产品和新思维的生活。

这三幕场景体现了世博会的主题和美国馆的主题，使我们领略到未来城市的发展趋势和未来的城市生活，体现了美国技术和理念如何帮助人们实现"城市，让生活更美好"的目标。更为重要的是，美国馆的建设引起了我的深思。美国作为世界经济大国，不缺这6100万美元的美国馆建设费用。美国馆的建设不是政府投资为主，而由大型集团公司支持，主要由3M公司、通用电器公司、戴尔公司、美中教科文组织、百盛餐饮集团、金鹰国际集团赞助，一方面节省了政府公共支出，另一方面体现了美国企业的公共服务精神和社会责任。这种做法反衬了我国政府公共服务管理水平的现实和企业责任与精神的缺失。提升政府公共服务水平和企业责任感，已经成为现代政府和企业的使命和责任。

还浏览了沙特馆、欧洲馆、非洲馆……收获颇丰。

通过这次世博会的游览，我既兴奋，又担忧。兴奋的是看到许多高科技的展馆，接受了世界许多国家民族文化和精神的熏陶，不出国门就可以开阔国际视野，同时也引起了许多思考。德国馆使我意识到哲学、教育和科技对一个民族和国家的重要性；中国馆展现中国五千年文明史，结合当今现状，我意识到当代文化教育的迫切；泰国馆播放泰国旅游的影片，使我意识到旅游资源适度开发和旅游经济的适宜发展成为现代经济的重要产业；澳洲馆展示的是澳洲的热带风情、历史、文化、艺术、科技和产业，使我意识到澳洲人与自然的和谐；美国馆展示了美国精神、文化、科技、环保，美国馆的建设体现了企业的精神和责任,这些使我意识到美国创造奇迹的真正原因。

这次参观世博会,可谓让我绞尽脑汁:研究什么时段,哪个馆区人多,什么时间馆区人少,以及请人帮忙盖各国纪念章,自己空出时间参观学习。这也是人生一次挑战极限的经历,意义源远。

4. 游历世界名城——古都西安

西安古称长安,是世界四大文明古都之一,也是中华民族的摇篮和文明的发祥地,是中华民族历史上建都时间最长、建都朝代最多、影响力最大的都城,曾被称为西都、西京、大兴城、京兆城、奉元城等。1369年明朝设西安府,这样西安就由此得名,清代以后沿袭下来。西安名胜古迹众多,沉淀了中华民族几千年的历史和文化。著名的有世界八大奇迹之一的秦始皇陵和兵马俑、大雁塔和小雁塔、历史博物馆、碑林博物馆、华清池、杜公祠堂等。参观这些古迹不仅惊叹我国古代发达的文明,可以开阔视野,丰富自己的历史知识和传统文化,而且可以敞开胸襟,吸收古代文明的精华。

秦始皇陵陵位于骊山北麓,北临渭水,外表看似一座巨大的土堆,似乎没有什么观赏价值,但其包含了秦始皇陵兵马俑,1987年被联合国教科文组织列入世界文化遗产保护名录,是全国重点文物保护单位。秦始皇陵墓规模宏大,包括正方形周长2.5公里的内布皇城和长方形周长6.3公里的外部宫城,其墓葬区的墓冢呈四方锥形,高达76米,底部南北长515米、东西宽485米,而且墓内放置棺椁,机关重重,有很多陪葬精品,为皇陵的核心,具有极高的考古价值。根据司马迁的《史记》记载,秦始皇13岁即位就开始建皇陵,并由丞相李斯主持规划设计,大将章邯监工,修建了38年。

秦始皇兵马俑坑也称为"西安兵马俑坑",是秦始皇陵的陪葬坑,位于秦始皇陵园东侧1500米处,总面积达19120平方米,坑内三个兵马俑坑呈品字形排列,有8000多个兵马俑,布局合理,结构奇特,规模气势令世人赞叹。其中,一号俑坑最大、最早发现,总面积达14260平方米,内有步兵和车兵联合编队,其左右两侧的兵马俑坑为二号坑和三号坑。二号坑是步兵、车兵与骑兵的联合编队,面积9216平方米。三号坑八千兵马俑最壮观,所有士兵一行行、一列列整齐地排着队,前三排为最普通的步兵,后面是精兵,个个身穿盔甲,体型魁梧,栩栩如生,仿佛呈现了秦军出征时的壮观场面。由此可见,秦始皇兵马俑坑不仅气势磅礴,蕴含了两千多年前的神秘色彩,而且再现了中国古代精湛的制陶技术和建筑艺术,成为中国历史和文化的骄傲。

第四部分　积淀丰富　回馈感悟

大雁塔和小雁塔东西两个方向相对，是古都长安保留至今的两处重要标志。大雁塔位于南郊大慈恩寺内，被视为古都西安的象征，是全国著名的古代建筑。它在一座方约 45 米，高约 5 米的台基上，呈方形，塔高七层，底层周长 25 米。因这座古塔模仿印度雁塔的样式，故名雁塔，也叫慈恩寺塔，即大雁塔。传说中的唐僧从印度取经回到大唐以后，专门在这里译经和藏经。小雁塔位于距西安城 1 公里处的荐福寺内，建于公元 684 年，是唐高宗死后百日为其献福而建的，因此最初为献福寺，后于公元 698 年改名荐福寺。此雁塔规模远远小于大雁塔，故称小雁塔。

陕西历史博物馆突出了盛唐风采的外观，馆内布局呈"轴线对称，主从有序；中央殿堂，四隅崇楼"的特色，把唐代古典建筑风格与现代博物馆功能相结合，融中国古代宫殿与庭院建筑风格于一体，是我国最大型、最现代化的国家级历史博物馆，被誉为"古都明珠，华夏宝库"。

馆区占地约 7 万平方米，内有 8000 平方米的文物库房、11600 多平方米的展厅、文物保护科技中心、图书馆、报告厅等。馆藏文物 370000 余件，包括青铜器、唐代墓葬壁画、历代陶俑、历代陶瓷器、历代建材与货币、汉唐铜镜、金银玉器，还有字画、经卷、织物、骨器、木器、漆器、铁器、石器、印章、封泥，以及近现代文物和民俗民族文物。文物库房有上起远古时期的简单石器，商、周的青铜器，秦汉陶俑，汉、唐的金银器，唐的墓壁画和唐三彩，下至近代社会的书画器物藏品，跨越一百多万年的历史。展厅有序言厅、基本陈列、专题展览、临时展览以及有国际画廊的中央大厅，展出 3000 多件文物稀世珍品，它们具有极高的艺术价值。

碑林博物馆于 1962 年被公布为中国第一批重点文物保护单位。它位于西安市三学街（即清代长安学、府学、咸宁学），建于北宋公元 1078 年，是为保存《开成石经》而建立的。近千年来，经历代征集、扩大收藏、精心保护的碑石近 3000 方。现有 6 个碑廊、7 座碑室、8 个碑亭，展出碑石 1087 方。其中名碑荟萃的展室里，有圣儒、哲人的浩瀚石经，秦汉文人的古朴遗风，魏晋北朝墓志的英华，唐朝名家的绝代书法，宋元名士的潇洒笔墨，书圣王羲之、画圣吴道子的书画墨迹，以及诗画双绝王维的竹影清风，它们为碑林增辉益彩，并成为中华民族历史文物宝库的重要组成部分。

华清池又名华清宫，自古为游览和沐浴胜地，有近 1300 年历史，是全国第一批重点风景名胜区，1997 年被国务院公布为全国第四批重点文物保护单位。它建于公元 747 年唐玄宗时期，今天距西安市区 30 公里，位于骊山北麓、西安城东。背倚旖旎猗旎秀美的骊山风光，自然造化的天然温泉，泉水常年保持在43摄氏度，吸引了古都西安的历代天子和著名诗人，华清池成为"与日月同流，不盈不虚"至今仍然是游览和沐浴胜地。白居易的诗句"高高骊山上有宫，朱楼紫殿三四重"显示了华清宫的美丽。

华清池温泉形成于二三百万年以前，水质纯净温和、芳流千古不竭，享有"天下第一温泉"的美誉。白居易的诗句"春寒赐浴华清池，温泉水滑洗凝脂"显示了华清池温泉的非凡魅力。

据说，华清池还是古都西安历代帝王和著名诗人都钟情的风水宝地。周幽王在此建骊宫，秦始皇建立名为"神女汤泉"的石筑室，汉武帝扩建骊宫，唐玄宗扩建宫殿楼阁为池，以后又改名为"华清宫"，而且华清池成为唐玄宗和杨贵妃经常游玩、沐浴的场所。白居易《长恨歌》的诗句"骊宫高处入青云，仙乐风飘处处闻"描绘了骊宫幽静秀美的魅力。

昔日古都"长安"是中国古都之首和中华文化的代表，显示了古代城市的文明发达和秀美华丽。今天的西安是中国最大的飞机制造基地，亚洲知识技术创新中心，新欧亚大陆桥中国段和黄河流域最大的中心城市，是中西部地区最大最重要的科研、高等教育、国防科技工业和高新技术产业基地。2009年继北京和上海之后，西安被国家列为中国第三"国际化大都市"。这样就形成了昔日古都文明与现代化相结合的大城市格局。让人流连忘返。全国三十多个省市直辖市都游完，感想很多。亦是行万里路，像读万卷书一样有登高望远的感觉，常有发现更好的自己的感受。

四、情系家国　感悟人生

（一）读书是没有风险的投资

朋友，你是否相信读书可以丰富人生，改变人生呢？记得金庸说，他儿子当时在美国留学，在一次电话中与女友争吵起来，一时冲动选择了自杀。后来金庸接受采访时被问道："如果请您给今天的年轻人一句期待，您说什么？"金庸说："希望年轻人养成读书的好习惯。只要会读书，人生中遇上点挫折、不如意，都不会放在眼里了。"如果当年他儿子爱读书的话，他就不会选择自杀了。在金庸的眼里，读书可以救儿子的命。他还对记者说："如果这十年中，一种是让我坐牢，但是给我书看；另一种是给我自由，但是不让我读书，我会选择第一种——在牢中读书。"虽然这只是打比方，却道出了这位著名作家的肺腑之言。

当今社会，大家见面总喜欢问："你投资了吗？股票升了吗？"很多人弄不明白股票、基金、房地产是怎么回事的时候就把自己多年的积蓄砸了进去。结果，在 K 线图的走势中尝尽了酸甜苦辣，在国家的经济政策调整中体会着爱恨情愁。因为，所有的投资都充满了风险，甚至陷阱，甚至让您的"财富"在一夜之间化为乌有，荡然无存。在此时，你是否盼望着一种稳赚不赔的投资呢？那就是投资学习，投资读书。

投资读书是完全可以保值的。权力会随着地位的变动而消失，金钱会随着时间的流逝而成粪土……但是，知识不会因传承而贬值。读书收获的财富是知识、是信息、是无形资产，别人偷不走，也盗不掉，所以保值是肯定的。自古劝人读书的诗句比比皆是，"万般皆下品，唯有读书高"把读书抬到至高无上的地位；"学而优则仕"把读书和取得社会地位画上等号。贾平凹说："读书有福，读书是幸福的，有福的人才读书。"读书不仅充实空洞的大脑，丰盈单薄的灵魂，更是在储备一种能量，进行一种永不停息的文化升值。此乃"最是书香能致远，腹有诗书气自华"。

作为财富的追随者，我热衷于投资。虽然我不像股神巴菲特那样玩转股票，也不能像金融大鳄索罗斯那样左右金融，但我可以把仅有的一点积蓄投资于读书。如读了《态度决定一切》，让我在敬业、勤奋、忠诚、自制、进取、协作和热情这几个方面汲取到成功的力量，精心经营我的人生；读了《细节决定成败》，我学会了从细节之中把握机会，认真做好每项工作，所以才能被广东省广州市政法委评为"十佳民政干部""人民满意政法干警"，所担当书记的党支部才能被评为先进党支部、所负责的社会组织管理部门才能被国家民政部评为全国先进单位等。难道这不是我投资读书的回报吗？

读书不仅可以保值、增值，还可以有附加值。从生活的意义来说，人有两种财富，一是精神的或是知识的；二是物质的或是金钱的。在日常生活中，平凡人通常只注意可以用金钱换来的物质领域，却往往忽略了生活的另一面——精神领域。人，最可怕的是精神上沦为乞丐。有知识、有学问的人内心充实，只有金钱没有知识的人精神空虚。所以说，世界上最富有的人是知识渊博的人。

富者因书而贵，知识与气质是要通过自己耐心、持久的读书才能获得的。清贫而不寒酸，小康而不俗气，其分野就在于当事人是养成书卷气还是市侩气，也就是你是否重视读书，是否热衷于知识，是否努力追求精神层面的富足。一个胸怀虚心、耐心和爱心的读书人，即使拥有令人羡慕的权力，也不会变成令人讨厌的官僚；即使拥有令人尊敬的成就，也不会有令人失望的自负。

学习改变个人命运，品位提高生存质量，素质决定人的一生。我自己就有亲身经历，从一个聘任教师，考试成为民办教师，再考试成为公办教师；从一个大专生，到本科生，到取得两个硕士学位、一个博士学位；从一个普通教师，到政府公务员；从普通办事员到今天为中层领导，从区到省处级干部，再到被聘为广东省民政厅社会组织管理评估的专家；等等。所有的成绩都取决于爱读书，加之好好做事，好好做人。现在读书已经成为我生活中甚至是生命中的必需品，哪还有什么比投资生命的必需品更重要、更值得的事情呢？余秋雨说过："生命的质量需要用读书来锻铸"，亲爱的朋友们，为了您心灵的健康和生命的质量，赶快抓紧读书吧！2013年我在珠江御景湾开了个近百平方的公益书吧，免费给辖区居民和读书之人开放，成为一个灵魂净化的场所。三年无人看管却从未丢失过东西，这也是读书带来的好处。

（二）保持快乐的心境

屋子由柱、梁及墙壁组合支撑；家是爱与梦想所构成。社会家庭不但是身体的住所，也是心灵的寄托处。幸福家庭要注重内在的爱与和睦。对孩子来说，家庭应是歇憩的域所、培养丰富的人性的土壤以及美好梦想的温床。家庭生活的乐趣是抵抗坏风气毒害的最好良药。如果做到这样，工作、生活就会处于和谐状态，人会快乐一些。

我曾经接触过一些成功人士，他们拥有数亿的家产，有的人官也当到厅局级了。每次与他们接触的时候，我有一种窥探的心理，看看他们在功成名就之后，是否也成为世界上最幸福的人——他们该是最幸福的人吧。然而，实际的接触后，却察觉出他们一部分人会有眉头紧锁、如履薄冰的凝重神情，让人难以联想到幸福快乐。幸福应该是快乐、轻松、坦然和淡定的，但他们给我的感觉更多的却是一种世事的沧桑、生活的险峻、事业上的压抑和工作中的焦虑不安，甚至隐隐地潜藏着一种前途未卜的危机感。

第四部分　积淀丰富　回馈感悟

我认识的一位拥有上亿财富的企业家，多少年之后，我却听说他得了抑郁症而自杀了。有一个认识的交通局长也自杀了，等等。吃惊之余，不觉回想这些年，我接触过的成功人事和有钱人，说老实话，他们当中很少有真正快乐者，反倒个个不太满足。一个老是不满足的人，又哪来的快乐？不快乐又哪称得上幸福？这真是实实在在的不幸啊！

记得有一个成功人士这样对我说过："在你们眼里我是成功者，可比我强的人——世上多的是，别看我住的屋子大，可住房子比我大的人不知有多少，很多还住大别墅呢，等我住上大别墅了，人家又住进了大庄园；我开的车是中档，等我开高档车的时候，人家又开了私家飞机；我只是一个亿万富翁，人家早就成了百亿万富翁；我是个副处长，同学是副厅长、厅长了……"话虽没错，但这是何等不知足，何等不开心？明明是小康，富贵之人，给人的感觉却像个失败者。如此说来，人人都按这个逻辑走下去，一个人永远都不会快乐！人存在的意义是什么？责任，各种各样的责任。20万个精子竞争，最后只有一个与卵子结合，着藏在子宫，经过十月怀胎，存活下来才产生了您的生命，多么得不容易。因此个人认为有责任好好善待生命，不要老是这山望着那山高，永无止境地攀比，而导致许多成功者最终的不幸。

我经常在揣摩，世界上到底什么样的人最快乐？活了大半辈子，发现一些极为普通、平凡甚至平庸的人往往还更快乐。比如说，我住房小区门口有一户专门收废品、垃圾的年过半百的老刘两口子，天天等着收购人家的旧报纸和瓶瓶罐罐，有时候一起吃盒饭，还喝着啤酒，不亦乐乎，显得很快乐。那个在楼下修单车的老黄，风吹雨打十几年，每天都乐呵呵地帮人修单车，每当人们夸他车胎补得好的时候，他就一脸灿烂的笑容，滔滔不绝地给人家讲怎样补胎才最好、最结实……满脸的幸福感，仿佛修车是天下最大的事，这就是他的快乐。老张退休七八年了，每天拿个二胡到林子里去自拉自唱，偶有路人在跟前站一下，他都把人家当知己，使劲拉一通，快乐的神情洋溢在脸上，特别有成就感，特快乐！老卓是个大厨，做了一辈子饭菜，每当人家夸他的饭菜做得不错时，他都要乐上一整天，总是沉浸在喜悦中。老赵总是喜欢到少有鱼的沙坑里钓鱼，只要有鱼咬钩，他就乐。这就是他的成就感，很快乐，那种知足和欢乐，就像是钓上金条一样的快乐！

大家都是普通人，通过平凡的事情、平庸的状态里的平凡生活，能捕捉到属于自己的细微成就感，并因此得到极大的满足，他们的平常心，放大成就感的本领让人吃惊，也让他们自己时时处在快乐之中。有一天，我看到一本书里是这样说的："不管我们有多少丰功伟绩，都要在内心深处平凡甚至平庸起来，平凡、平庸会让我们较容易满足，平凡、平庸会让我们感受更多，并抓住所有细枝末节的美丽去放大它，感知它，体验它，时时刻刻感到快乐、满足和幸福，因此可以长时间被阳光普照，其乐融融。"

我的人生观若要用一句话概括，就是活出真性情。我从来不把成功看作人生的主要目标，觉得只有活出真性情才是没有虚度人生。所谓真性情，一面是对个性和内在精神价值的看重，另一面是对外在功利的看轻。一个人在衡量任何事物时，看重的是它们在自己生活中的意义，而不是它们能给自己带来多少实际利益，这样一种生活态度就是真性情。

一个人活在世上，必须有自己真正爱好的事情，必须知道自己究竟想要什么，才会活得有意思。一个人认清了他在这世界上要做的事情，并且在认真地做这些事情时，他就会获得一种内在的平静和充实。这爱好完全是出于他的真性情的，而不是为了某种外在的利益，例如为了金钱、名声之类。他喜欢做这件事情，只是因为他觉得事情本身非常美好，他被事情的美好所吸引。这就好像一个园丁，他仅仅因为喜欢而开辟了一块自己的园地，他在其中培育了许多美丽的花木，为它们倾注了自己的心血。当他在自己的园地耕作时，他心里非常踏实。无论走到哪里，他都会牵挂那些花木，如同母亲牵挂自己的孩子一样。这样一个人，他一定会活得很充实的。相反，一个人如果没有自己的园地，不管他当多大的官，做多大的买卖，他本质上始终是空虚的。这样的人一旦丢了官，破了产，他的空虚就暴露无遗了，会惶惶然不可终日，发现自己在世界上无事可做，也没有人需要他，自己成了一个多余的人。

黎巴嫩友人看望作者父母并合影留念（2015）

人做事情，或是出于利益，或是出于性情。出于利益做的事情，当然就不必太在乎是否愉快。相反，凡是出于性情做的事情，亦即仅仅为了满足心灵而做的事情，愉快就都是基本的标准。如果在做这些事情时感到不愉快，我们就必须审视是否有利益的因素在其中起着作用，使它们由性情生活蜕变成了功利行为。你说，得活出个样儿来。我说，得活出个味儿来。名声地位是衣裳，不妨弄件穿穿。可是，对人对己都不要以貌取人。此生此世，当不当思想家或散文家、写不写得出漂亮文章，真的不重要。真实不在这个世界的某一个地方，而是我们对这个世界的态度——是我们终于为自己找到的一种生活信念和准则。我唯愿保持一份生命的本色，一份能够安静聆听别的生命也使别的生命愿意安静聆听的纯真，此中的快乐远非浮华功名可比。

（三）体贴感激　正义美丽

1. 相互体贴

人是有感情的，而且感情是能够交流的。彼此心连心的体贴，可以成为工作的原动力。所以，一个团体成员应当对自己上下左右的人，自然地做出体贴的事来。例如，当你对出差归来的同志说："你辛苦了！"归来的同志说："单位这么多的事，你们才辛苦呢！"虽是一句话，但双方的心里却是暖烘烘的。

诸如此类的区区小事，看起来没什么了不起，但他却是团体成员之间的粘合剂。有了它，就可加固团体成员之间的团结，失了它，团结就可能受到削弱，甚至涣散。真可谓小事不小！

社会上常有这种现象，一个工作很热心的人，好吃苦，肯努力，然而未必会得到社会的承认，甚至还会遭到意想不到的打击。置身于这种境况的人们，难免会认为社会有点冷酷不公正，孤独感也可能油然而生，甚至会因此丧失希望。为了避免这种现象的发生，振奋人们的精神，作为一个社会成员，我们都应该以虔诚的心情去体贴周围的人。温暖从这里开始，播散开来，充满人间。

2. 感激之情

世界上的事物都是相互联系的。人也不例外，都有各自的生存环境。失去了这个环境，就失去了存在的条件。因此，不论何人都应当对自己所处的环境存有感激之情。

不容置疑，我们每个人都是父母生的，而父母又有他们的父母，这样一直上溯到人类的始祖，而人类的始祖又是宇宙长期演化的结果，从而得出结论，我们是与整个宇宙的力量连接在一起的。所以，我们首先应当感激的是我们的父母、祖先、大地乃至整个宇宙，因为父母培育子女是非常辛苦的事，平常无法做到的事常会绞尽脑汁为子女去做，父母这般慈爱，子女应该万分感激才是，若子女对父母的慈爱之心视而不见，那就是大逆不道了。有人要问，感激父母和祖先在情理之中，怎么还要感激大地乃至整个宇宙呢？因为不仅人类是由此长期演化的结果，而且包括自己在内也只有依赖大自然才能生存下去，像阳光、空气、水都是我们生存的必要条件。大自然也像慈母般地给了人们莫大的恩惠，日夜在培育着我们，只是不像母亲那样会呼唤你，用手亲自抚摸你。因此，对大自然的感激也就理所当然了。

近八十的爸妈和姨丈、姨母合影（2015）

不论是上司，还是部属，之所以能够成就一些事情，是因为他具有一定的知识，而这些知识的获得离不开老师的传授。老师之所以能够静心地传授知识，是因为我们的国家创造了良好的环境，正是有了这样的环境，才使人们还没有来得及为社会做奉献的时候，社会就已给予了许多。所以，当人们回忆自己成长过程的时候，就不能不对自己的老师、学校乃至国家和社会产生感激之情。

不论何人处的什么工作岗位，都只是整个事业链条上的一个环节。事业的成功，哪怕是一件事情的办成，也完全是众多因素合力的结果，诸如党的政策、上级的指导、友人的帮助、广大群众的努力等等。社会成果决非一个人的功劳，所以，当你取得了一点成绩的时候，就应当对你的上下左右存有感激之情。

如果人们都存有感激之情，那么，若是家庭则家庭和睦，若是单位则单位安定，推广开来，社会必定太平，哪里还会有什么误会、嫉妒和争吵？遗憾的是，现在这种感激之情实在太少了。因此，唤起人们的这种感激之情，是摆在我们做社会组织工作的人面前的一项重要责任。

3. 增强正义感

人是属于动物范畴的。不过，在所有动物中，人是最难对付的。既然人也是动物，那么在人的身上也可找出一般动物身上所具有的一些特性。只要你能深入地体察一下情况，就可察觉：人的一部分是可以利诱的，另一部分则是不可利诱的。不可利诱的部分就是人和一般动物的本质区别。

所谓可以利诱的一部分，说的是一种现象。是说一个具体的人有时候只要你为他提供适当的利益，他就可以给你表现出一种好的姿态，否则，就可能呈出相反的姿态。这在某种意义上也可以说是人性不够完善的表现。所谓人有不可利诱的一部分，是说人同一般动物不同，一般动物见到你给它带去的东西，就一定会动心，没有一只狮子会因为你的态度不好，而不吃你给他的东西。而且经过数次以后，它就认识你了，一见到你，它就会想到是送东西给它吃的，从而变得温顺服帖。而人就不这样了，他要看你的立场、态度和方法如何。古人关于"好汉不饮盗泉之水""不食嗟来之食"的举动，就足以印证这一点。人性的一个最显著的特点是具有正义感。从古到今，那些为国捐躯的英雄们，之所以能够置个人利益于不顾，完全是正义感驱使的结果。哪怕是一般的人，他们的正义感也是非常强烈的。这些都是客观存在着的事实，是绝对不应忽视的。

人有可利诱的一部分，我们称之为动物性；还有不可利诱的一部分，我们称之为正义感，这是人性的两个侧面。人同其他动物一样，都在发展中，人性也会随之而不断地完善。领导者的责任在于，要千方百计地创造条件，去限制和削弱人的动物性，以加强和扩大人的正义感。有了正义感的人们，他会发现不论何人都有他人无法取代的天赋性质，亦即个性。既然如此，作为一个人来说，就不应该仅仅去羡慕别人的才干和地位，也不必悲叹自己的平庸，而是要坚定信念，充分认识自己的个性魅力，并努力将其发展。值得注意的是，发展个性应建立在对社会的奉献之上，把奉献作为人生最快乐的事，这样你的正义感就会越来越强。否则，人们讲索取的多，讲奉献的少，整个社会就会变得愈来愈贫困。只有多讲奉献，少讲索取，那么多出的部分就会慢慢扩散，成为一片温暖，充满人间。在人人都讲奉献的风潮中，其正义感也会不断得到加强，得到了加强的正义感，反转过来又可促进人们对社会的奉献，这是一种良性循环。

4. 因学习而美丽

这么多年来我有一个体会，学习是人类进步的阶梯，是社会发展的动力。民族因学习而兴旺，国家因学习而富强，人生因学习而美丽。

纵观古今，人类之所以能从幼稚走向成熟，由混沌走向文明。正是今人学习前人，一代站在一代人肩上奋斗的结果。也正是由于学习，才将数千年和数百年前的一个个梦想和"神话"变成了现实，不仅上九天揽月，而且下五洋捉鳖。这一切充分说明，没有学习，人类不仅不能进步，而且还会因饥荒和相互残杀走向灭亡。因人类而存在的社会，也必将荡然无存。

社会如此，个人也无一例外。出生之时，每个人都一无所有。如果不学习，终其一生将会是"睁眼的瞎子""有耳朵的聋子"，与其他动物不会有多大的区别。然而正是由于学习，使人类成为万物精灵，不仅使人具有为社会做贡献的才智，而且有不少成为世界的精英和国家的栋梁，成为万人敬仰的英雄和楷模。焦裕禄、孔繁森、郑培民等先进模范，之所以能够为党和人民的利益鞠躬尽瘁，最根本的是通过不断学习净化了灵魂，升华了思想，完善了人格，坚定了革命的理想信念。张海迪的人生是不幸的：高位截瘫。但她"吃常人所不能吃之苦"，学习科学理论和文学知识，从而改变了人生的命运，成为全国人民学习的楷模和闻名中外的作家。她在谈体会时说："我之所以有今天，都是学习的结果，都是学习的恩泽。"

学而优则存，学而优则进，学而优则胜，这是被实践一再证明的颠扑不破的真理。凡渴望精神富裕，事业有为，思想永远健康的人，都必须要把学习作为一种永无止境的人生追求，一刻也不能放弃从学习中汲取营养。要知道，陈旧的思维方式要以学习来更新，先进的工作方法需要通过学习来获得，头脑中的贪欲需要用知识来抑制，心灵中的阴影需要学习来驱除。尤其在当今知识大爆炸的时代，我们更应把学习作为终生的第一需要，牢固树立学习即生活，生活即学习的新理念。

遗憾的是，当前还有不少人缺乏这种高度的责任感和紧迫感，自认科班出身，学的东西已经够用了。知识日新月异的时代，大浪淘沙，学则跟上时代的步伐，疏则被时代无情淘汰。科学家预测，5年后现在大学生所学的知识将有一半过时。2020年人类所应用的知识，90%的现在还没有创造出来。我国著名电脑专家王选就因为5年脱离第一线，而认为"自己是一个过时的科学家"。世界微软巨人比尔·盖茨，之所以急流勇退，主动辞掉总裁职务，根源是自认接受新知识、新信息已力不从心了。可见，学习上谁也没有老本可吃，逆水行舟，不进则退。所以，要确立终身学习的观念，一辈子甘当"小学生"。书是人类精神生命的结晶。只有通过读书，才能从今天走近历史，从自我走近他人，最后从历史和他人走回自我；向身边同志学，"三人行必有我师"；向先进的同志学经验，从失败者身上吸取教训；向实践学，边实践边总结，深化对理论知识的认识，更好地指导实践。唯有如此，我们今天的一切梦想和神话才能在若干年后变成现实。

智慧是创造的源泉，学习是智慧的起点和升华。人生离不开学习，就如鱼儿离不开水，树儿离不开土地一样。学习，是人生的最高精神享受，是思想的宝库，方法的"矿藏"，健康的"补剂"，快乐的法宝，进步的阶梯，是引爆生命潜能的导火索，引发生命激情的催化剂。但学习，必须讲究方法，特别是在学科间的联系不断加强，内容相互渗透的信息时代，更要"会学"。否则，就会陷入顾此失彼的泥潭。仅学习政治、法律、道德类知识，固然政治信念坚定，思想道德纯洁，为党和人民贡献力量的愿望强烈，但因缺乏科学知识和技能，也只能发出"心有余而力不足"的悲叹。反之，如果仅学习文史、经济、科技类知识，纵然满腹经纶，才华横溢，但没有实践经验，又有何用？或者为了个人的荣华富贵，违法乱纪，知识越多，反而对党和人民的危害越大。所以，必须要像对待吃饭一样对待学习，既"按时就餐""全面摄取"，又不忘"突出重点""消化吸收"。既学习政治理论，加强道德修养，又学习专业知识，掌握业务本领。这样，才能进行知识信息的综合、渗透、交叉、嫁接，达到触类旁通，实现新的升华的目的，才会既有为党和人民做贡献的愿望，又有为党和人民做贡献的本领，并相互促进，相得益彰。总之，只要我们不懈地学习，就会惊喜地发现，原来一切成功的门都是虚掩着的……

作者与大埔县郭宣文局长、欧阳院长、罗嘉群总经理及英国留学生合影（2014）

（四）活着就是责任

要珍爱生命，热爱生活、热爱工作、热爱美好的事物。一个人来到世间，偶然的因素远大于必然因素，所以生命是很宝贵的，我们没有理由浪费生命，一定要善待它，让它发光发热。人活着就是一种责任，要对自己的生命负责。我特别敬佩那些对社会有贡献的人，包括环卫工人。我觉得人是没有高低贵贱，任何人只要重视自己的生命，有为社会奉献的精神，都应该得到别人的尊重。对于我自己而言，我希望自己的行为可以让这个小范围的圈子，感觉到有一种精神的力量，能让大家一起积极向上，能够给自己所在的单位或者行业做一些贡献。"活着，就是一种责任"。这种责任不是为了自己，而是对社会、对国家、对行业、对单位乃至对自己生命的责任。正是这种责任感，才使人心中有大爱，才会成为人从不间断地做慈善事业的动力。早期身边有一些朋友虽然赚了很多钱，没有时间做慈善事，但要感染他们，让他们自觉地做慈善，就要从我开始，身体力行。这就是生命存在的意义和责任。

一个人不能仅为自己和家人活着，还要帮助更多的人，使更多的人活得更好，更有价值，感动他们带动更多的人做慈善，使人的生命价值实现最大化、社会化。受母亲的影响，我自小就养成了感恩亲戚邻居、帮助老人的习惯。如今我们兄弟姐妹几乎都在外工作生活，只要一回大埔，就去看望孤寡老人，给他们送去柴米油盐。

（五）成功就是把喜欢的事做好

在我看来，所谓成功就是指把自己真正喜欢的事情做好，其前提是首先要有自己真正的爱好，即自己的真性情，除此便是名利场上的生意经。内心的充实，是成功的大前提。成功不是衡量人生价值的最高标准，比成功更重要的是，一个人要拥有内在的丰富，有自己的真性情和真兴趣，有自己真正喜欢的事。只要你有自己真正喜欢做的事，在任何情况下你都会感到充实和踏实。那些仅仅追求外在成功的人实际上往往没有自己真正喜欢做的事，他们真正喜欢的只是名利，一旦在名利场上受挫，内在的空虚就暴露无遗。照我的理解，把自己真正喜欢做的事做好，尽量做得完美，让自己满意，这才是成功的真谛，如此感到的喜悦才是不掺杂功利考虑的、纯粹的成功之喜悦。对人生最基本的划分不是成功与失败，而是以伟大的成功和伟大的失败为一方，以渺小的成功和渺小的失败为另一方。伟大的失败也是成功；渺小的成功也是失败。有许多优秀的人，他们完全淡然于成功，最后也确实与成功无缘。对于这些人，历史既没有记住他们，也没有遗忘他们，他们是超然于历史之外的。对于我来说，人生即事业，除了人生，我别无事业。我的事业就是要穷尽人生的一切可能性。这是一个肯定无望但极有诱惑力的事业。我的"成功"（被社会承认，所谓名声）给我带来的最大便利是可以相对超脱于我所隶属的小环境及凡人琐事，无须再为许多合理但琐屑的权利去进行渺小的斗争。那些东西，人们因为你的"成功"而愿意或不愿意地给你了，不给也无所谓了。有一种人追求成功，只是为了能居高临下地蔑视成功。成功是一个社会概念，一个直接面对上天和自己的人是不会太看重它的。

（六）人生最好的境界：丰富而安静

人生最好的境界是丰富而安静。安静，是因为摆脱了外界虚名浮利的诱惑。丰富，是因为拥有了内在精神世界的宝藏。老子主张"守静笃"，任世间万物在那里一齐运动，我只是静观其往复，如此便能成为万物运动的主人。这叫"静为躁君"。当然，人是不能只静不动的，即使能也不可取，如一潭死水。你的身体尽可以在世界上奔波，你的心情尽可以在红尘中起伏，关键在于你的精神中一定要有一个宁静的核心。有了这个核心，你就能够成为你的奔波的身体和起伏的心情的主人了。

不管世界多么热闹，热闹永远只占据世界的一小部分，热闹之外的世界无边无际，那里有着我的位置，一个安静的位置。这就好像在海边，有人弄潮，有人嬉水，有人拾贝壳，有人聚在一起高谈阔论，而我不妨找一个安静的角落独自坐着。是的，一个角落——在无边无际的大海边，哪里找不到这样一个角落呢——但我看到的却是整个大海，也许比那些热闹地聚玩的人看得更加完整。

作者与马骏书画家及英国老师交流（2013）

太热闹的生活始终有一个危险，就是被热闹所占有，渐渐误以为热闹就是生活，热闹之外别无生活，最后真的只剩下了热闹，没有了生活。我们捧着一本书，如果心不静，再好的书也读不进去，更不用说领会其中的妙处了。读生活这本书也是如此。其实，只有安静下来，人的心灵和感官才是真正开放的，从而变得敏锐，与对象处在一种最佳关系之中。但是，心静又是强求不来的，它是一种境界，是世界观导致的结果。一个不知道自己到底要什么的人，必定总是处在心猿意马的状态。

"定力"不是修炼出来的，它直接来自所做的事情对你的吸引力。我的确感到，读书、写作以及享受爱情、亲情和友情是天下最快乐的事情。人生有两大幸运，一是做自己喜欢做的事，另一是和自己喜欢的人在一起。所以，也可以说，我的"定力"来自我的幸运。

我从来不把成功看作人生的主要目标，觉得只有活出真性情才是没有虚度人生。所谓真性情，一面是对个性和内在精神价值的看重，另一面是对外在功利的看轻。

黎巴嫩友人到作者家（2015）

作者到惠州看望智障儿童（2016）

第五部分
周游列国　深思升华

作者在北大附中启华舞蹈学校致辞(2010)

周游列国不仅是我儿时的梦想，而且是丰富社会阅历、增长才干的重要方式。利用工作之余，我到国外旅行考察，阅览无数，体会很多，引发了许多深思。例如曾有一个中国政府考察团到南非考察一个成人大学，因为南非成人教育世界有名。当时南非政府做了很细致的准备，结果我们的官员告诉他们用一个钟头随便讲讲就可以了。结果以后再有中国政府考察团，他们就不接待了。因为他们知道，中国有些官员不是来学习的，考察只是顺便游玩的幌子而已。这反映了一个国家的政府体制问题，至少有一些官员拿着纳税人的血汗钱，不是为纳税人和国家服务，而是监管纳税人，挥霍国家财富和资源，同时也反映了一些政府官员的素质问题。去德国考察发现，社会组织很有威信，如果有人卖假货，所属的行业协会就会召开理事大会把他清理出去，并取消终生经营权。所以德国几乎没有假货。然而，我们的行业协会退休老领导做老大，按照政府一套保守行事，不利于社会组织自律和发展。值得庆幸的是，广东不断改革完善，发展较快。行业协会、公益慈善类社会组织等都不再需要业务主管单位，直接到省民政厅登记注册就可以。这是很不容易的，比较保守的省份推不动。但是广东在加快发展步伐，在软环境和市场经济发展上与国际接轨。

更重要的是，周游列国，能促进人的素质提高和精神升华。出去旅游总会碰到各种各样的问题，遇见各种各样的人，这为人生提供了丰富和积累经验的机会，也提高了人的自身素质。我学的是英语专业，随团到埃及的教学，使我的英语派上了用场，化解了旅游团和埃及海关之间的矛盾，使整个旅游团顺利签证和通关，这样不仅丰富了阅历，还让我意识到公务员应学好英语，具备基本的外语素质，应对国际交流。在旅游团内，总会有一些矛盾，意见难以统一，需要进行协调。好的协调就是肯定双方合理的地方，找出分歧的原因，再把矛盾化解。一般人不愿意做这种事，但我觉得这是我的责任，因为我也是团队中的一员。扮演一个团队的领路人，去影响别人的情绪，影响整个团队的氛围，把好的东西带给别人。这是非常开心的事情，既锻炼了自己组织协调和处理问题的能力，又建立了良好的人际关系，不断提升自身处理国内国际突发事件的能力和素质。

到国外旅游，看到许多名胜古迹和城市发展、国家发展，引发了我的深思，获得精神和文化的升华，灵魂的洗礼。看到木乃伊、金字塔、埃及博物馆，我震惊于埃及的古文明，体悟古埃及伟大和厚重的历史，感慨古代埃及人的智慧和自己的渺小。在非洲，看到公园里野生的梅花鹿、老虎、狮子、豹子等，感慨于毫无人为因素的大自然的恩赐，感慨于非洲生态的可持续发展，不是少数人为了眼前利益而去牺牲大自然和子孙后代的利益，我们应该有放眼世界的眼光。在索马里、刚果，所见到的贫穷，使我更加坚定了用一颗大爱之心，尽力帮助所有需要帮助的人的信念。此外，我还到过欧洲、美国、亚洲、大洋洲、非洲五大洲的60多个国家和地区，公务活动、旅游考察和社会研究，增长了许多见识，丰富了人生阅历，引发了我的许多深思。正因如此，我喜欢到世界各国游览学习，经常利用业余时间，周游世界。我还希望跑遍世界200多个国家和地区，总结出全球一体化的感悟，总结自己居住在地球村上所需付出的努力和人生行走的方向。

一、游历美国 探究奇迹

到美国考察一个月，我们去了18个城市，既参观了政治中心，例如白宫、国会、联合国总部等，又考察了经济中心例如纽约华尔街、洛杉矶、旧金山、拉斯维加斯等，感叹美国200多年所创造的现代奇迹——政治奇迹和经济奇迹。

（一）美国政治奇迹

美国创造政治奇迹，是因为美国经过200多年从奴隶社会和殖民社会，发展成为以民主思想为核心、以两党政治和三权分立为内容的民主政治体制和现代国家，而且重要的是，美国还是世界的政治中心，表现为白宫、国会和联合国总部，它们影响着世界民主政治的发展。更为有意思的是，白宫和国会的建筑都是白色的建筑，白色象征了美国政治的民主和廉洁，赋予了美国政治的特色。也许这正是美国创造民主政治奇迹的真正原因。

第五部分　周游列国　深思升华

1. 美国政治心脏——白宫

我们先参观白宫是因为，白宫具有世界政治中心的神秘色彩，许多官员对美国的两党政治、三权分立体制以及许多总统、政治领袖等感兴趣。我崇拜的美国政治人物是国务卿希拉里，虽然老公克林顿出现性丑闻，但是她依然支持和辅助老公，不像许多人遇到老公外遇的问题，就以离婚来威胁和逃避。更为可贵的是，她参加竞选国会议员和总统。这需要怎样的睿智和宽容。这种勇气和精神以及政治素质令人敬佩和感叹。因此，我们第一站参观白宫。

白宫是美国行使国家行政权力的中心，也是行使总统权力的政府心脏。它位于哥伦比亚特区宾夕法尼亚大街1600号，其地址由开国元勋、第一任总统乔治·华盛顿选定。它建于1792年，完工于1800年，一直成为历任总统和历届政府的办公场所，也是在位总统的官邸，又是免费开放的旅游观光点。它带有美国政治世界的神秘色彩，又体现了美国现代文明的核心——民主思想。

据说，美国公众对政府首脑的办公室很感兴趣。美国第三任总统杰弗逊盼咐每天早晨打开总统官邸房门，公民可以在不影响总统办公的前提下来参观官邸。许多人远道赶来拜见他，他在休息时刻走出办公室与素不相识的客人握手，有时仅凭一封友人的介绍信，就邀请陌生客人一起喝下午茶。至于白宫向世界开放的原因，据说是因为白宫开支由全体纳税人支出的。

白宫有一些传奇色彩，据说最初是一幢灰白色建筑。英美战争期间被英军放大火烧毁，1817年重建修复时，门罗总统下令粉刷白色油漆。19世纪中后期，曾被称为"总统官邸"或"总统府"。1902年西奥多·罗斯福总统正式定名为"白宫"。此后，白宫就成为美国政府的代名词，也是世界上唯一定期向公众开放的国家元首官邸。

白宫坐南朝北，占地7.3万平方米，由主楼和东西两翼三部分组成。主楼分为底层、一楼和二楼3层。主楼底层为接待来访国宾的外交接待大厅，是接待外国元首和使节的地方，铺着天蓝底色、椭圆形的花纹地毯，绣有美国50个州的象征性标志，墙上挂着美国风景的巨幅环形油画。主楼一楼为图书室、地图室、金银陈列室、瓷器陈列室。主楼二楼是总统家庭居室，有林肯卧室、皇后卧室、条约厅和总统夫人起居室、黄色椭圆形厅等。林肯卧室是林肯办公和签署《解放黑人奴隶宣言》的地方，皇后卧室曾接待过英国伊丽莎白女王、荷兰女王等贵宾。进白宫参观排队排了一个多小时。

东翼为游客参观区，在规定时间内向全世界公民开放，通常开放时间为每周星期二至星期六的上午10：00—11：00，免费参观需向国会议员预约。东翼底层为外宾接待室、瓷器室、金银器室、图书室和白宫官员办公室等，一楼为宴会厅、红厅、蓝厅、绿厅和东厅。其中，东厅可容纳三百位宾客，主要用于大型招待会、舞会和各种纪念性庆典。此外，还有"肯尼迪夫人花园"。

西翼是办公区域，内有总统办公室和玫瑰花园。让人好奇的是总统办公的椭圆形办公室，那是美国领导人处理国家大事和国际事务的重要场所。到参观克林顿总统办公室时，我坐了一下象征美国行政大权的总统宝座。更令人震撼的是，宝座的空间恰好容纳下一个普通人的身体，总统办公室仅有简单的办公桌椅，一点儿没有世界第一大国的豪华奢侈。这不能不让人敬佩美国政府俭朴和廉洁的精神。总统办公室的对面是总统专用的玫瑰花园。据说肯尼迪总统在办公闲暇时，在这里常与幼小子女一起玩耍游戏。南草坪被称为总统花园，是白宫的后院。据说总统和夫人常在这里举行传统游园会。

2. 最高立法机关——美国国会

说到美国国会，人们都会想象大洋葱头一样、带有白色大圆顶背景的国会大厦。它是华盛顿最美丽、最壮观的建筑，是美国国会的办公大楼。它占据着全市最高的地势，全长233米，以白色大理石为建筑主料，位于首都华盛顿市内83英尺高、被称为国会山的高地上。国会大厦作为美国最高国家立法机关，是一幢三层楼的标志性的重要建筑，建于1793—1800年。据说，1793年华盛顿总统亲自为国会大厦奠基，南北战争爆发后，在林肯总统的坚持下顺利完工。1814年英美战争期间曾遭战火毁坏，200多年来历经多次修缮和扩建，形成了现在的风格。

国会大厦是美国的重要标志性建筑，非常有名的是顶楼的3层大圆顶。它出镜率极高，还有一尊象征美国文化主流的6米高自由女神青铜雕像。大圆顶两侧的南北楼为国会众议院和参议院的办公场所。众议院的会议厅模仿了巴黎万神庙的雄伟，是具有古典复兴风格和纪念意义的代表性建筑，也是美国总统发表年度国情咨文的地方。

国会行使国家立法权，国会法案经两院通过，即成为正式法律，并由总统签署发布。国会每年开90天会议，讨论和审议2500议案，能通过的大约600个。国会实行两院制，即参议院和众议院，两院议员总数为535人。其中参议院议员 100 人，每个州 2 人，须年满 30 岁，有已满 9 年美国公民资格；众议院议员 435 人，须年满 25 岁，有已满 7 年的美国公民资格。两院议员任期 6 年，可连选连任，每 2 年改选 1/3，但不得兼任其他政府职务。国会议员的任职资格和制度体现了美国创建之初，国家领导的民主思想和政治远见以及对政治民主制度的高度重视，也体现了对专制独裁和政治腐败的深刻反思。

国会政治活动常受院外利益集团的干预和影响。令人吃惊的是，国会大厅偌大的空间除了摆放美酒和点心之外，没有一把椅子。这就

作者在美国白宫（2003）

是国会举办大型酒会的重要场所，也是许多政客们处理政务和聚会的地方。这与有些国家政府举办豪华奢侈的盛大宴会，形成了极为鲜明的对比。

白宫行使国家行政权，国会行使国家立法权，最高法院行使国家司法权，这样形成了三大国家权力彼此约束监督、相互协调平衡的现代政治体制，形成了民主和廉洁的政府体制，体现了美国现代政治的民主思想和体制。这一民主体制确保了近现代美国政治快速发展，促进工业经济、知识经济和科学研究快速发展，确立了科学和民主、自由在国家发展战略中的重要地位。同时这一民主体制也促进了政治廉洁的发展，使政治民主和政治廉洁不仅成为美国政府公共管理的重要特征，而且成为许多发展中国家特别是中国非常值得学习和借鉴的重要内容，这些都为一党政治和政治民主的发展提供了政治探讨和经验借鉴。

3. 世界政治心脏——联合国总部

到美国考察，不去联合国总部参观，才是真正的遗憾。联合国总部位于纽约市最小区曼哈顿岛内，从 1949 年 10 月至 1951 年 6 月建成，其建筑楼群包括秘书处大楼、会议厅大楼、大会厅和哈马舍尔德图书馆。

秘书处大楼是联合国总部的核心建筑,是一幢39层的板式建筑,其外表为玻璃幕,外形酷似"火柴盒",由世界10位建筑师共同设计。走到大楼前方,就可以看到150多个旗杆上悬挂着联合国150多个成员国的国旗,蓝色的联合国旗帜挂在主旗杆上。

秘书处大楼右侧一排较低的弧线建筑就是联合国总部的会议厅大楼,其内有各个规格的会议室。大会堂是联合国里唯一挂有联合国徽章的会议室,也是最大的会议室,能容纳1800多人,由11位建筑师共同设计,里面没有摆设会员国的礼物,只有两幅抽象派画家法国艺术家费尔南德·莱格尔设计的无名捐赠壁画。联合国大会厅与会议厅大楼紧连,是联合国总部出镜率最高的地方,也是联合国成员国会代表进行表决会议的地方。内有安全理事会会议厅、经济及社会理事会会议厅、托管理事会会议厅以及公共前厅。安全理事会会议厅主要用于召开在和平受到威胁时的会议,维持国际和平与安全。经济及社会理事会会议厅主要用于召开联合国内部的协调会议,推动经济和社会进步,促进普遍尊重人权。托管理事会会议厅主要用于召开领土托管会议。哈马舍尔德图书馆于1961年建成,位于总部的西南角和大会厅对面,与秘书处相连接,是福特基金会赠送的,主要提供给秘书处工作人员、驻联合国的代表团、常驻代表团的成员和其他官方用户使用。其馆名来自故的秘书长达格·哈马舍尔德。现任秘书长潘基文居住于此,前任秘书长科菲·安南也曾在此居住。

联合国总部因其国际影响力和国际交流的重要作用,而带有国际政治的神秘面纱,因此成为吸引世界各地游客的游览胜地。如果到联合国总部大楼参观,有专门的中文导游服务,而且参观者不得穿短袖和短裤,5岁以下儿童不得参观游览,除每年1月和2月的周六和周日外,每天参观时间为9:00-16:45,老人、学生和儿童参观都有门票优惠。我到了联合国总部还专门在那儿买了卡片寄给几个好朋友。朋友收到了无比开心,因为是从联合国寄出的。

4. 市长坐地铁回家

在旧金山时,我们参加了旧金山市一个会议,听了一位市长的演说。市长演说结束后,大家都散会了。出于好奇,我和朋友试图看看这位市长怎么回家的,接着就尾随这位市长,走了三个街区。结果发现市长进了地铁口,涌入熙熙攘攘的人潮。

在美国，这种现象十分普遍，很多市长、州长都重视环保和政府廉洁，常常自己步行或坐地铁回家。这是因为，一则开车消耗燃油，汽车尾气排放污染空气。二则节省政府开支和个人支出，充分发挥地铁的公共设施作用，降低能源消耗和政府开支。三则还可以锻炼身体，起到健康养生的作用。由此可见，美国政治和文化的影响多么深刻。

当时在北京、上海、广州等特大城市，上下班高峰期，塞车是很平常的事情。无论是省长、部长，还是市长、县长等，大多数政府官员要么有专职司机接送上下班，要么自己开车上班或下班回家。这样既不环保健康，又浪费公共资源，增加政府开支，浪费公共交通资源，还容易缺少锻炼，又很难体察普通百姓生活。由此可见，美国政府官员环保健康、服务纳税人、重视政府管理成本的意识和政治廉洁的作风，很值得学习和借鉴。目前中国政府也大规模地开展反腐倡廉，进行车改，如今很多领导也坐地铁回家了，一片清风正气。

（二）世界经济奇迹

1. 世界金融中心——纽约华尔街

作为世界十大金融中心，纽约综合排名一直处于榜首，其"金融市场""产业支撑""服务水平""国家环境"要素均为排名第一，"成长发展"要素跃居第二；其金融市场吸引大约2800家上市公司，云集了银行、证券交易所、保险公司等。纽约证券交易所市值约为15万亿美元，著名的金融中心华尔街（Wall Street）是纽约市曼哈顿区全长540米、宽仅11米的一条大街。自美国建国之初，就成为美国政治中心，逐步发展成为美国商业中心和世界金融中心。美国第一任财政部长汉密尔顿实施了新金融政策，在华尔街成立了纽约银行，发行大量国债和州政府证券。华尔街《梧桐树协议》开启了纽约证券交易，此后证券交易大量出现，华尔街因政治优势和地理优势而成为证券交易点。同时华尔街东段曼哈顿东边海港货物仓储与交易繁荣，使华尔街成为纽约商业中心，一些人专门从事商贸中介服务和证券市场交易。这些商贸交易和中介服务以及证券市场的出现，为华尔街成为世界金融中心创造了基本条件。

华尔街因其巨大金融实力在国际金融业中地位显赫,起着举足轻重的作用。1865年美国南北战争结束时,纽约华尔街成为美国金融中心,也成为仅次于伦敦的第二大金融资本市场。第一次世界大战结束后,纽约华尔街成为世界第一大金融中心,成为美国资本垄断、金融和投资高度集中的象征,集聚了美国大多数财团及其大公司总部和金融机构。这里有摩根、洛克菲勒、杜邦、高盛等大财团,它们开设银行、保险、航运、铁路等大公司,这些大公司的总部都在华尔街。这里从头到尾120个门牌全是摩天大楼,云集了2900多家金融机构,如纽约证券交易所、美国证券交易所、投资银行、信孚银行、纽约银行、政府和市办的证券交易商、信托公司、联邦储备银行、各公用事业、美国金融博物馆和保险公司的总部以及棉花、咖啡、糖、可可等商品交易所。此外,金融服务业占美国经济GDP的8%,纽约36%的商业所得税来自金融服务业,显示了华尔街世界金融中心的重要地位。

就金融市场而言,华尔街金融市场包括资本市场、对冲基金市场、保险市场、商品交易市场、信托市场等。其中,资本市场包括股票交易、债券交易、场外股票交易等。在3700平方英尺的纽约证券交易所大厅,每天股票交易高达25亿股,每笔交易不到一分钟。在商品交易市场,有棉花、咖啡、糖、可可等商品的交易所。1929年经济危机爆发时,华尔街股市暴跌仅3天损失100亿美元,就使全球经济陷入恐慌。金融创新和金融人才促进了华尔街金融繁荣。金融创新包括金融理论创新、规则制度体系创新和金融产品与服务的创新。金融理论创新即亚当·斯密《国富论》自由经济与公平竞争的政府不干预理论,规则制度体系创新包括《梧桐树协议》的出现、道·琼斯指数问世、现代会计制度出现、现代信用制度出现、金融监管改革方案以及构建国际金融监管架构和规则等。金融产品与服务创新包括金融衍生工具、风险评估等,这些创新是华尔街创造财富的关键。

华尔街庞大的金融行业人才队伍,促进了华尔街金融创新,代表着最高水平的金融创新。就金融人才而言,在摩天大楼林立的华尔街有40多万金融业人员。这些金融人才包括银行家、分析师、交易员和基金经理等。金融业竞争激烈,许多银行家每天工作14个小时以上,同时华尔街也造就了许多投资天才,例如赫蒂·格林、巴菲特、索罗斯、格雷厄姆等。赫蒂·格林在华尔街靠投资股市,成为美国历史上最富的女人。沃伦·巴菲特依靠股票、外汇市场和资本市场投资成为世界级富翁,成为美国最成功的投资家。此外,哥伦比亚大学商学院是全美一流商学院,拥有各相关领域的权威和专家、获得诺贝尔经济奖的教授、总统智囊团顾问、国际知名经济学家的院长等,开设会计、决策、风险及实施操作、金融与经济、企业管理及市场营销等研究方向的博士学位课程,为纽约金融业培养了许多优秀金融人才,使金融领域雄踞美国第一。沃伦·巴菲特就在这里师从"价值投资学派"的创始人、现代证券分析之父——本杰明·格雷厄姆。

建立和完善金融规则制度体系以及政府不干预经济的金融理论缔造了华尔街这个世界金融中心。大型清算中心的建立、成熟的商业运作框架和模式、道·琼斯指数问世、现代会计制度的出现、现代信用制度的建立等,这些规则制度的建立和完善,使华尔街于19世纪90年代顺利实现了现代化转型。亚当·斯密《国富论》提倡自由经济和自由竞争,提供了政府不干预经济的哲学思想。这些制度体系和金融思想促进了华尔街这个全球金融中心的崛起。

发达的商业中心、处于哈德逊河口的优越地理位置、密集的金融机构、完善的金融制度体系、庞大的金融市场、集聚世界各地的金融人才,这些条件有利于打造了世界金融中心——华尔街。

此外,纽约多元文化的融合、完备的城市设施以及基础性和高科技的发展,促进了华尔街稳健持续发展。纽约是美国第一大城市和重要的文化中心,有近200家剧场、近百家电影院、近200家公立私立图书馆、许多著名博物馆、发达的教育以及艺术中心、国际机构等。著名的大学如哥伦比亚大学、纽约大学和其他大专院校,著名的艺术中心、博物馆和重要的国际机构,如三一教堂、美国国家纪念馆、大都会歌剧院、大都会艺术博物馆、百老汇剧院区、自由女神像、时代广场、中央公园、美国自然历史博物馆、现代艺术博物馆、联合国总部等。开放、包容、多元化是纽约文化的重要特征,也是华尔街繁荣的重要原因。纽约近800万人口中有近百种民族,犹太人和黑人各200万左右,中国人有60万以上。纽约国际化和文化多元化促进华尔街金融业的发达。

透视华尔街的历史和现状,可以发现:一个金融中心的建立,离不开其所在城市的繁荣商业、政府政策与管理、金融市场、金融人才、大学教育以及多元文化的配套和支持。商业、政府、金融、大学和文化五大因素成为建立金融中心的基本要素。由此联想到广州、深圳、上海等建立国际金融中心,除了政府的政策制定和政府管理水平外,发达的商业和大学教育以及配套的文化设施和金融市场、专业人才、运作机制等,都是影响金融中心的重要因素。

2. 拉斯维加斯——沙漠城赌博业

参观拉斯维加斯后，发现其成功的两个原因：一个原因此城是美国现代化沙漠城市，表现了美国非凡的想象力和创造力，另一个原因此城是具有人间天堂"美誉"的超级赌城。拉斯维加斯总面积为293平方公里，2005年人口统计为1912654人。它位于内华达州内荒凉沙漠戈壁上的山谷，周围被1000米至3000米高山环绕，四季分明，气候干燥。夏季炎热，平均气温高达38℃左右，七八月份平均最高气温为40.5℃，最高温度达50℃，夜晚凉爽。冬季寒冷风沙多，白天平均气温15℃左右，偶尔也有暴雨洪水。

拉斯维加斯的真正魅力在于它经过一百多年，从沙漠绿洲驿站变成一座现代城市。早在19世纪以前，拉斯维加斯还是一片沙漠绿洲，19世纪因有泉水成为驿站或中转站、摩门教徒居住地和兵站。这座城市创建于1905年5月15日，20世纪30年代建成了胡佛水坝和世界最大人工湖之一的米德湖，这些为这座城市的发展提供了基本水电设施。

内华达州州议会通过赌博合法化议案，为拉斯维加斯赌博业发展提供了法律条件。1946年拉斯维加斯出现了大型赌场，20世纪50年代成为以赌博业为特色的游览地，20世纪60年代开辟了沙漠疗养区。此后美国各地大亨到拉斯维加斯投资建赌场，即使日本富豪、阿拉伯王子、著名演员等都来投资赌场，这里汇聚了全世界最有名的酒店、餐厅、商店、表演、展览会以及豪华的夜总会、赌场、查尔斯顿娱乐区和峡谷国家博览馆。每年5月有赫尔多拉多节，土著人穿着古老的西部服装举行竞技表演和游行，郊外有矿区和牧场、内利斯空军基地、美国能源研究所和开发局的内华达试验场。拉斯维加斯大学有全美最大、35年历史的旅游学院，其会展、旅游、酒店管理等专业位居全美排名第二。这些为拉斯维加斯城市化发展提供了便利条件。

最引人注目的是，在全球前十大超级大酒店中，拉斯维加斯有9家。据说世界最大的酒店米高梅大酒店（MGM Grand Hotel Casino）投资120亿美元，有3700台老虎机的赌场和5000个房间。即使酒店房间的马桶边，也有随时可以赌博的老虎机。如果一个人从出生就开始在此酒店居住，每晚换住一间客房，需要14年才能住完酒店的每个房间。一个住了几周的游客说"如果没有服务生，我都找不到出口"。奢华套房每晚5000美元，不含服务费。最大套房面积达837平方米，每晚15000美元，不含服务费。此外，酒店还有130000平方米的娱乐中心——历险游乐园、米高梅游泳池、容纳9500人同时就餐的花园宴会厅以及10000平方米的青少年电子游戏中心、狮子城、教堂、夜总会、购物商场、美容健身中心等。酒店豪华气派和设施齐全,内部自成一个微型产业。这是我们国家目前没法做到的。

其核心产业是赌博业,带动了旅游业、餐饮业、娱乐业和度假产业发展。每年来旅游和赌博的游客超过4000万人次,75%是回头客。其中,大多数人购物和享受美食,少数人专程赌博。拉斯维加斯还是一个名副其实的不夜城,不仅有游览、娱乐、购物、饮食以及表演节目,而且这些行业24小时不停。游客在这里可以尽情游览享乐,甚至豪赌。社会治安良好,促进了博彩业发展。凡是中了头奖的人,可以由两名警察全程护送到美国任何地方的家中。为了促进赌博业稳健发展,赌业公会实行自律机制,严格审查投资人、严格监督各赌场。一旦发现违规,投资人或赌场将在赌博业中被永久除名。

拉斯维加斯由荒凉的沙漠腹地变成国际旅游景点,真正显示了美国强大的创造力和开拓意识,显示了现代城市发展的轨迹:基础设施建设—发展主导产业—吸引投资进行配套设施建设—主副产业互动发展—多元化产业发展。

作为有人间天堂"美誉"的超级赌城,拉斯维加斯还有世界"自杀之都""娱乐之都"和"结婚离婚之都"等之称。1998年至今,每年有近300人自杀,自杀率居美国城市的榜首。自杀的原因是赌博输得太多了。多数人开枪自杀,少数人跳楼身亡。因为他们幻想到拉斯维加斯最后一搏,可以大发横财,结果赌博失败后,只好绝望着去见上帝。除了世界赌城之外,拉斯维加斯还是世界最有名的娱乐中心,有非常豪华的度假旅馆、世界有名的娱乐节目、廉价但高级的晚餐、世界级的高尔夫球场、离赌城不远的水上活动场所、儿童游乐场,赌场旁边的街道上还有室内运动中心、高级餐厅、酒吧、夜总会及夜晚灯光秀。因此,拉斯维加斯还有"娱乐之都"的美称。

拉斯维加斯还是"结婚离婚之都",也是世界上结婚和离婚最简单方便的地方,结婚如吃快餐一样方便。只要到婚姻注册处,出示证明文件,二人交60美元注册费,15分钟内拿到结婚证书,给证婚人几十美元小费,在教堂举行婚礼,即可完婚。这里每天发出大约230张结婚证,每年12万人结婚。内华达州法律规定,婚姻存续期间只要一方在拉斯维加斯居住3个月,就可以离婚。因此许多明星来这里结婚,也在这里离婚。例如杰森与歌星布兰妮的婚姻维持了55个小时,在这里就草草结束了。

由此可见,基本设施的建设为城市现代化创造了基本条件,赌博合法化促进赌博产业化发展,同时带动娱乐业、旅游业和酒店餐饮业发展。拉斯维加斯大学旅游学院有全美著名的会展、旅游、酒店管理等专业,为当地产业发展培养了许多优秀人才。因此政府政策、基础设施建设、行业协会或公会的发展，发展适合当地政策和环境、主导产业和相关辅助产业以及良好的大学教育，加快城市现代化发展。

3. 好莱坞影视游乐业

好莱坞市位于洛杉矶市的西北部，也是洛杉矶市的重要部分。它是世界著名的电影城市，有全球最著名的影视娱乐业和旅游业。它的成功之处是经过百年发展，从小村庄变成了巨大的电影城。它依山傍水，景色宜人，成为许多摄影者摄影以及制片商和小电影公司独立经营的好地方。卓别林等电影大师们的出现、爱迪生的发明、华尔街的投资、电影城的兴建，云集了许多顶级唱片公司和600多家影视公司，创办了好莱坞哥伦比亚学院，这些使它很快成为美国影视业中心。

20世纪初到40年代前，主要发展电影业；40年代以后主要发展电视产业和音乐产业。著名的电影巨头如梦工厂、华纳兄弟、索尼公司、迪士尼、环球公司、福克斯等都汇聚于此，引领着全球影视业最高水平。影视娱乐业的发展，为旅游业发展创造了条件。这里有许多游览名胜如天然圆形剧场、朝圣者圆形剧场、中国戏院、日落台、影城、明星大道、加利福尼亚艺术俱乐部等，还有许多时装店、内衣店、夜总会、迪厅、饭馆及咖啡厅等配套齐全。中国戏院以知名明星的手印和脚印，吸引各国游客目睹明星足迹。很多好莱坞明星如丹泽尔·华盛顿、汤姆·汉克斯、梅尔·吉布森、阿诺德·施瓦辛格、唐老鸭都留下了有纪念意义的印迹。

著名的游览胜地要数好莱坞影城和星光大道。较大的好莱坞影城如派拉蒙电影城、环球影城等。如果运气好的话，在影城还可以目睹明星们拍片的场面。影城内有TV洞鞋和录音室以及操纵室，它们采用先进的电影科技，为电影配上生动逼真的原声和影视效果，让您亲自感受电影中洪水暴发的震惊。派拉蒙预映室回放电影史和经典电影，礼品店有各种帽子、T–Shirt、名片纪念品等可供选购。星光大道是沿着美国好莱坞大道与藤街伸展的人行道，路面镶有好莱坞商会所敬重的明星及其姓名的星形奖章，以此纪念明星们对娱乐业的贡献。它开始铺设于1958年，第一颗星于1960年被嵌入，现有2000多颗星和一些商店，这些展示了好莱坞的翩翩风采。

二、行走欧洲　追溯历史

欧洲之旅去了法国、德国、意大利、卢森堡、比利时、摩纳哥、奥地利等国家，它们精湛的艺术和浪漫让人难忘。

（一）法国之行

1. 浪漫之都——巴黎

巴黎有近2000年的历史，是世界特大城市之一，也是法国经济、政治、文化、艺术的中心，有"浪漫花都""美食之都""世界历史名城""世界会议城"等美誉。巴黎像广州一样有"花城"的雅称。无论在房间里、阳台上、院子中，还是在商店里、橱窗前和路边、公园，到处都有盛开的鲜花和醉人的芳香。五彩缤纷的花店和花团锦簇的公园，更让人流连忘返。建筑物形状各异，街市繁华，市内商品琳琅满目，园林美不胜数。生活在这美丽的花城，徜徉在花的海洋，呼吸着花的芬芳，每天愉悦的心情，难怪巴黎人极其有浪漫的情调。

巴黎的香水、时装和葡萄酒使法国闻名于世。走在巴黎的大街上，凭着香水气味的雅俗，就可以判断出一位先生或女士的身份和社会地位。走进建于1860年的香水博物馆，可以看到早期香水制作使用的巨型蒸馏容器以及各个时期精致的香水瓶，如金的、银的、玻璃的、水晶的、陶瓷的。成吨的鲜花经过这个巨型蒸馏容器的天鹅颈，蒸馏出珍贵的香精，再按比例与酒精、水混合，就制成了各种香水。人造合成香料的诞生，使香水家族迅速壮大。在蒙田大道上有一条香水街，许多老牌香水店有超过百年的历史。卡隆香水店创立于1904年，以订制香水与香粉闻名，还保留着调香工作室，香水师根据顾客喜欢的香水气味，调制全球限量版香水，即使迷情浪漫香水也可以调制。巴黎因此有"浪漫花都"的美称。

作者与叙利亚朋友合影（2007）

巴黎有"美食之都"的美称。因为到巴黎旅游，可以享受丰盛的法国大餐及佳酿。法国人将"吃"视为人生一大乐事，认为美食是一种享受，更是一种艺术。巴黎拥有众多的星级餐厅，还有牛扒、鹅肝、血鸭等精心烹饪的高级料理，这些料理精致豪华、品味高尚，风靡全球，再搭配合适的美酒，更让人垂涎三尺，大饱口福。

巴黎有"世界历史名城"之称，名胜古迹比比皆是。例如凡尔赛宫、卢浮宫、埃菲尔铁塔、巴黎圣母院、爱丽舍宫、凯旋门、红磨坊、协和广场、卢森堡公园等。巴黎有法国著名的法兰西学院、巴黎大学、综合工科学校、高等师范学校、国立桥路学校以及国家科学研究中心等，还有图书馆、博物馆、剧院和许多学术研究机构。巴黎大学创建于1253年，是世界上最古老的大学之一。巴黎有图书馆75个。国立图书馆规模最大，创建于1364年至1380年，藏书1000万册。巴黎歌剧院位于奥斯曼大街，是世界上最大的歌剧院，兼有哥特式和罗马式的风格。法国国家音乐学院和舞蹈学校在其附近。塞纳河畔圣米歇尔林荫大道形成了古老的文化区，旧书市场绵延数公里的，每天都有许多国内外学者、游客选购心爱的古籍。泰尔特尔艺术广场是世界闻名的露天画廊，每天都有不少画家即席作画出售。沙特莱广场和圣·日耳曼德伯广场等地，青年学生和市民经常自带乐器举行音乐会，表演各种节目。

巴黎还有"世界会议城"的美誉。明媚的风光、丰富的名胜古迹、多姿多彩的文化活动以及现代化的服务设施，使巴黎迎来了许多国际会议。联合国教科文组织、经济合作与发展组织等国际组织总部均在巴黎。据统计，1987年共举行了365次国际会议，居世界首位。统计显示，2003巴黎举行国际会议228次，2004年举行国际会议272次，再度获得国际会议首选地的桂冠，并一直保持着全球第一大国际会议中心的地位。

巴黎之行加深了我对生活的思考。对于女人来说，生活不仅需要美食、鲜花、香水，更需要艺术熏陶、研讨学习、社会交往为社会做奉献等，才能使人生不断丰富充实。

2. 巴黎标志——埃菲尔铁塔

埃菲尔铁塔（Eiffel Tower）屹立在塞纳河畔战神广场上，塔身总高324米，其中天线高24米，从塔座到塔顶共有1711级阶梯，分为三层，分别离地面57.6米、115.7米、274.1米，第一、二层有餐厅和酒吧，第三楼有观景台、广播和电视天线，壮观华丽。1930年以前，它始终是全世界的最高建筑。如果你站在观景台上瞭望，整个巴黎就在脚下。若在晴朗天气，乘坐铁塔电梯到观景台，可以看到70公里内整个巴黎市区全景。每天世界各地有许多慕名而来参观铁塔的游客。截至2010年，来自五大洲登塔的游客超过2.5亿人次。每年这些游客为巴黎带来了滚滚财富，也带动了巴黎旅游业和餐饮业的发展。

埃菲尔铁塔是巴黎的重要景点和永久纪念的标志性建筑，是为纪念法国大革命100周年，举办世界博览会而建立的。它的名称来自设计师古斯塔夫·埃菲尔的名字。1887年1月，埃菲尔的工程公司和法国政府、巴黎市政府签订了铁塔建造合约。合约规定铁塔建造总预算为160万美元，工程公司支付130万美元，政府支出30万美元。作为交换条件，政府同意在博览会后保留铁塔，并将博览会期间和此后20年由铁塔带来的所有收入都给工程公司，20年后铁塔所有权将转交给巴黎市政府，如果政府愿意，也可以拆除铁塔。1886年6月，埃菲尔向世界博览会总委员会提交了图纸和计算结果，埃菲尔的工程公司于1887年1月8日中标，1887年1月28日铁塔动工，1889年3月31日铁塔完工。1889年世界博览会半年期间，赚得了140万美元，博览会结束时埃菲尔的工程公司已经收回全部投资。

更有趣的是埃菲尔本人。他的父亲是文职人员，母亲是富有想象力、独自经营煤栈的妇女。母亲将他交给外婆抚养。由于长期受到母亲耳濡目染和外婆心细善良的影响,他从小养成了善于独立思考、大胆设想、勤学好问、敢于挑战的优秀品格。12岁进入皇家中学学习,中学毕业没考上巴黎理工大学。但因勤学好问、敢于挑战,刻苦补习功课,20岁时埃菲尔以优异成绩考上了培养工程师的技艺学校。他技艺学校毕业后,进入西部铁路局研究室担任工程师。1860年完成法国著名的波尔多大桥工程,使他在法国工程界名声大振。据说他设计铁塔仅设计图纸就有5300多张。经过多轮角逐,最后,埃菲尔的设计胜出。从学者的视角和研究的角度出发,我认为埃菲尔成功的关键在于其从小养成的优秀品格,而且技艺学校(即我们现在的职业学校)同样可以培养出优秀人才。

三姐妹在巴黎著名景点——埃菲尔铁塔合影(2007)

铁塔集观景和餐厅为一体,将建筑与旅游业和餐饮业结合起来,显示了法国建筑师的睿智聪慧。值得思考的是铁塔的建造和经营过程,它使法国公共设施建设出现了新的模式,即政府搭台——企业和政府合作共建——企业建造与经营——政府国有化的模式。这种模式不仅为政府节省巨额投资,充分利用企业投资或民间投资,而且可以引导公众间接参与,促进多种产业(如会展业、餐饮业和旅游业)发展,并在市政、建筑、教育等行业具有广泛的实用价值。正因如此,法国政府通过建筑设计大赛,达到宣传和建造铁塔的目的,要求铁塔建造既可以募集资金,又可以博览会后轻易拆除。因此铁塔最初的设计目的是盈利赚钱。如果坐电梯或者走楼梯到达一层平台,需要支付2法郎;如果想一路到达顶层,需要支付5法郎(星期天会便宜一些)。第一层平台设计有餐厅、咖啡厅、商店;第二层平台设计有邮局、电话局、面包店和画廊。整个铁塔设计同时容纳10000多名付费游客。更有讽刺意味的是当时的法国高官泰拉德(Tirard)。在铁塔建造之初,他反对这个工程建设。工程结束时,因铁塔的壮观和许多批评家的欣赏,他给埃菲尔颁发了荣誉军团勋章。这样，埃菲尔铁塔就成了法国最高建筑技术的符号。

令人遗憾的是，埃菲尔铁塔也成为法国最著名的自杀地方。每年平均有4人从铁塔上跳下或者悬梁自杀。据说，第一位跳塔自杀者是一位裁缝师理查尔特，他缝制了有蝙蝠翅膀的衣服，他以为穿着蝙蝠服，从铁塔跳下来，自己就能飞起来。不幸的是他没有成功地飞起来，却被摔死了。

3. 历代王宫——凡尔赛宫

从历史、建筑、政治、艺术和文化等方面，凡尔赛宫见证了法国从封建社会和近现代社会的变迁，见证了这些方面的辉煌成就。据说，凡尔赛宫所在的地方以前还是一片森林和荒地。路易十三于1624年在此开始建立一座二层红砖楼房的狩猎行宫。此行宫当时有26个房间，一楼为家具储藏室和兵器库，二楼有国王办公室、寝室、接见室、藏衣室、随从人员卧室等房间。1660年路易十四以狩猎行宫为基础，决定建造西、北、南三面新宫殿以及教堂、橘园和大小马厩等，1667年设计了凡尔赛宫花园、喷泉和大理石庭院，1682年5月6日，路易十四将法兰西宫廷迁到凡尔赛，1688年凡尔赛宫主体建筑完工，1710年整个宫殿和花园全部建成，直到1789年先后有路易十四、路易十五和路易十六修建和居住凡尔赛宫，并建造了大特里亚农宫与马尔利宫、小特里亚农宫和瑞士农庄等。这样，凡尔赛宫从1682到1789就有了107年封建王宫的历史。

凡尔赛宫位于法国现在的伊夫林省省会凡尔赛镇，它的景观集中于主楼和花园。主楼内有大理石庭院、海格立斯厅、丰收厅、维纳斯厅、狄安娜厅、玛尔斯厅（战神厅或火星厅）、墨丘利厅、阿波罗厅（太阳神厅）、战争厅、镜厅、和平厅、国王套房、王后套房、教堂、剧场、战争画廊、大特里亚农宫和小特里亚农宫。主楼北部是拉冬娜喷泉，主楼南部是橘园和温室。这里有国王寝室、国王接见厅、剧场、教堂、王子和亲王的住处以及沙龙、小沙龙、画室、卧室、化妆室等，还有许多金碧辉煌的壁画、油画、雕塑、镀金浮雕、纯银大壁橱、大理石平台与柱子、波希米亚水晶吊灯以及各种精美瓷器装饰等。花园现存面积100公顷，以海神喷泉为中心，有1400个喷泉以及1.6公里的人工大运河，还有森林、花径、温室、柱廊、神庙、村庄、动物园和众多散布的大理石雕像。鼎盛时期，凡尔赛宫内居住的王宫、贵族、主教、仆人等，多达36000人，还有皇宫卫队警察6000名、步兵4000名和骑兵4000名。

无论在封建社会,还是在近现代社会,凡尔赛宫都是法国政治活动的重要场所。路易十四建成凡尔赛宫后,全国主要贵族都在此居住。从1682年到1789年,法国政治、外交决策都在此决定。凡尔赛宫已成了法国事实上的首都。法国大革命期间,1789年路易十六在凡尔赛宫被斩首,三级会议签署《网球场宣言》,凡尔赛宫内家具、壁画、挂毯、吊灯和陈设物品被洗劫砸毁。1793年宫内残余的艺术品和家具全部运往卢浮宫。1833年奥尔良王朝路易·菲利普国王下令修复凡尔赛宫,将其改为历史博物馆。1871年普鲁士与法国在此签订停战和约,1919年"一战"协约国与德国在镜厅签订了《凡尔赛和约》,1920年法国与匈牙利在大特里亚农宫签订《特里亚农和约》。1937年凡尔赛宫作为历史博物馆对公众开放,此后法国总统和总理多次在凡尔赛宫和花园举办外事活动,召开国际会议,签署国际条约。

到凡尔赛宫旅游,学生及18岁以下人员可以免票,每年7月4日到10月31日,第一个周日免费开放时间为9:00到18:30,成人联票25欧元/人;11月1日到3月31日,开放时间为9:30到17:30,成人联票18.16欧元/人。如果参观忒拉浓花园,18岁以上5欧元/人,下午3:30后入场3欧元/人,学生、残疾人及18岁以下人员免票。从巴黎到凡尔赛宫,还有车票和门票的联票旅游。凡尔塞宫的旅游让我流连忘返。

作者与印度友人(2010)

4. 红磨坊歌舞厅

法国红磨坊歌舞厅(红磨坊酒吧)有超过百年历史。据说,红磨坊歌舞厅就是因为《红磨坊》电影而蜚声世界的。以红磨坊为主题的电影有三部,如法国的《法国康康舞》、美国的《红磨坊》和英国的《红磨坊》。它们都生动描绘了19世纪末法国苦闷彷徨、玩世不恭、歌舞升平的奢靡生活。红磨坊舞女们希望遇到能够善待自己的男人,见证了那时艺术家和舞女对爱情和再生的希望以及对死亡的不惧。在红磨坊,舞女们穿着花边长裙,伴着狂热节奏,扭动臀部,大腿抬高,空虚放纵。这种舞蹈被称为"康康舞"。即使在蒙马特高地的街头，舞女们也大跳特跳，人们从四面八方赶来观看，很受欢迎。

红磨坊歌舞厅来自19世纪下半叶蒙马特高地的咖啡馆和酒吧或小酒店，这里聚集了许多流浪的艺术家和舞女舞男。舞女们身材丰满，风姿绰约，走在街头，就会引起街区骚动，艺术家与她们夜夜狂欢。舞男以说笑出名，诙谐和优雅的风格使他成为法国"名嘴"。"二战"德军占领期间，国难当头，他们不知亡国恨，仍然歌舞升平。因此，红磨坊曾受到严厉批评。

现代红磨坊是巴黎的大型歌舞厅和旅游景点，也是法国娱乐业经济效益良好的企业。舞女们必须受过芭蕾舞训练，身高1.72米以上，年龄16—25岁，容貌姣好，笑容灿烂，大腿修长，鼻子俏皮，一般起薪2500欧元，资深的达5000欧元。红磨坊观众55%是外国人，45%为法国外省人。舞女们像少女一样，披挂着华丽的羽毛服饰或金属片，演唱或杂技时举重若轻，高高抬起大腿。进入红磨坊成为不少女孩的梦想。因为许多女孩在红磨坊跳过舞，后来都成功进入影视界。当时我也到红磨坊去看了一场表演，喝了一杯红葡萄酒，虽然有点贵，但那是最正宗的一种感觉！非常难忘。

（二）历史名城——里昂

里昂处于索恩河和罗纳河环抱之中，素有"文化之城""美食之都""壁画之都""发明之乡"等美称。它包含旧城和新城两部分。旧城坐落在索恩河右岸，有许多中世纪建筑和教堂，圣让首席大教堂有近千年历史，有罗曼和哥特式的风格。新城坐落在罗纳河左岸，有许多大学、政府机关和贵族住宅区。

1. 文化之城

里昂是一座历史悠久的文化城市，在罗马时代，里昂相当繁荣。1998年被联合国教科文组织列为世界文化遗产。市内有博物馆、大学城、歌剧院、国际城、国际博览会等，还有许多艺术家和作家踊跃参加的文化沙龙。里昂有21个博物馆，其中美术博物馆、纺织博物馆和装饰艺术博物馆最为著名。美术馆博物馆面积1500平方米，有6300多项藏品。新增40幅印象派画家和现代派画家的作品，例如莫奈的《阿尔坚泰雪景》、雷诺阿的《少女肖像》

以及毕加索、德加和英国画家弗朗西斯·培根的作品。

纺织博物馆原来是18世纪贵族宅邸，是100多年前由纺织工商会成立的，馆内设立了国际传统织品研究中心，陈列了的纺织展品既有14—19世纪欧洲各国纺织品，也有来自东方的丝织品，收藏品有路易十四的装饰挂毯、路易十六王后用过的布帘、拿破仑的壁布皇后以及法国大革命前一般人从鞋子、帽子到衣服的服饰，这些藏品一部分来自私人捐献和遗赠，另一部分来自世界各地搜集。馆内一楼展示东方纺织品和3—8世纪时期壁挂陈列，如波斯地毯。二楼展示欧洲各国纺织品以及17世纪到现在的里昂纺织品。除了展品和常规展览外，还经常举办中国服饰展、波兰腰带肩带展、歌剧服饰展等专题展览。里昂纺织博物馆是全球同类型博物馆中展品最丰富、最精致的丝织博物馆，揭示了世界纺织业发展历史。因此，里昂又被称为"丝绸之都"。

里昂大学城是法国主要大学城之一，拥有众多的大学和学院，著名的公立院校有里昂一大（理工科、生化院类）、里昂二大（人文艺术语言类）、里昂三大（经济管理类）、里昂国立高等美术学院和中央理工学院等，著名的私立院校与高等商业学校有里昂高等管理学院（EM Lyon）、高等商业与经济研究院里昂校区（INSEEC Lyon Campus）、IDRAC等。

里昂歌剧院成立于1693年，是文艺复兴时代的遗留建筑，1985年其老剧院由里昂市政府投资全面改造。它高80米，有1200座的主剧场以及200座的多功能厅和多个排练厅，设计巧妙，功能齐全，主要演出中小型歌剧和现代芭蕾舞。它虽然被称为国家歌剧院，但由里昂市政府直接管理。

里昂国际城建于18世纪罗纳河防水堤岸上，位于罗纳河和金头公园之间，是第三产业、文化、旅游中心。内有里昂议会大楼、办公楼、办公室区、酒店、赌场、公园、停车场、现代艺术博物馆、电影院、音乐厅、国际刑警组织等。

里昂国际博览会历史悠久，早在1420年就以摆摊客货交易的形式出现，会聚了许多金融家和贸易家，成为商品宣传、贸易谈判与交割的重要场所。里昂成为法国第二大博览会中心，会展面积达70000平方米，有十几个主题展馆，每年4月中旬吸引三四十万人看展览。博览会上，里昂欧洲博览公园（Eurexpo）有数千参展单位以及外国官方参展团，有微波炉到按摩浴缸等新产品、各种特色佳肴。19世纪博览会依旧繁荣，20世纪初因故停办。1916年传统贸易博览会开始恢复。

2. 美食之都

里昂有著名的3星级餐厅保罗-勃丘兹，还有许多饭店和餐馆，而且名菜种类繁多，价廉物美，很受欢迎。著名的有里昂干红肠、洋葱炒内脏肠、酱烧烤鱼肉丸、血肠、狗鱼、猪脸肉、羊奶酪、酥炸猪油渣、酥皮松露汤、洋葱牛肚、醉鸡、烤猪肉等，闻名于世的乳酪有100多种，奶酪可以与酒混合，也可以与冷肉、马铃薯等搭配，成为补充体力的上品。老城区有很多古老餐厅，可以吃到很多地道的里昂菜，例如猪血香肠、里昂沙拉以及里昂猪脚。"笞帚"餐馆是里昂的风味餐馆，是很久以前马车夫们路过里昂下榻用餐的地方，在餐馆门口挂"一捆草"供马夫给马擦嘴。这就是"笞帚"餐馆的历史由来。

在这种现代餐馆的门口通常挂"一捆草"，以老字号来招徕顾客。一些餐馆还贴告示："好人喝酒时，请勿打扰。"以此暗示客人不要喧哗。这类餐馆集中在栗子街，面积都不大。玫瑰塔"笞帚"餐馆就是一个百年老店，算是较大的，有两层楼，一楼为普通客人，二楼为贵宾，餐厅很小，只有3张原木桌，6条长板凳，最多只能坐20人左右。据说，2003年江泽民主席和希拉克总统曾在这家餐馆共进午餐。法国人喜欢小餐馆进餐"如家"一样的亲切感，也许这就是希拉克选择"笞帚"餐馆的主要原因，也是西方领导人宴请贵客的重要方式。

更为有趣的是，里昂是美食天堂，厨师比艺术家更受欢迎，里昂人把烹调当作艺术，把吃饭当作享受。里昂有350家农贸市场，每逢星期六，家庭主妇、餐馆厨师们都来买食材。在买卖过程中，顾客向菜市场农民讨教菜的特点、火候的掌握、配什么肉、用什么调料等，其他人也会过来一起讨论，交流做菜的经验。里昂人喜欢自己做菜，即使不会做菜的人，也能说出一些调料的用法。里昂家庭保持了在家吃饭的传统，母亲们经常向孩子们传授自己的拿手菜。正因如此，

作者与印度友人（2010）

法国最有名的大厨如厨艺"教皇"保罗·博古斯等都来自里昂,而且"大厨"们开办烹调学校,成立了"里昂白帽子协会",传授厨艺,他们同世界17个城市交流切磋厨艺,学习他国烹调艺术。保罗·博古斯开办了厨艺学院,还在里昂最美的地点,开了4家餐厅。里昂最古老,也是必去的乔治·布莱赛里餐馆,创办于1836年,有近200年的历史。在罗马后街,有许多不知名的餐厅和小酒吧,内有塑料红格餐布、私酿柠檬甜酒和葡萄酒,还有举止优雅、神情尊贵的女服务员。

3. 壁画之都

里昂是法国古建筑保留得最好的古城,城市建筑物墙壁上有多达几百幅漂亮壁画,大型的就有40多幅,主要有加努墙、里昂名人墙、巨兽墙、动画墙、大图书馆墙、健康墙、1世纪里昂交通墙、电影墙、马拉松墙和大厨师墙。这些壁画出现在书店、商店、橱窗、楼房、体育场、街道等上,记录了里昂的历史、城市生活、体育与科研等内容。20世纪20年代里昂出现了城市壁画先驱——视觉艺术家托尼·加尼耶。里昂于1978年成立了美术团体——创造之城,大多数壁画出自这一组织,其创始人是里昂美术学院的11位学生。该组织成为法国唯一的壁画创造国际化企业,因创作30位杰出人物的大型壁画,1995年被联合国教科文组织授予"世界丝绸之路规划参与单位"的称号。这些壁画主题积极向上,色彩和谐明丽,人物生动,场景逼真,立体感很强,赏心悦目,使里昂成为真正的"壁画之都"。

"加努墙"也叫"纺丝工人墙",位于十字架—鲁斯街口。墙上壁画《卡尼》面积达1200平方米,是欧洲最大的城市壁画,描绘了卡尼街区过去的人物和生活场景。12位画家画了125天,用了两吨颜料,画面上的楼群、开启的窗户、展翅飞翔的鸽子、拉扯的电线、人物呼之欲出,仿佛一切都是真的。墙画上有一个自动取款窗口,经常有人在此停车,手拿信用卡,急匆匆地跑过去取钱。因此"加努墙"成为游人最多的景点之一。索恩河畔的壁画《里昂人》面积800平方米,描绘了里昂历史上20多位著名人物,包括宗教人士、科学家、艺术家等。顾拜旦街道出现一幅以体育与科研为主题的壁画,足球、球衣和科学仪器、绘图板、实验器皿等成为画面内容,以足球场和科研机构的建筑物为壁画背景。

《大图书馆》壁画位于普拉捷尔街,画面主体是图书,有书架、书脊以及里昂知名人士如伏尔泰等内容。卡尔基拉街民宅面墙壁被画成"丝绸之门",

建筑物和廊柱上画着"丝绸之路",上面有相关国家的风光和名人,如长城、成吉思汗、张骞、马可·波罗以及敦煌壁画飞天等,充满了东方韵味。在以移民为主的廉租房居住区,建立了露天壁画博物馆,在街区 25 幢建筑的墙面上作画,有乌托邦的系列壁画。壁画博物馆改变了人们对贫穷街区的成见,提高了住宅区的格调成为热门的旅游景点。

4. 发明之乡

里昂有"发明之乡"的美称,是因为这里历史上有许多发明家和科学家。1783 年蒙哥尔费兄弟研制出世界上第一个载人热气球。据说在凡尔赛广场,当着路易十六和 3 万多观众的面,兄弟两用气球把活的羊、鸭和鸡带上天空,热气球飞行 8.9 公里。兄弟俩因此被选为法兰西学院院士,载入人类航空事业史册。同年,茹弗鲁瓦潜心研制了世界上最早使用推进器的轮船,他驾驶 180 吨的机动船在索恩河逆水上行,比美国富尔顿发明的蒸汽客轮早了 20 多年。1829 年缝纫机发明家蒂莫尼耶发明世界上最早成批制造的缝纫机。物理学家安培发明了电流计发现许多重要的电磁原理,为电磁学奠定了基础。电影事业开创者卢米埃尔兄弟于 1895 年在里昂拍摄了第一部电影《工厂的大门》,相继拍摄了《婴儿早餐》《孩童争斗》《水浇园丁》等影片。兄弟俩的里昂故居成为纪念馆,所在的街被命名为"第一部电影街"。

5. 惊心动魄的遭遇

里昂有游行和起义的传统。著名的有里昂工人游行和纺织工人起义,还有被称为"油印博士"的中国革命家、政治家邓小平曾经领导华工举行大规模的游行示威集会。罢工示威的游行和抢劫事件频繁发生。20 世纪六七十年代帮匪持械抢劫猖獗,因此使里昂声名狼藉。有一部电影《里昂黑帮》,就真实反映了这一情况。

我的里昂之行就遭遇了人生难忘的街头持械抢劫事件。那是 2001 年 8 月 10 下午将近 6 点,我们的旅游团刚到达里昂一个指定的酒店,几个中东人脸上蒙着黑布,手里端着卡宾枪,枪口朝着我们晃来晃去,逼迫旅游团所有人交出行李和钱包。我用以前英语专业所学的英语,与他们不断沟通,结果其他人的行李被洗劫一空,很庆幸的是我幸免一劫。这可能与我有像欧洲人一样的身材和外貌有关,也很可能是因为我说流利英语的缘故吧,使他们把我当成自己的欧洲兄弟吧！那个令人恐惧的夜晚，在酒店我一个人蜷卧在一个空荡荡的大房间。傍晚发生的抢劫事件，使我担心自己会客死他乡，或半夜被劫枪杀。整个夜晚都有一种恐惧、孤独和无助的感觉袭扰着我，这是我一生中最恐怖、最难忘的里昂不眠之夜。

（二）国中之国——摩纳哥

摩纳哥位于法国南部，三面被法国包围，濒临地中海，是仅次于梵蒂冈的世界第二小国家，被称为"国中之国"。它最早源于腓尼基城堡，中世纪变成热那亚的市镇，并成为摩纳哥城堡，1338年成为独立公国，1911年开始成为君主立宪国。

出于对世界为数不多的几个微型国家的好奇，我们到了摩纳哥旅游，主要了解一个微型的君主立宪国如何从穷国变为富国。摩纳哥资源匮乏，无农业，工业薄弱，但是世界富豪和旅游者公认的天堂，拥有世界最大的赌场——特卡罗大赌场、最古老的城堡和世界最大、最古老的海洋馆。它实行个人收入免税，旅游业和金融业发达，第三产业发展迅速，并占全国总收入的绝大部分份额。政府采取多元化、高附加值和无污染的产业发展方针，推动第三产业全面发展。

作者与黎巴嫩健美冠军（2009）

据说，1856年摩纳哥的亲王为了解决财政危机，聘请法国设计大师设计，亲自建造了特卡罗大赌场。这个赌场装饰古典瑰丽的天花板、帷幕和墙壁，有钻石般闪烁的水晶灯，地面满铺的红色地毯，侍者穿着整齐的礼服，还有表演歌剧的大舞台，场内富丽堂皇，犹如豪华的宫殿，内有欧洲厅、白厅和21点等娱乐项目。白厅主要有普通游客小赌的老虎机。欧洲厅有仅供富豪们下赌注、飞转着的大轮盘，普通游客仅可以买票观看。赌场外广场附近有巴黎饭店、巴黎咖啡馆、名牌服装店和欣赏摩纳哥美丽风景的花园。赌场内的瑰丽奢华和赌场广场的配套服务，吸引了欧洲各国富豪、王公、贵族云集到这里。同时摩纳哥法律规定：本国人不准入内赌博，而且外国观光客人要满21岁才可进入，要求持护照登记，门票10欧元。游客即使不愿意豪赌，也可以到白厅老虎机上小玩几把。在这里，即使早餐用的盘子、盛牛奶的杯子和集邮册等，也都会成为赌博的工具。在特卡罗大赌场投入运营后，摩纳哥从穷国变成了富国，其生活水平与法国大都市相当。1967年政府接管这个赌场，20世纪末赌场年收入已经超过4000万法国法郎。由此可见，赌博业带动了旅游业、金融业等第三产业，政府依法治理，实现了国家富有和第三产业全面发展。

摩纳哥的奢华是摩纳哥码头有许多私人游艇码头。卡普戴尔游艇码头是最大的私人游艇码头，也是大型游艇停泊的深水码头和理想港湾，有世界各地富豪们停泊的私人巨型豪华游艇，有超过30米的10个大游艇泊位，还有面对地中海的餐厅、轻型直升机场。这个码头位于摩纳哥码头的中心，交通便利，从尼斯机场到码头仅需6分钟车程。此外，还有其他各大私人游艇码头，它们宛如上演一场"游艇秀"，欢迎富豪们成群的豪华游艇，试图为富豪们争得"世界富豪榜"一席之位。据说，比尔·盖茨就有一个私人码头在这里。

（三）德国之行

德国是欧盟人口最多的国家和最大的经济体。在科学发展、医学研究、技术创新、职业教育、公民信用体系等领域，德国都处于世界领先的地位，奔驰、宝马和奥迪等小轿车更是闻名于世。

德国之行的主要目的是了解德国历史和政治。有趣的是德国采取了两种方式实现了国家统一,这是其他任何国家都无法做到的。1871年爆发的普法战争,使德国获得了民族独立,第一次实现了国家统一。1989年发生的东欧政治剧变,致使东德和西德于1990年实现了和平统一。从德国的两次统一,可以看到国家统一的两种基本方法,即战争统一以及和平统一。德国和平统一的实践,使海峡两岸人民看到了国家未来统一的可能性和曙光。邓小平"一国两制"的构想为海峡两岸和平统一提供了途径。

德国的国徽是金黄色的盾徽,上面有一头红爪红嘴、双翼展开的黑鹰,象征着德国人的力量、坚毅和勇气。暴力统一以及和平统一的实现,体现了德国人的勇气、坚毅和团结。作为两次世界大战的策源地和战败国,德国法律上禁止使用纳粹或其军团的符号图案作为标志,体现了德国人敢于面对历史和正视现实的勇气和坚毅。

到德国旅行,我们到柏林、科隆、慕尼黑和法兰克福四大城市参观,发现了德国近现代化发展的秘密,即重视科学技术、文化和教育的发展。德国有6000多家博物馆,馆内有私人展览、公共展览、宫殿和花园,每年都有各种艺术节、博览会和影展等。柏林的博物馆产业包含了博物馆岛和许多世界级博物馆,慕尼黑的德意志博物馆是全世界最大的自然科学技术博物馆。这些为文化和教育的发展提供了条件。还出现了许多世界级的作家、文学家、艺术家、哲学家、数学家以及科学家。著名的作家如歌德、海涅等,获得诺贝尔文学奖的多位文学家如特奥多尔·蒙森、海因里希·伯尔和京特·格拉斯、塔特·米勒等。艺术家如贝多芬、巴赫、门德尔松等音乐大师,哲学家如莱布尼茨、康德、黑格尔、费尔巴哈、马克思、恩格斯等。数学家如亚当·里斯、贝塞尔、戴德金、高斯等。科学家如爱因斯坦、克里斯汀·纽斯林－沃尔哈德、罗伯特·科赫和马克斯·韦伯等。

德国是一个多宗教信仰的国家。大约5300万人信仰基督教,信仰天主教的东正教的大约有90万人,信奉伊斯兰教有330万人,大多数犹太人信奉犹太教,还有佛教和印度教。对宗教的虔诚,成为德国人精神生活的重要部分。此外,对法律和规范的重视,使德国人非常注重规章和纪律。以上两个方面都对德国法制体系和诚信体系的建立发挥着重要作用。在德国,如果出售假货,就会面临严重惩罚。如果生产假货,企业就永久被吊销经营权,高额罚款。如果一个人在商店买到假货,就可以起诉那个卖假货的商家。这就是德国人的逻辑。2007年曾发生这样一件事件。一位中国留学生在德国出售假的Adidas运动鞋,受骗的德国人给Adidas公司反映了情况,Adidas公司就起诉了这位留学生。结果这位留学生被冻结了账户,还被判处14个月监禁,缓期三年执行。

德国建立的完善的信用体系，对社会具有重要的影响和作用。据说，一位德国大学生有一次坐公交车没有刷卡，结果留下了不良信用记录。这一不良记录使他付出了沉重代价。大学毕业后，他到许多公司顺利应聘，但公司在核实个人信用记录时，发现了他的一次不良信用记录。结果在很容易找到工作的德国，这些公司都不再录用他了。由此可见，公民信用体系的建立和规范的法律体系建设，是社会公平、现代民主的重要指标。

作者与德国友人（2011）

（四）英 国 之 行

英国之行的主要任务是公务员制度的学习考察。对英国公务员制度的学习，对我从事政府工作和社会组织工作具有重要价值和现实意义。

英国是最早建立公务员制度的国家，经过 200 多年的发展，逐步建立了完善的现代公务员制度。1640 年以前，英国是封建君主专制的国家，国王实行"恩赐官职制"，即国王将所有官职凭借门第和忠诚度恩赐给臣民，所有官员都是国王或女王的忠实奴仆，唯名是图。1640 年资产阶级革命爆发后，议会获得国家政权，设立专门机构负责军需、税收等事务，这样就出现了拿固定俸禄的行政人员。1688 年宫廷政变后，逐步确立君主立宪制，议会掌握国家最高权力,政府职能扩大,行政人员队伍壮大。

18世纪初,文官职能分类初见端倪。1700年《吏治澄清法》规定,"凡接受皇家薪俸及年金的官吏,除各部大臣及国务大臣外,均不得为议会下院议员"。这样法律上就出现了事务官与政务官之分。19世纪初出现两党制轮流执政的政治,执政党进行行政大换班,结果出现了政治分赃的政党分肥制,造成职责不清、行政效率低下、官场腐败的情况。1805年财政部设立常务次官,1833年其他各主要部门效仿设立常务次官,各部行政以党派关系为基础,初步建立了廉洁的文官制度。1853年《关于建立英国常任文官制度的报告》建议设立将官员分为政务官和事务官两类,事务官即文官,职务常任,不参加党派之争;提出建立现代文官制度的基本原则之一:"凡初任人员都应按规定的年龄从学校毕业,通过竞争考试表明具有通才智力后才能被择优录用。",无过失不受免职处分。

1870年英国内阁颁布公务员制度枢密令,成立3人吏治委员会,主持公务员的考选事宜,公开考试、择优录用。这就标志着具有现代意义的世界上最早公务员(常任文官)制度建立了。英国政府官员分为两大类:第一类是政务官员,包括各部大臣、副大臣和政务次官,随内阁变更而进退,第二类是常务官员,包括常务次官、副常务次官和助理次官、主管等,不随内阁共进退。

作者与英国利兹大学支教的老师在一起(2013)

纵观英国公务员制度发展历史,可以看出公务员制度的基本特征:(1)政治地位中立。公务员执行政策,而非制定政策,不承担政策失败的风险,因而不随内阁或执政党更换而辞职,以行政稳定社会。(2)公务员执业资格制度。英国政府规定:各部门无权任命没有通过录用考试考取并获得文官委员会给予的合格证明书的人员充当公务员。(3)废除终身制,实行合同制与临时聘用制等公务员制度。

我国公务员制度建立的时间不长,还需要根据我国国情和文化传统,加强政府行政理论和公共服务理论的研究,大力发展社会公共服务及其组织建设,逐步建立委任制、聘任制和合同制等多元用人制度,便于政府和公共部门吸收优秀人才,提高政府行政效率,充分发挥政府的社会服务职能。

(五) 奥地利之行

1. 奥地利的历史

记得中学地理课本上,奥地利是艺术天堂,维也纳以音乐会闻名于世。我随团到了奥地利旅游,了解奥地利悠久的历史。据说旧石器时代在多瑙河畔就有人类活动,而且在20世纪末这里还发现了男性木乃伊。公元前800年以后这里出现了盐铁贸易,公元前后被罗马帝国侵占。从基督教诞生到公元700多年,许多罗马人、巴伐利亚人、阿瓦尔人和斯拉夫人迁移到这里。查理大帝建立了加洛林东属国,907年东属国解体了。976年奥托大帝分封巴伐利亚冯·巴本贝格,建立边陲伯爵属国。1156年伯爵属国升为公爵属国,建都维也纳城,1192年通过政治联姻扩大领地。

罗马帝国国王哈布斯堡打败奥托帝国,结束了巴本贝格王族的统治,1282年加封两个儿子为奥地利公爵和施泰尔马克公爵。此后哈布斯堡王族通过购买领地、建立维也纳大学、联姻政治、结盟政治、领地改革、争夺战争和恢复皇权等,建立奥匈帝国,开创了640多年哈布斯堡王族的封建统治。法国大革命冲击了奥匈帝国,争取民主和公民权利成为帝国政治革命的重要标志,1907年帝国议会首次举行选举,同时与德意志帝国和意大利结为三国同盟,维系着和平时期。第一次世界大战后,二元王朝解体,1918年11月12日,临时国民议会宣布德语奥地利民主共和国成立。1945年"二战"结束后,奥地利被同盟国和苏军分别占领。1955年,占领军撤出,奥地利成为永久中立国。

2. 世界名都——维也纳

维也纳位于多瑙河畔，有"多瑙河的女神"美称，是奥地利最大城市和政治中心，许多国际组织如联合国机构、世界石油输出国组织、欧洲安全与合作组织和国际原子能机构等设立总部和办事机构。

音乐是一种艺术，也是人生无字的歌剧。生稍大不能没有音乐，城市不能没有歌剧。这是对维也纳这座古城恰到好处的描写。维也纳大约有1800年历史，在1278—1918年的640年历史中一直是哈布斯堡王朝的首都，1365年建立了中世纪大学——维也纳大学，还有许多中世纪建筑和文艺复兴时期建筑。维也纳城内的霍尔亨·萨尔茨堡有900年历史，成为中欧保存最完好、规模最大的中世纪城堡。城堡内有建于7世纪末的本尼狄克隐修道院、建于1223年的大教堂——圣方济会教堂、大主教皇宫米拉贝尔宫、以"水的游戏"著称的皇家花园以及包括宫殿、教堂、花园、博物馆在内的游览中心。

还有著名的国家歌剧院和维也纳音乐厅。维也纳国家歌剧院是文艺复兴时期建筑，原来是皇家宫廷剧院，是"音乐之都"维也纳的象征，是世界上一流的大型歌剧院，素有"世界歌剧中心"之称，内部有精美壁画以及大音乐家和著名演员的照片。维也纳音乐厅是意大利文艺复兴时的建筑，是最古老最现代化的音乐厅，是一年一度举行"维也纳新年音乐会"的法定场所。因此，维也纳有"音乐之都"和"建筑之都"的美誉。

维也纳还有"文化之都"和"装饰之都"的美誉。它环境优美，景色迷人，是欧洲最古老和最重要的文化、艺术和旅游城市之一，因此2011年被评为全球最适合人居的城市。许多文化古迹和美妙的传奇故事，使人沉醉在迷人的艺术天堂，荡漾在传奇的历史之中。

作者与首席歌唱家崔峥嵘女士（曾到维也纳表演）合影（2015）

3. 奥地利之母——"欧洲丈母娘"

在哈布斯堡王朝统治期间，联姻和结盟成为这个王朝持续 640 年的重要原因。这一时期，许多欧洲国家正处于频繁的战争时期，而哈布斯堡家族却说："让别人都去打仗吧！我们结婚吧！"联姻和结盟使哈布斯堡王朝一直处于稳定阶段。查理曼帝国以后，建立了神圣罗马帝国。神圣罗马帝国皇帝查理六世的长女玛丽娅·特蕾西娅继承了哈布斯堡王朝的王位，她的执政使奥地利处于鼎盛阶段。她先后生育了 16 个孩子，5 个孩子夭折，善用联姻结盟和领地继承，扩大奥地利领土。11 个孩子长大成人后，儿子们不是国王就是皇帝，甚至把女儿们嫁到欧洲各国，不是当皇后，就是做女王，这样既使她赢得了"欧洲丈母娘"的美誉，又维系了哈布斯堡家族的统治。她的孙子也与巴伐利亚国王联姻，使奥地利成为"众星捧月"的欧洲中心，因此，奥地利人也把这位"欧洲丈母娘"称为"奥地利之母"。

长女克里斯蒂安娜嫁给了荷兰摄政王，阿玛丽亚嫁给了帕尔马王子，卡罗莱纳嫁给了那不勒斯国王费迪南德，最小的女儿安托瓦奈特 15 岁嫁给法国国王路易十六，她最疼爱的女儿克丽斯汀嫁给了阿尔贝特·冯·萨克森公爵。她的孙子奥地利皇帝弗兰茨·约瑟夫继承哈布斯堡家族的王位，与巴伐利亚国王 16 岁的伊丽莎白公主——希茜公主订婚结婚。这样希茜公主就是这位"欧洲丈母娘"的孙媳妇了。中国西汉昭君出塞，也是采用联姻结盟的和亲政策，保持了数十年西汉与匈奴之间的稳定。可见这位"欧洲丈母娘"聪明绝顶、胸怀博大。

（六）意大利之行

每年 4—6 月份是到意大利旅行的最好时间。意大利因购物和旅游观光而被称为"天堂中的天堂"。主要的旅游景点有威尼斯和罗马。威尼斯以水上城市而著名，中学课本中栩栩如生的描绘，使人记忆犹新。罗马是意大利的首都，有 2800 年的历史。作为古罗马的首都，有 1000 年历史；作为中世纪的教皇国首都，有 1100 年历史。据说罗马帝国时期，罗马就有 100 多万人居住。公元 756 年到 1870 年罗马一直是世界天主教中心。

罗马的市徽图案就是传说中的一幅"母狼乳婴"图。传说罗马的创建人罗慕洛是母狼喂养大的。此外，罗马城内有许多罗马时期和文艺复兴时期的建筑，如弗拉维安半圆形剧场、潘提翁神庙、万神殿、帝国元老院、凯旋门、纪功柱、古罗马竞技场等世界古迹，有教堂、大学、博物馆、科学院和图书馆等，其中教堂和修道院700多座，7所天主教大学、世界著名大学——罗马第二大学以及天主教首都梵蒂冈。正因这些保存完好的历史古迹，1980年罗马被列为世界文化遗产名录。此外，许多国际组织总部设在罗马，如联合国粮食及农业组织、联合国国际农业发展基金会、联合国世界粮食理事会和联合国世界粮食计划署等。

到罗马旅游，斗兽场和博物馆是必看的地方。佛拉维欧圆形剧场就是椭圆形的斗兽场，能容纳5万多人，其整体结构像体育场，整个建筑分四层，内有看台和四扇大拱门，每个拱门两侧各有石柱，底部三层为连拱式建筑，第四层有壁柱装饰。博物馆以梵蒂冈博物馆最为著名。正因罗马的许多历史古迹，每年夏季吸引了成千上万的游客购物和观光，斗兽场悲壮的角斗，赢得游客们的喝彩，也为罗马赢得巨额收入。夏季罗马城游客猛增，因此为了迎接更多的游客，许多罗马人纷纷离开炎热的城市，外出度假避暑。

好客的罗马人经常迎接陌生游客到家作客，我们几个应邀到罗马市长家作客，并且受到热情的款待。令人吃惊的是，作为拥有两百多万人口的罗马市市长，家里只有70多平方米的大小，这与广州有20多套房产的房叔形成极为鲜明的对比，这是中国官员小到村干部、大到部长都无法想象到的廉洁。

（七）世界天主教中心——梵蒂冈

作为世界天主教领导中心，梵蒂冈以宗教领袖的魅力影响着整个世界，并且披着一层神秘的面纱。它四面被罗马环绕，是世界上最小的国家，也是国中之国。它的面积只有0.48平方公里，公民572名，其中有外交官306名，86人的瑞士警卫队，而且真正在梵蒂冈的居民只有223人。作为主权国家和世界天主教会中心，梵蒂冈天主教会的圣座为教廷首脑，其国家机构包括国务院、宗教法院、宗座委员会及其事务机关等，天主教教廷代表梵蒂冈主权，主张与世界各国广建邦交，与179个国家建立了外交关系，在联合国设常驻观察员。通常各国派往梵蒂冈的外交使节都在罗马设立大使馆。更有趣的是，意大利驻梵蒂冈的圣座大使馆就设在罗马市内。

梵蒂冈电台建于1931年，是世界上最早开办的宗教性国际广播电台，是世界各地天主教联系的纽带，以天主教教义、教宗报道、教廷活动、古典音乐和宗教为流行音乐主要播报内容，1997年开始使用33种语言向世界各地广播。目前电台有200多位来自61个国家在俗教友记者，每天向全世界播放40种语言的节目，报道和评论国际时事及教会动态，特别是圣座参加的各种教宗活动，传播世界天主教领导人物的声音。

梵蒂冈也是欧洲古典艺术的天堂，它的博物馆被改为国家博物馆，位于罗马圣彼得教堂北面，本来是罗马教皇宫廷，也是最伟大的博物馆。16世纪梵蒂冈博物馆与圣彼得大教堂同时扩建，总面积为5.5公顷，其展出面积几乎与我国故宫一样。馆内有欧洲著名的艺术殿堂西斯汀教堂，大部分收藏品都是古代罗马和文艺复兴时期的艺术精髓，如《创世纪》和《最后的晚餐》等，其稀世文物和艺术珍品，堪与伦敦的大英博物馆和巴黎的卢浮宫相媲美。

三、游览亚洲　探古追今

（一）土耳其之行

横跨欧亚大陆的土耳其共和国成立于1923年10月29日，曾是罗马帝国、拜占庭帝国、奥斯曼帝国的中心，有4000多年的悠久历史，境内分布着13个不同文明时期的历史遗产，被称为"文明的摇篮"。土耳其有清真寺、唤礼塔、跨海的欧亚大陆桥、特洛伊城遗址、世界奇景卡帕多西亚、观鸟胜地库什湖、亚洛瓦温泉以及浪漫的故事等，使它享有"旅游天堂"之誉，并成为欧洲的主要观光地。

在土耳其，我们在黑海上乘坐游艇，穿梭于亚洲和欧洲之间，上午去岸边观看欧洲旖旎风光，下午回到岸边熟悉的故乡——亚洲。一天之内游历了欧亚两个大洲不同风光，实在是一件曼妙遐想的美事。更美妙的是，土耳其有一个国王浪漫凄美的爱情故事。据说奥斯曼帝国时期，国王在一次出游时，对一位美丽的姑娘一见钟情。回到宫廷后,国王就把十分爱慕的姑娘画下来,装裱成美丽的壁画,挂在宫廷的墙壁上,每天看看墙壁上姑娘的画像,以解思念之苦。同时宫廷里还有深爱的皇后,为了不让皇后伤心,忠诚于皇后的爱情,国王以此画作永久的纪念,每天看着壁画,默默地在内心思念这位姑娘,却没有再去寻找她。这与许多大城市高离婚率的现象形成鲜明对照,许多发了大财的大款爷们喜新厌旧,包养小三。

许多温州人在土耳其经商,从事玩具、雨伞、眼镜、服装、鞋子、酒楼等行业。他们有吃苦自信、善于发现商机、资本雄厚等特点,再加上中国大使馆的指导和支持,为当地提供质优价廉的产品和热情周到的服务,深受当地批发商和客户的欢迎,温州企业很快发展起来。

伊斯坦布尔有两家生意特别好的由温州人开办的中国餐馆,通过特色的菜肴、热情周到的服务,正规的劳务输出和使用土耳其人做员工,在分别是在繁华的中心街区开办的香港×××大酒楼和中国×××城大酒楼,它们成为传播中国饮食文化的窗口,吸引着许多中上阶层的土耳其人前来餐饮消费,因此许多土耳其人把在中国餐馆工作当作骄傲和荣耀。1999年李鹏等国家领导人访问土耳其期间,中国城大酒楼被指定为访问团提供餐饮服务的单位。

温州人的诚实可靠,勤劳敢闯,吸引着土耳其的姑娘。据说在一个偶然的机会,在土耳其经商的温州帅哥江小斌与土耳其可爱大方的女大学生艾芙伦相识、相恋,而且二人打算在土耳其结婚成家,艾芙伦还到温州拜见了未来的公公婆婆。

作者与土耳其欧亚湾滨酒楼老板合影(2009)

土耳其是中国产品进入欧洲市场的绿色通道。位于土耳其第一大城市伊斯坦布尔市的中国贸易展示中心,是土耳其乃至中东地区最大的"中国城",中国企业和商人在土耳其、欧盟和中东拓展亚欧市场的商业平台,总面积8万多平方米。中国产品可以通过土耳其这个欧盟共税国,直接打入欧盟市场，而不用重复加税。此外，土耳其人民族观念比较强烈，中国人的企业在土耳其发展较快，引起了土耳其垄断组织的仇视和刁难，这些组织阻挠批发商和客户向中国企业进货，形成了一些土耳其人排斥华人的现象。因此中国政府应关注和保护中国商人在国外发展，努力提高中国的国际地位，为中国海外企业发展提供契机和保护。

（二）日本之行

去日本旅游主要去了东京。东京有559年的历史，面积为2155平方公里，辖区内有23个特别区、27个市、5个町和8个村，人口约1329万。自1457年建城至今，东京经历了封建社会和近现代社会的发展，目前不仅是亚洲最大的城市，而且是全球规模最大、商业最繁华、世界级大都市，全球500强公司中有51家公司总部设在东京。在导游的带领下，我们游玩了东京迪斯尼游乐园、日本皇宫和富士山等，对东京的印象十分深刻。

东京迪士尼游乐园被誉为亚洲第一游乐园，由迪士尼乐园和迪士尼海洋乐园构成，是迪士尼之首度以"海"为主题的游乐园，包含了7个主题乐园和多彩多姿的娱乐表演以及充满冒险与创想的大海，建造了多种主题的游乐场和游乐馆，内有世界著名故事、冒险宫、传说宫、风景宫、闲游宫、宇宙宫、幻想宫等，还有最受欢迎的"灰姑娘城堡""米奇屋"歌舞剧、童话乐园——梦幻园、海洋公园、游乐天堂等。它们汇集了历史知识、童话故事、自然风光和现代科学为一体，寓知识于娱乐，使各个年龄段的人都可以体验到乐趣。

在迪士尼乐园看表演，即使下大暴雨，日本人无论大人还是孩子都席地而坐，直到表演结束，而且临走时收拾地上的废纸。而我们旅游团的大人和孩子却急于到亭台下避雨，地上丢弃许多废纸。由此可以看出中国大部分人的文明程度还有待提高。

迪士尼乐园建于1982年，由美国迪士尼公司和日本梓设计公司合建，耗资1500亿日元（约118亿元人民币），开放营业于1983年4月15日，截至2000年共接待游客约2.6亿人次，仅2013年就有游客近3130万人次，为东京旅游业带来了巨额利润。

为了保持迪士尼乐园的魅力和巨额利润持续增加，为了吸引世界各地游客重游，迪士尼乐园先后投资1200亿日元（约人民币95亿元）、650亿日元（约人民币51亿元），购置超级音响设备，新建35个游乐场和项目。1998年耗资约3380亿日元（约人民币266亿元）兴建迪士尼海洋乐园，占地面积为47.8公顷，每年可以接待游客1000万人次。

日本皇宫是天皇起居之地，是由绿色的琉璃瓦、白色的墙壁、茶褐色的铜柱构成的传统建筑，也是日本德川幕府时期，第一代将军德川家康修筑的城堡。它最早建于公元1590年，内有正殿、长和殿、丰明殿、常御殿等宫殿，还有花阴亭、观瀑亭、霜锦亭、茶室、皇灵殿、宝殿、神殿、旧御府图书馆等。整个建筑幽雅古朴，绿色的瓦顶，白色的墙壁，茶褐色的铜柱，青瓦白墙的房屋，龙头鱼身的屋脊镇兽，象征日本皇室的菊花，具有日本古代建筑的风格，因此皇宫成为天皇接待各国首脑的重要场所。据说，明仁天皇先后在日本皇宫亲自接见过中国领导人如邓小平、江泽民、李鹏、胡锦涛、习近平等。明治天皇维新，加强了天皇统治，促进日本走上资本主义道路，开启了日本现代化发展。

"二战"的战火使日本皇宫受到严重毁坏，"二战"后得以修复和重建。重建的原因是一则日本天皇家族是天造大神的后代，成就了世界上历史最长的没有家族更替的君主制度，而且天皇是日本君主的称号，并被赋予"神性"。"二战"后天皇宣布放弃神的身份。因为天皇是日本君主的称号，也是神道教的最高领袖。二则多数日本人认为，天皇代表国家。虽然日本宪法没有确定其国家元首的地位，但实际上是国家元首。根据1947年《日本国宪法》规定，现代日本天皇的职责是任命内阁总理大臣，批准法律、政令及条约，召集国会，批准国务大臣的任免，出席礼仪性的外事活动和国家仪典等。同时日本1947年宪法保留了皇室，维护了天皇的尊严，皇室成为日本人理想中的形象典范。通常皇室在高雅幽静、隔绝喧嚣的世界，生活在高耸的围墙内，天皇保持了诚实勤奋、朴素慷慨的传统风格，同时天皇及其家族没有自己的姓氏，宪法也没有赋予他们公民权，因此这些使皇宫增添了许多神秘的色彩。

富士山是世界上最大的活火山之一，位于东京西南方大约100公里的静冈和山梨两县境内，海拔3775.63米，是日本最高的山峰，以景色秀丽而闻名于世界，被誉为"圣岳"或"富岳""圣山"或"芙蓉峰""玉扇"，是日本民族和自然风光的重要象征，也是多数日本人的精神支柱。富士一词源于虾夷语，原有"火之山"或"火神"的意思，现有"永生"的意义。富士山呈优美的圆锥形，高耸入云，夏季山巅白雪皑皑，零下20多摄氏度，山脚下20多摄氏度，花香鸟语，景色千姿百态。山上有许多山洞，洞内石缝里有喷汽和温泉，还有终年不融化的钟乳石似的冰柱奇观。由于富士山是活火山，因此在山脚下能闻到硫磺的味道，到了山顶，硫磺味道简直让人难以忍受。山顶有两个火山口，晴天在山顶看日出、观云海，成为各国游客到日本必须游览的项目。每年7月1日"山开"到8月26日"山闭"之间，成为夏季登山时间。登山道有静冈县的富士宫口、御殿场口，山梨县吉田口等。

富士山的风景主要分布在北麓和南麓。北麓有富士五湖、游猎公园、圣庙，其中，富士五湖（即山中湖、河口湖、西湖、精进湖和本栖湖）湖畔可以打网球、滑水、垂钓、露营和划船等，河口湖交通便利，成为五湖观光的中心。富士游猎公园豢养40种1000多头野生动物，30多头狮子。游客在公园内可以驾车观赏各种放养的动物。圣庙位于山顶，有久须志神社和浅间神社，每年夏季数千游客到山顶神社观光。南麓为高原地带，有绿草如茵，牛羊成群的观光牧场。西南麓有130多米宽雨帘壮观的白系瀑布和流水雷鸣震天的音止瀑布。山上植物有2000多种。此外，还有幻想旅行馆、昆虫博物馆、自然科学厅、奇石博物馆、富士博物馆、大型科学馆、植物园、野鸟园、野猴公园和各种体育、游艺场所等。

此外，东京的美食非常有名。我在东京吃了前半生最贵和最爽口的牛肉，那就是神户烤牛肉，1斤牛肉折合人民币大约1700元。因为这种牛需要经常听音乐、按摩、喝啤酒。名贵的深海鱼被去骨，成为鲜美爽滑的鱼生，在日本吃了最贵的牛肉，最新鲜的鱼。

在东京旅游期间，日本的导游从早晨7:00到晚上7:00，其间大约12个小时，中午大约有一个小时的休息时间，其余时间均为导游领团服务和景点解说。耐心的解说和周到体贴的服务，足见日本导游爱岗敬业的精神和旅游业很强的服务意识。此外，印象最深的是，在日本地铁内没有大声喧哗和聊天吵闹的声音，几乎所有人都在看书、看报或发信息，学习成为日本人生活的重要组成部分。

作者与环球夫人大赛（日本）举办者合影（2014）

（三）印度之行

到世界文明古国旅游，学习古国的历史和文化，可以增长见识，提高自身的国际交流能力。这就是读万卷书，行万里路的真正目的。古印度有天竺、贤豆等名称，唐朝高僧玄奘到古印度取经后，就称之为印度。这样这一名称自唐朝一直沿用至今。作为世界四大文明古国之一，早在公元前2350年印度就出现了哈拉帕文化，早在公元前2000年到公元前600年恒河流域盛行恒河文化，此后摩揭陀国孔雀王朝统一印度半岛，促使佛教和印度教的兴起和发展，逐渐形成了种姓制度。自然灾害和外族入侵破坏了印度半岛的统一，加剧了等级森严的种姓制度。古印度人发明了逻辑学和阿拉伯数字，创立了佛教，印度河和恒河流域创造了灿烂的古代文明，这些使古印度成为历史最悠久的世界文明古国，为当今印度提供了丰富的文化遗产和旅游资源。

1. 世界奇观——泰姬陵

泰姬陵就是印度最著名的文化遗产和旅游胜地。泰姬陵全名"泰吉·玛哈尔陵"，译名泰姬玛哈陵，位于距离新德里200多公里的阿格拉城内，是世界著名的建筑奇迹。它全长583米，宽304米，占地面积17万平方米，有前庭、正门、蒙兀儿花园、陵墓主体以及两座清真寺构成，还有殿堂、钟楼、尖塔、水池等建筑以及奇特的陵墓倒影，具有伊斯兰教的建筑风格，同时还融合了东西方古代文化，纯白色的大理石建筑用水晶、翡翠、玛瑙、珊瑚、红绿宝石等，镶嵌成色彩艳丽的藤蔓花朵图案。更加神奇的是，泰姬陵在一天之内不同时段呈现不同的色彩，早上呈现灿烂的金色，中午呈现耀眼的白色，傍晚逐渐呈现粉红、暗红、淡青色，夜晚月光下呈现银白色，仿佛走进了恍惚灵空的仙境。因此，泰姬陵具有很高的艺术价值和观光价值。

许多世界奇观都蕴含着历史典故和凄美的爱情故事，泰姬陵也不例外。建造泰姬陵动用了2万多人，使用印度最好的建筑师和工匠，还聘请了波斯、土耳其、巴格达、斯里兰卡、也门等国的建筑师、镶嵌师、书法师、雕刻师、泥瓦工，花费了22年的时间，耗费4000万卢比，折合人民币为553万元，这一建筑的建造导致莫卧儿王朝衰败及国库耗竭。

建造泰姬陵的缘由源于美丽的爱情故事。据说,沙·贾汗国王曾娶了美丽聪慧、多才多艺的波斯女子阿姬曼·芭奴做皇后,对她宠爱有加,封她为"泰姬·玛哈尔",即"宫廷皇冠"的意思。作为驰骋战场挥手间令万众臣服的国王,却留不住美女才女皇后枕边水样的温柔,就在皇后泰姬生下第14个孩子香消玉殒时,他竟然一夜间头发全白了,足见国王对皇后的情深。他不惜一切代价,甚至王位和生命,为她修建了富丽堂皇的泰姬陵,以此纪念对皇后的深厚爱情。泰姬陵是国王与爱妃的爱情纪念碑,见证了一代君王的爱情,向世人讲述着印度国王悲壮凄美的爱情故事。

最凄凉的是莫卧儿王朝沙·贾汗国王的晚年。他滥用王室特权,倾举国财力,为宠妃建造富丽堂皇的泰姬陵,劳民伤财。晚年,他的儿子篡位夺权,废除了他的王位,将他被囚禁于阿格拉城堡内,甚至不让他看到泰姬陵,每晚只能透过一块大水晶石的折射,凝望数公里外的泰姬陵,被囚禁7年后,因日夜思念已逝的爱妃,最后伤心忧郁而死,葬在泰姬陵内泰姬身旁。

说起印度泰姬陵这一世界奇迹,让人不能不联想到我国秦始皇兵马俑的发现者老杨馆长。1974年3月,陕西西安临潼西杨村村民杨志发在抗旱打井时,在秦始皇陵园以东三里的下和村和五垃村之间刨出来兵马俑的手,立即将这一情况向村党支部汇报,然后逐级上报,惊动了党中央和国务院。国务院马上派出考古人员实地勘测挖掘,结果发现了秦始皇兵马俑,随后兵马俑被宣布为世界第八大奇迹。秦兵马俑对外开放参观以后,每天带来的门票收入不少于100万元,带动了当地经济的发展。秦陵、兵马俑所在的临潼区也成为西安最繁荣的地区。因此,当地流传这样一幅有趣的对联:翻身不忘共产党,发财不忘秦始皇。横批:感谢老杨。

据说,除了国家给兵马俑发现者老杨发了奖金和荣誉证书之外,老杨与村民没有什么不一样,仍然

作者在印度泰姬陵(2007)

默默地在村里劳动生活。美国总统尼克松访华时,专门提出要见这位姓杨的村民。后来老杨才担任秦兵马俑博物馆的名誉馆长,并在博物馆内的一个书店坐堂为顾客签名。听说老杨还为克林顿买的书签了大名。如今他每月由民政部门发放固定的生活费,享受国务院特殊人才的特殊津贴。

2. 新德里奇遇

在印度旅游,参观了泰姬陵,游玩了新德里。在首都新德里经历了传奇色彩的巧遇。刚到新德里,我们下榻在五星级酒店,接待我的是五星级酒店的年轻总经理,他浓黑宽宽翘翘的八字胡须,黝黑闪亮的大眼睛,轻轻的微笑,引领我走到房间门口,用房卡打开房门后,将房卡插进电源插槽内,打开室内灯光,回到门口做出邀请的手势,请我进入房间休息,然后微笑着关上房门出去了。酒店总经理的热情接待,使我感受到公主般的待遇。从他的眼神和举止,可以看出:他接受过英国的高等教育,具有绅士一样的气质和风度。餐厅内晚饭后,总经理主动邀请我散步,然后喝咖啡、聊天,他用流利的英语向我介绍新德里的习俗,讲述风趣的民间故事和印度计算机教育,我也用英语为他介绍中国的习俗和发展。喝着咖啡,偶尔还听到旁边的印度人说"中国再过20年就赶上我们了"的话。其实中国改革开放30年后,无论是农业、工业、政治,还是教育和经济,都已经比印度发达很多了。也许这就是一个国家封闭的自然结果。

午夜的谈笑和咖啡的兴奋,阻挡不住舟车劳顿的困倦,总经理目送我进入房间,听到房间的关门声他才离去。那天晚上,沉睡中我做了一个香甜的美梦,梦见自己变成一个即将踏入婚姻殿堂、穿着漂亮婚纱的公主,在亲朋好友的簇拥下,在教堂里站在牧师的前面,挽着可爱的他,聆听牧师的教诲,幸福地接受家人和朋友们的祝福。

在新德里买围巾是一件有趣的事情。我们团的游客在导游的带领下,走进一个卖丝织品的街市,许多游客用结巴的英语,跟摊主讨价还价买漂亮的丝巾,结果他们买5条,摊主就只给5条。我从这一摊位走到另一个摊位,用流利的英语和温和的口吻,给摊主说"买十条丝巾"。结果摊主给我挑选了十条,还额外赠送我两条丝巾。其他游客听说,摊主还额外赠送我两条丝巾,向我投来羡慕不已的目光。也许这就是大方和语言交流的好处。

（四）迪拜之行

我的迪拜之行不是公务考察，而是随团个人旅游。这次旅行的主要目的是探讨荒漠小邦——迪拜如何创造奇迹。当地导游不仅向我们介绍了迪拜的历史和基本情况，而且带领我们参观了迪拜塔、帆船酒店、朱梅勒清真寺等景点和地标性建筑。

迪拜酋长国国土大部分为沙漠，人口大约260万，本地居民占20%，信仰伊斯兰教，80%为外来人，中国人大约有20万。政府采用兼收并蓄、大胆开放的国策，多元化发展的国际战略，商业和购物的免税优惠，建立自由贸易区，吸引了世界200多个国家和地区的精英人才，吸引了全球7000多亿美元的投资，为迪拜创造了发展机遇和无穷财富。同时政府十分关注民生，保护本国居民的利益，保人制度确保国民的高收入，免费保障制度确保了国民的教育、医疗、住房、汽车以及生育孩子、孩子结婚等生活事务，即使拿救济金的国民每年也有政府救济的几万美金。

19世纪后期迪拜还是一个荒漠中的小村庄，20世纪50年代已发展成为5000多人口的滨海小镇，其居民大多为目不识丁的贫困牧民；1966年发现石油后，经济迅速崛起，成为10多万人口的小港口，此后因石油资源很少，就开始了多元化发展，70年代开运河、80年代发展贸易、90年代发展旅游观光，21世纪初十多年发展转口贸易中心、旅游观光、科技通信、网络信息等，GDP总值增长230%，吸引了7000多亿美元的全球热钱，使这个曾经是荒漠小邦变成了"新纽约"城。迪拜旅游业发达，从业人员占就业总数的25%，每年到达迪拜的游客达1500万人，而且到迪拜

作者与迪拜珠宝商交流（2008）

的游客以模特、艺术家、商人、政府官员等高收入阶层的居多。

迪拜市由迪拉和巴尔杜拜两部分构成,是迪拜酋长国的首府,是阿拉伯联合酋长国最大的城市。它位于海湾地区的中心,也是中东地区的金融中心,被誉为"海湾明珠"。在迪拜经济中,石油经济只占 GDP 的 6%,收入主要来自旅游业和地产业,经济实力位居阿拉伯联合酋长国第一位。由于交通便利,贸易和旅游发达,购物和商业免税,经济繁荣,因此享有"沙漠中的绿洲""中东的香港"和"购物天堂"的美称。

1. 迪拜塔

迪拜塔又称为"哈利法塔"、迪拜大厦或比斯迪拜塔,总投资 15 亿美元,有 162 层,总高 828 米,于 2004 年 9 月 21 日动工,2010 年 1 月 4 日投入使用,被称为世界最高建筑或世界第一高楼,富有伊斯兰建筑风格和太空时代风格。塔内有酒店、餐厅、豪华公寓、服装专卖店、游泳池、温泉、会所、办公室、会议室、高级商务套房和观景平台等,39 层以下是酒店、餐厅等,45—108 层为公寓,1000 套豪华公寓,公寓每平方米达 1.9 万美元,106 楼以上的为办公室与会议室,第 122 层为全球最高的酒店,第 124 层为观景平台,第 156—159 层为广播发送中心。与哈利法塔配套的项目有龙城、迪拜广场、住宅、公寓、商务中心等,总投资超 70 亿美元。

以迪拜塔为核心的复合开发计划包含 30000 户和 9 间饭店、迪拜购物中心、湖上饭店与服务公寓、19 栋住宅大楼、2.5 公顷的公园和 12 公顷的迪拜塔湖泊,面积 200 公顷,投资 200 亿美元。迪拜塔启用典礼上有 275 米的迪拜喷泉水柱吸引世界目光,全球高清直播整个典礼,400 多家全球媒体报道,全球 20 亿观众观看。建造迪拜塔的主要目的是实施全球战略,扩大迪拜的世界影响力,吸引全球目光,创造世界奇迹。

2. 七星级酒店——帆船酒店

帆船酒店是全球最高的酒店,其外形像迎风飘扬的船帆。它有 56 层 321 米高,开业于 1999 年 12 月,位于耗资 30 亿美元的世界最大人工岛上,使用了 9000 吨钢铁,在 40 米深海下打 250 根基建桩柱,应用最新的建筑及工程科技,设计迷人的景致及造型,花费 5 年时间。

它是全球第一家七星级酒店,是阿联酋最奢侈的代表,精心设计,奢华极致。外观以水上的帆为造型，门口两大喷水池每15—20分钟就有一种喷水方式。室内门把、厕所水管、家具等都是镀金的，以金装饰，甚至便条纸也"爬"满黄金，电梯上还有几米高供观赏的水族箱。餐厅位于最顶层，极其华丽。就连普通客房也奢侈，办公桌上装有东芝笔记型计算机，随时可以上网，墙上壁画全是真迹。

酒店的服务宗旨是务必让房客有阿拉伯国王的感觉。内有202套复式客房，面积从170平方米到780平方米不等，每晚房价从最低900美元到最高18000美元不等。站在酒店200米的高处，可以俯瞰迪拜所有餐厅和世界上最高的酒店中庭。位于第25层的皇家套房最豪华、面积最大780平方米，墙壁全部是落地玻璃窗，面对一望无际的阿拉伯海，内有镀金的家具、电影院、两间卧室、两间起居室、一个餐厅和总统专用电梯，每晚18000美元。最令人吃惊的是，皇家套房专门配有管家，您一进房间，给您解释房内各项高科技设施如何使用，让您感受金钱的力量和豪华尊贵的服务。

3. 朱梅勒清真寺

迪拜本地居民大多信奉伊斯兰教，女人蒙着面纱，男人穿白袍戴小帽，清真寺多如牛毛，成为迪拜的一道独特亮丽的风景。朱梅勒清真寺是迪拜最大、最美、最有代表性的清真寺，是迪拜最显眼的建筑，频繁出现在许多国际刊物上，也是摄影家们喜欢拍摄的地点，堪称现代伊斯兰建筑风格的典范。它是模仿中世纪法蒂玛王朝的建筑风格而建的清真寺，由石块砌成的，没有用任何砖类材料，并由高高的两个尖塔和一个宏大拱顶以及庙宇构成，成为标志性建筑及朝圣圣地。

夜幕降临，柔和的灯光，在暮色的映衬下，将精美的双塔和庄严的圆顶勾勒出惊艳精美的画面，形成一幅美丽的阿拉伯风情画卷，无不惊现迪拜建筑的经典特点。朱梅勒清真寺内提供导游服务，在导游的带领下，可以进入参观，但需要遵守伊斯兰教习俗，游客需要换衣服，穿长袍，戴头巾或丝巾，禁止穿短裤、短裙和短袖，否则需穿着清真寺提供的长袍，女性需戴任何颜色的丝巾或围巾，否则绑上清真寺的黑巾。同时需要脱鞋进入清真寺。记忆比较深刻的是，我们团刚进入朱梅勒清真寺，还没有到更换衣服的地方，就有人开始脱衣服，结果被保安责令穿好衣服才能往前走。这种情况反映了我们缺乏对伊斯兰教文化和风俗的基本了解，显示了我国多元文化教育的明显缺陷，最终从国民的素质和行为上影响我国的国际形象。这一点也是参观朱梅勒清真寺后的重要体会。

4. 购物天堂

迪拜是全球第三大转口贸易中心，贸易辐射 15 亿人口和近 50 个国家，5% 的进口关税吸引着大量商家，从皇室的高端产品到非洲市场的低档产品都可销售。迪拜有许多购物中心，它们的一层楼就能逛四五个小时，不仅商品便宜，品质有保证，而且购物环境宽松舒适，世界名牌商品应有尽有，比国内便宜三到四成，还可以砍价。因此，迪拜被称为比香港更好的购物天堂。

迪拜城市购物中心（Dubai City Centre）、巴基曼购物中心（BurJuman Centre）和瓦菲购物中心（Wafi City Mall）是迪拜顶级豪华的购物场所。此外，还有许多购物中心，例如阿联酋迪拜购物中心、迪拜国际城、中国城、印度城、金街、机场免税区等。阿联酋迪拜购物中心是全球最大的购物中心，还有世界最大的金制品市场和数百万平方英尺的服饰店。在金街，可以看到电影中国王或王后戴的 22K 的金饰，而且价格便宜，还可讨价还价。在机场免税区，许多商品比香港机场免税区多得多，价格便宜，回家还可以购买物美价廉的东西。因此，我们团的许多旅友大包大包地购物，许多人回国带五六个大包。

迪拜从 20 世纪 60 年代开始发展，经历短短 50 多年发展，特别是 90 年代后的 20 多年的快速崛起，成为全球最繁华的商贸旅游中心，创造了许多奇迹。迪拜为何如此发达，究其原因主要有：

（1）政府实施全球开放的国策，吸引全球资金和精英人才。充分利用港口和贸易，实行低税制，免税退税，提高开放水平，吸纳 7000 亿美元和各行精英，为迪拜发展提供基础和保障。

（2）进行基础设施建设，实施产业升级和多元化发展的国际战略，营造良好的产业发展环境。石油经济为早期产业发展奠定了经济基础，基础设施建设为 90 年代旅游业、商业、地产业、建筑业等多元产业发展提供了条件。发展伊斯兰教文化，为产业发展营造良好的文化环境。

（3）关注民主，实施免费保障。实行保人制度，保障国民收入。免费的教育、医疗、生育以及救济金制等为人民提供基本保障。

（五）菲律宾之行

菲律宾之行是个人随团游。当地导游用中文介绍了菲律宾的地理位置、历史、婚俗和美食。菲律宾位于亚洲东部，由西太平洋7100多个岛屿的菲律宾群岛组成，享有"西太平洋明珠"的美誉。椰子种植面积达310万公顷，占农地面积的26%，35%的外汇收入来自椰子出口，有"椰子王国"的美称。椰子宫是一座高两层楼、六角形的菲律宾宫殿。

最早在14世纪前后，菲律宾就出现一些割据王国，最著名的有苏禄王国，这些王国由土著部落和马来族移民构成。1521年西班牙远征队侵占菲律宾，美国开始了300多年殖民统治。1898年美国和西班牙战争后，美国开始了对菲律宾的殖民统治。1942年菲律宾成为日本殖民。"二战"结束后，再次沦为美国殖民地，1946年7月4日菲律宾独立。受美国殖民统治的长期影响，菲律宾政治出现两党制或多党派下的总统政治，造成独立后政局动荡局面。1946—1964自由党和国民党轮流执政，1965—1983年马科斯三次连任总统，1972—1996年菲律宾南部处于战乱状态。2001年总统埃斯特拉达因受贿丑闻而下台，阿罗约夫人继任总统。2010年，阿基诺三世仕总统。2016年，罗德里戈·杜特尔特当选为总统。这种长期动荡的政治局面导致难民很多，造成贫富差距很大。

菲律宾各民族婚姻习俗差别很大。一般人多是自由恋爱结婚，实行早婚制，少女十二三岁被视为结婚年龄，结婚仪式均在教堂中举行。穆斯林婚姻由父母决定，男方须通过媒人向女方家求婚，交付聘金，婚礼仪式由伊斯兰阿訇主持，举行盛大宴会款待客人。土著人婚姻主要有父母主婚或自由试婚，禁止堂兄弟姐妹通婚，男女试婚不孕可以分开，巴交人允许多偶婚。这些民族结婚目的就是生儿育女。矮黑人求婚必须以弓箭射女子在远处安置的竹筒。同时婚姻法律规定：一个男子最多娶4个妻子。但这种规定不同于伊斯兰教平等保护女性的多妻制。伊斯兰教多妻制要求男子对多个妻子要平等对待，否则妻子可以到法院起诉丈夫。

在首都马尼拉，我们有幸与中国大使馆的总领事一起享受了风味浓郁的菲律宾美食，吃椰子汁长大的螃蟹每斤1000多元，配上醋和大蒜，美味可口，这是有史以来吃得最贵的螃蟹，还有烤乳猪、乡土名菜、西尼根汤、阿多波、拉普拉普鱼等也是非常可口。

（六）马尔代夫之行

我们团从香港出发，在首都马累的易卜拉欣·纳西尔国际机场签证落地，开始了马尔代夫度假旅游，一方面了解马尔代夫这个热带岛国的历史和发展，另一方面享受着海岛之国的美丽风光和闲暇浪漫的情调。

马尔代夫位于南亚印度洋的珊瑚岛上，大约由1200个珊瑚岛组成，面积300平方公里，是亚洲最小的国家，也是世界著名的旅游度假胜地。它拥有幽静美丽的海岛风光，蔚蓝的海洋、青绿色的礁石、白色的沙砾海滩、绿色的棕榈树和椰子树，耀眼的白沙岛、绿宝石般的礁湖，四季温暖花香鸟语，很适合情侣们度蜜月，更适合旅游度假，因此被誉为"上帝抛洒人间的项链""印度洋上人间最后的乐园"。

作者在马尔代夫（2009）

马尔代夫拥有丰富的海洋资源，以渔业、椰子种植、水产品加工和船运业为经济支柱。国际机场的建立，带动了旅游业发展，促进蔬菜和家禽养殖业发展。首都马累面积约1.5平方公里，6万人口，是重要的贸易港口、经济、政治中心，也是重要的旅游度假胜地。

马尔代夫以伊斯兰教为国教，大多数居民是虔诚的穆斯林，每天五次祷告，不吃猪肉，不饮酒，讲礼貌、重礼节、淳朴好客。妇女持家照顾老少，出行须穿长裙；男人终年海上捕鱼，不穿短裤。裸泳被规定为违法的。同时马尔代夫融合了非洲、亚洲和海岛的文化，形成了以海洋文化为特色的多元文化,彰显了海岛风情的民族文化。此外,马尔代夫实行免费教育,有公立、私立和社区 349 所学校,有唯一的高等院校,国民识字率高达 98.94%。

马尔代夫度假酒店设施完善,为旅游业发展提供便利。游客常去的有马累岛、天堂岛、梦幻岛、满月岛、卡尼岛、拉古娜岛、玛娜法鲁岛、太阳岛、双鱼岛、泰姬岛等。许多岛屿上有水上屋、高级房、沙滩别墅以及酒店、餐厅。水上屋和高级房是为情侣们提供的,它们的设施与国内旅馆标间类似。沙滩别墅为团队游顾客服务。水上屋是海面上的房屋,晚睡时小船将情侣们送进屋内,使他们可以体验夜晚海的静谧和海浪的澎湃。位于郎格里岛的希尔顿度假酒店,有海平面下 6 米处的伊特哈海底餐厅,它是世界上第一家全玻璃的海底餐厅,外层全是透明的有机玻璃,被艳丽的珊瑚暗礁环抱,可以透过玻璃观赏往来穿梭的各种热带海鱼,造价 500 万美元,6 个餐桌容纳 12 人同时就餐。在这环境优美的餐厅里吃午餐,最便宜的一顿(不含小费)也要 200 美元。香格里拉岛绵延 6 公里的海岸线和 2 公里的纯白色沙滩上,有奢华酒店和六星级的度假村,有色香味俱全的美食和饮品,25 个世界顶级潜水胜地,游客乘坐豪华游艇在赤道线上享受奢华午餐和顶级度假体验。著名的天堂岛距离马累大约 9.6 公里,岛上有 40 幢水中别墅和 200 套海景套房,房间内有保险柜、吸烟房、DVD、电视机、书桌、吹风机等,还有酒吧、酒馆、酒店、池畔吧、餐厅等。

更为浪漫的是看海踏浪。帆船教练下午教我们划帆船。在夕阳斜照的时候,远处深蓝的大海在海风的吹拂下,卷起层层海浪,海浪轻轻拍打着岸边,卷起朵朵浪花。他还在白色的沙滩上,陪伴我们几位女士散步谈笑,我们的黑发在海风中欢快地飘洒。夜晚我们团坐船参加篝火晚会,在篝火旁我们手拉手,载歌载舞,又说又笑,欢乐的歌声和笑声在大海上空飘荡。午夜篝火晚会散尽的时候,教练还绅士般地把我们送到酒店大厅,才依依不舍地回到自己的房间。那天晚上,在兴奋中做了一个美

作者与马尔代夫餐厅老板合影(2008)

梦，我梦见自己先与白马王子在海底餐厅用餐，然后我们一起去海边踏浪戏水了。

四、漫游非洲　感受自然

（一）埃及之行

埃及游是我环球旅游的重点站。因为埃及是世界文明古国。古老的金字塔和悠久灿烂的古代文化吸引着世界各地游客，震撼了人们的灵魂。

1. 免费豪华一日游

我们旅游团35人办理了出境手续，顺利坐上飞机，18个小时后终于抵达埃及首都开罗。刚下飞机，办理埃及入境过关手续时，遇到了很大的麻烦。那就是埃及海关签证官只同意日本旅游团过关，却不同意中国旅游团过关入境，拒绝给中国团办理入境手续。这时候我们团像炸开了花的油锅，我们花了不菲的机票钱，颠簸了十几个小时终于飞到了向往已久的埃及，却被埃及拒签滞留在机场，回国怎么给亲朋好友和家人解释呢？

随团的导游既不懂埃及语，也不通晓英语，蹩脚的英语无法与签证官流畅地沟通，签证官拒绝通关，大家都束手无策。刚开始的时候，我被这一突如其来的情况搞懵了，就细细问了导游是否带有中国政府或旅游局的相关文件，然后就想既然我们旅游办理了国内的出境手续，埃及当局就应该协助通关才对，怎么中国人到了埃及就不能通关入境呢？开罗海关就不认账不让通关，这不是埃及故意制造国际冲突吗？中国外交部和商务部肯定与埃及当局有中埃旅游照会或协约，否则中国政府不是自找麻烦吗？

我的第一专业是英语，应该利用英语的语言优势和国际交往能力，解决我们团眼前遇到的问题和中埃冲突。于是，我就用英语流利地跟签证官直接沟通，要求与开罗机场海关的负责人见面沟通，也许是流利的语言和真诚的态度，海关签证官同意了我的要求。我用英语跟海关关长流利地介绍了我的中国政府官员身份，流畅地说明了遇到的麻烦，解释了中国团到埃及旅游的重要意义。最后海关关长用埃及语与签证官沟通后，不仅要求签证官给我们团道歉，让我们顺利通关入境，而且还特意给我们团安排了免费的开罗一日豪华旅游。因此，团友们称我为团长。

我们到达下榻的五星级酒店，已经接近晚饭时间。晚饭时团友们急急忙忙地坐到我身边说："团长！看不出来您的英语很棒呀！而且您那么快就说服了开罗海关关长和签证官，有什么特别秘笈吧！"我微笑着说："可能是英语作为世界语言的沟通技巧吧！"晚饭后，导游通知大家说："刚才晚饭时，开罗海关关长给酒店总经理打来电话，要求他友好接待我们中国团，并通知总经理因为我们团要转机，白天空闲，'海关关长邀请我们团明天参加免费的一日开罗豪华旅游'"。结果大家惊奇得目瞪口呆，不敢相信这是真的。

第二天早上，我这个临时团长带着团友自由报名参加，其他人都不敢报，5个团友，在吃惊恐慌中坐上来酒店接我们的车，进行了一日开罗豪华旅游。开罗坐落在尼罗河三角洲顶端，被阿拉伯人称之为"卡海勒"，有胜利者或征服者的意思，有"城市之母"的美称和千年的历史。开罗豪华旅游，我们游览了孟菲斯博物馆、埃及博物馆和开罗塔。古都孟菲斯遗址位于开罗西南约30公里的开阔平地，在这里的一片绿荫之中，有一个小小的院落，就是孟菲斯博物馆。馆内有法老拉姆希斯二世的巨型石像，还有完整无缺、熟悉亲切、中学历史课本中彩印的狮身人面像，这座雕像供摄影留念。埃及博物馆位于解放广场旁边，进入大门，映入眼帘的是石头、石人、石棺、石碑、石柱等，类似一部"石头记"的埃及史书，内有10多万件收藏珍品，是法老时期和古希腊罗马时期的古物，主要来自卢克索古城，还有3500多年历史的人和动物木乃伊，这些映射了古代埃及灿烂的文化。

中午我们去了距离埃及博物馆不远的开罗塔。它有25层、187米高，有60层楼那么高，为开罗的千塔之冠。其形象设计源于埃及文化最尊崇的花卉——莲花，正门有一只高8米、宽5米的铜鹰的标志，整个塔身镶有250万块米黄色瓷砖。塔的西南面是吉萨金字塔区，东面是三个大桥。我们登上这座现代建筑，搭乘电梯到观景层，不仅欣赏了开罗城堡、金字塔、尼罗河三角洲的风光，还到第14层楼的帕诺拉玛旋转餐厅，餐厅可容纳80人，每半小时转一周，埃及政府常在这里宴请外国贵宾。在这里我们几个团友不仅享用了埃及的美味大餐，而且透过玻璃饱览了开罗全城景色。这些都是免费的。晚上我们高兴地回到酒店，其他团友们在酒店候机，既没有娱乐活动，也没有美味的大餐和免费的旅游。我惊恐地完成了一日游，说不出的感觉无法告诉大家，这种感觉确实是前所未有的。

作者在埃及（2008）

2. 埃及金字塔

金字塔是埃及古代文明的象征，建于大约4600年以前古埃及王国和中埃及王国时期，是埃及法老和王后的陵墓，大约有112座，形成了吉萨古城、阿布西尔、塞加拉、代赫舒尔、美兹哥哈纳、美杜姆、哈瓦拉和利斯特等金字塔群。埃及金字塔主要有阶梯形和角锥形两种形状，是古代埃及文化的代表，不参观金字塔，就不算去过埃及。

在导游的带领下，我们参观吉萨古城金字塔群以及卢克索城，还去了代表伊斯兰教文化的清真寺。吉萨古城是埃及重要的金字塔区，也是全球游客参观金字塔的最主要观光景点。这里有最大的金字塔——胡夫金字塔、第二大金字塔——卡夫拉金字塔、孟卡拉金字塔以及狮身人面像，形成了吉萨金字塔群。这些金字塔内有铺道、石阶、通风道、墓室、千年不腐的动植物和男女人木乃伊。据传闻金字塔有神奇的魔力：如果你得了牙疼，只要在金字塔内睡一觉，牙就不痛了；如果把蔬菜、水果、肉类放在金字塔内，它们可以保鲜不烂不变质。如果咖啡在金字塔内放一天后，味道会比普通咖啡更好。这种好奇心驱使我和团内一人以及两个老外四个人组成了新的探险队，我们每人花500美元，半蹲着爬入通道，进入法老墓室。墓室内放着石棺以及法老、王后、嫔妃们的木乃伊，而且木乃伊的皮肤色泽明亮光滑、富有弹性，与活人皮肤没什么两样，木桶里的青草翠绿，仍然有一些鲜艳的花朵，墙壁上还有雕刻精美的壁画，整个墓室仿佛是人间仙境和神仙居住的天堂。这些古代科学不仅使我们无法相信自己的眼睛和想象力，而且震撼了我们的灵魂和精神。

作者与伊拉克友人合影（2006）

3. 世上最大的露天博物馆

卢克索城位于尼罗河岸边，是世界上最大的露天博物馆，因古都底比斯遗址及其文物而闻名，享有"宫殿之城"的美誉。这里有许多神庙和陵墓，例如保存完好的卢克索神庙，最完整、规模最大的卡尔纳克神庙，马哈利神庙，哈采普苏特陵庙和帝王谷。卢克索神庙有20多座大小神殿，庙门高44米、宽131米，柱厅宽102米、深53米，最大的神殿有12根柱，每根高23米、周长15米。阿蒙神庙是卡尔纳克神庙的主体建筑，内有各种厅堂殿室、方尖碑和法老及后妃们的塑像，还有最为著名的石柱大厅，厅内有134根巨柱，每根柱高21米，柱顶能站一百多人，柱和墙上刻有精美的浮雕和鲜艳的彩绘。帝王谷有60座帝王陵墓，最值得参观的陵墓有图坦卡蒙墓、拉美西斯四世及六世墓、塞提一世墓等，还有另一些陵墓仅供学术研究、不对外开放。此外，卢克索城还流传着残忍的尼罗河传说。据说，尼罗河每年都有洪水灾害爆发，趁春天洪水没有爆发的时候，每年从村庄或城镇选出未成年的美丽少女，把她们活活抛入尼罗河中淹死，以此祭拜尼罗河河神，祈祷来年庄稼丰收，避免尼罗河水灾发生。

4. 埃及人的信仰

绝大多数埃及人信仰伊斯兰教，还有极少数人为科普特教和犹太教。90%的埃及人为穆斯林，伊斯兰教为埃及国教，其教规是埃及立法的依据。埃及伊斯兰教为主张和平的逊尼派，因此伊斯兰教徒与基督徒和犹太教和平共处。科普特人在埃及和世界取得了很大成就，联合国前任秘书长加利就是埃及科普特人的代表。卢克索、开罗等埃及城市都有许多清真寺。卢克索神庙附近有阿布·伊尔·哈格固清真寺，其入口处装饰精美，还配有高高的尖塔。它附近有古埃及遗址和伊斯兰建筑、基督教教堂，成为卢克索各宗教和平共处的独特风景。开罗有1000多间清真寺，从高处可以看到远处高高低低的清真寺宣礼塔，享有"千塔之城"的美称。比较有名的清真寺有伊本图伦清真寺、苏丹·哈桑清真寺、爱资哈尔清真寺等，蕴含了丰富的古代伊斯兰文化和精湛的建筑艺术。

伊本图伦清真寺是埃及最古老的清真寺，具有伊拉克风格，内有城墙、召唤塔以及盘旋在塔外楼梯，院内空荡荡的清净。进入寺门时，看门人送上鞋套，当然还要记得付小费。据说哈里发派伊本图伦前来治理埃及，结果他不向哈里发纳贡，于是哈里发治其罪，没收了他所有的财产，仅留下这座献给真主的清真寺。最著名的清真寺是爱资哈尔清真寺，建于公元970—972年的法蒂玛王朝，由庭院、大厅、走廊和双尖塔组成。它从公元975年开始讲经授课，13世纪起成为伊斯兰教高级学府，逐渐形成了清真寺和大学的融合体。根据1936年埃及法令，清真寺和大学实行分离。爱资哈尔大学已成为研究和传播伊斯兰文化的权威，讲授古兰经、阿拉伯文学、伊斯兰教法典、逻辑学、雄辩术、书法和一些自然科学课程，接受宗教基金部和教育部领导，是世界上最古老的现存伊斯兰高等学府。它的教长由总统任命，是埃及的宗教领袖和爱资哈尔的最高权威，掌管爱资哈尔事务，他的话类似法令，对有争执的问题有最后裁判权。通常爱资哈尔大学只接受穆斯林外国留学生。此外，还有小学、初中和高中，这样形成了从小学到大学的爱资哈尔教育。

在埃及，伊斯兰教和基督教的文化影响很大。穆斯林每天平均祈祷5次，周四和周五是周末，周五是穆斯林的圣日。斋月所有穆斯林必须斋戒，每天仅工作6个小时。斋戒时，不能吃饭、喝水，不能抽烟、嚼口香糖，减少商业活动。少数信奉基督教的科普特人每年有7个斋月，斋月期间，禁食任何动物产品如鸡蛋、牛奶和黄油，而且从日出到日落不能喝水吃东西。正因如此，埃及非常保守，犯罪率很低。同时游客参观清真寺时，清真寺有严格规定，游客除了衣着要密实外，非伊斯兰教信徒只能到没宗教仪式的寺庙参观。

（二）南非之行

南非有"彩虹之国"的美誉，是非洲最大经济体和最具影响力的国家，是世界唯一的实行三权分立，同时有三个首都的国家，盛产钻石、黄金、铂金等。它位于非洲大陆最南端，濒临印度洋、大西洋，西南端的好望角是世界最繁忙的海上通道和"西方海上生命线"。它于20世纪90年代取得反对种族歧视和民族解放事业的胜利，于2010年成为金砖国家，并成功举办第19届世界杯足球赛。而且南非近代有两个诺贝尔和平奖获得者。怀着对两个伟人的敬仰和对南非发展的推崇，我随团到了南非的开普敦、比勒陀利亚、约翰内斯堡等地旅游，了解这里的历史，学习这里的伟人和继续教育，欣赏这里的美景。行万里路，学习和享受南非先进成果，这是旅游的真正意义所在。

南非的殖民历史可以追溯到17世纪中叶荷兰殖民时期。南非最早土著居民为桑人、科伊人和班图人，1652年荷兰入侵南非，发动殖民战争，建立荷兰殖民统治。19世纪初英国入侵南非，建立英国殖民统治，1867年和1886年南非发现钻石和黄金后，欧洲移民潮水般涌入，英国加紧殖民侵占，19世纪末到20世纪初发动英荷战争，占领了荷兰属地奥兰治自由邦和德兰士瓦共和国，1910年建立了英属自治领地——南非联邦。1948年国民党执政，全面推行种族隔离制度，1961年南非联邦退出英联邦，成立了南非共和国，白人当局推行种族歧视和种族隔离政策，镇压南非人民，遭到国际社会的谴责和制裁。长期的种族歧视和种族隔离政策，导致黑人受教育机会远远低于白人。1989年国民党领袖德克勒克出任总统，推行政治改革，取消对黑人解放组织的禁令，1990年释放黑人领袖曼德拉，1994年进行多党大选，曼德拉出任南非首任黑人总统，组建民族团结政府，结束种族隔离制度，诞生了民主、平等的南非。新南非致力于南非发展，政府加快经济建设，改革教育体制，加大对教育投入，实行16岁前免费义务教育。1994年南非恢复了在联合国大会的席位，1996年曼德拉签署新宪法，建立了种族平等、三权分立、联邦制的国家体制,政府奉行和解、稳定、发展的政策,实行独立自主的全方位外交政策,全面推行社会变革,1996年推出"增长、就业和再分配计划",不断提高黑人社会地位和生活水平。2006年政府加大干预经济力度,加强基础设施建设和教育以及人力资源培训,实行行业优先发展战略,促进就业和减贫。2007年南非国家人民大会提出建设"发展型国家"的理念,强调加快经济发展,妥善解决贫困、犯罪等社会问题。2009年至今南非国家人民大会领袖祖马任总统。2010年实施"新工业政策执行计划",解决产业结构不合理和失业率过高等问题。

作者与南非朋友合影(2006)

南非由殖民社会进入民族独立自主的社会,经历了殖民当局到白人当局、从殖民统治到民族独立、从德斯蒙德·图图到曼德拉和祖马的时代。我国近代经历了由封建社会到半殖民地半封建社会,再到民族独立的社会,从毛泽东时代到邓小平时代,从江泽民时代到胡锦涛时代、习近平时代,与南非一样遇到社会发展的许多类似问题,发展教育、调整产业结构、加快经济建设和社会管理、扩大就业成为社会发展的焦点问题。因此中国和南非相互借鉴,可以促进共同发展。

1. 继续教育

1994年南非联合政府成立,开创了南非教育的新局面。继续教育改革成为南非教育最显著的成果。1995 年通过《南非资格认证法案》，1996 年新宪法确立了公民继续教育的权利，为继续教育改革提供了法律保障，并出台《南非学校法案》，确立了南非义务教育的地位；1997 年出台《2005 课程：21 世纪的终身教育》，1998 年成立国家继续教育委员，并出台了有关继续教育和培训的绿皮书和白皮书，并颁布《继续教育与培训法案》，将非正规教育和培训通过继续教育纳入正规教育体系，2000 年出台《成人基本教育与培训法》，对公私立成人教育中心的拨款、管理、质量做出详细的机制保证性规定。2001 年颁布《公立继续教育与培训学院的新体制图景》对学校规模、招生结构、课程设置和教学管理等做出详尽规划，开启了院校合并运动，打破了原有继续教育体制的封闭性和种族歧视教育制度，彻底改变了原来继续教育只能和就业相关联的局面，释放了继续教育发展的可能性空间。

以上这些重要法案通过继续教育将义务教育、成人教育、职业教育、高等教育都纳入资格认证体系，将公立和私立教育引入继续教育，建立学业晋升体制，坚持和强化公立教育的主导地位，鼓励和发展非公立继续教育，融合了正规教育和非正规教育、职业教育和学历教育，使继续教育成为国民教育体系中灵活开放的中间环节，确立了南非继续教育新的学制和体制。继续教育通过院校合并和资格认证，优化继续教育结构，充分整合和利用教育资源，降低教育行政成本，保证教育质量的提高，最终实现教育公平。

据悉，2012 年南非总统祖马强调，南非政府将有计划加大教育及教育设施的投入力度，解决民众贫困、失业以及发展不平衡等问题。同时提出配合国家技术发展战略规划，目前全国约有 50 所继续教育培训中心，未来三年南非将投入总计约 25 亿兰特改扩建继续教育培训中心，为教师提供近 16000 个培训岗位，为学生每年提供 12000 个实习岗位，以此提高国民职业技能。

2. 南非伟人——曼德拉

南非两个诺贝尔和平奖获得者是德斯蒙德·图图大主教和南非第一位黑人总统——曼德拉。南非大主教——德斯蒙德·图图 1931 年生于德兰士瓦省教师家庭，曾在班图师范学院、南非大学、英国伦敦大学学习，1954—1983 年先后任教员、讲师、牧师、教长、主教和教会秘书长等职，1978 年任南非教会理事会秘书长，1983 年 6 月任"全国论坛"十六人委员会委员。他一贯反对南非当局种族歧视政策和种族隔离制度，支持黑人争取平等权利的斗争，呼吁国际社会对南非施加压力和实行经济制裁。他主张用非暴力方式反对南非当局种族歧视政策的斗争，1984年10月被授予诺贝尔和平奖，1985年2月在约翰内斯堡宣誓就任南非第一位黑人大主教，为种族平等和黑人社会做出了重要贡献。

作者与南非钻石场老板合影（2005）

纳尔逊·罗利赫拉赫拉·曼德拉在1918年7月18日出生于南非特兰斯凯的大酋长家庭，1938年入读黑尔堡学院，后于威特沃特斯兰德大学获法学学士学位，取得律师资格。1944年加入南非非洲人国民大会，投身于民族解放事业，踏上了追求民族解放的道路。1948年当选为非国大青年联盟全国书记，1950年任该联盟全国主席，1952年先后任非国大执委、德兰士瓦省主席、全国副主席，成功领导了"蔑视不公正法令运动"，赢得了全体黑人的尊敬。南非当局两次向他发出不准他参加公众集会的禁令。1961年创建非国大军事组织"民族之矛"，亲任总司令。1962年43岁被捕入狱，1964年再次被捕入狱，经历了27年的铁窗生涯，备受迫害和折磨，始终不屈不挠。1990年南非当局屈于国内外舆论压力，被迫无条件释放曼德拉，1991年7月当选为主席，1994年成为南非民主大选第一任黑人总统，1997年辞去非国大主席一职，1999年辞去总统职务。在50多年政治生涯中，他获得一百多个奖项，最著名的是1993年诺贝尔和平奖，并成为南非第二个诺贝尔和平奖获得者。7月18日被定为曼德拉日。曼德拉被尊为南非国父，他的人生经历与我国国父孙中山类似，甚至超越了孙中山，对民族解放事业忠贞不渝。我在曼德拉广场待了很久很久。2013年曼德拉总统过世，"曼德拉逝世让世界人民失去了一位伟大的精神导师"，联合国秘书长潘基文说。世界一共80多个国家领导人参加了追悼会，他很值得崇拜，他的精神更值得世界人民学习和敬仰。

3. 南非美景

　　开普敦为南非立法首都，也是西开普省的省会，气候温暖，风景秀丽，野生动物保护区内有鸵鸟、企鹅、海狗、海豹、鲸鱼、海豚等，当地盛产海鲜如龙虾、鲍鱼及生蚝等。导游介绍说，这里可以吃到1公斤重的大龙虾和一斤重的大鲍鱼。每年10月至次年3月为旅游高峰期，游览的风景点有桌山、好望角、罗本岛和开普敦漂砾湾海滩。

　　桌山有"上帝之餐桌"和"海角之桌"的美称，是开普敦知名的地标。开普敦背山面海，背靠的山就是塔布尔山，其英文名为"桌山"。这"桌山"是开普敦城西狮子头、信号山、魔鬼峰等群山的总称，地理位置特殊，气候环境奇特，山上不见水源，却有1470种茂密的植物。它的主峰海拔1082米，山顶终年云雾缭绕，隐没在迷茫浓雾中，云雾偶尔消散。晴朗的日子，登上长1500多米、宽200多米桌面似的山顶，好像头顶着蔚蓝的天空和淡淡的白云，人在云和太空中遨游，美丽的景色尽收眼底。山上怪石林立，像翩翩起舞的仙女，像挺胸的巨人，像穿越青天的利剑。还有出奇多的鸟类四处转悠，根本不躲避游人，可爱的豚鼠、岩兔在游人身边跑来跑去，甚至顽皮地蹲在岩石上让人拍照观赏，这里的山、植物、鸟儿俨然是一座大自然的博物馆。

　　好望角位于非洲西南端很著名的岬角，是印度洋和大西洋的交汇点，也是印度洋温暖洋流和南极洲寒冷洋流的汇合处，多暴风雨，海浪汹涌，是世界上最危险的航海地段，常有"杀人的海浪"出现。它距离开普敦52公里，是通往富庶的东方航道，有"美好希望的海角"的意思。据说葡萄牙航海家迪亚士和达·伽马都曾到过这里，迪亚士还将其命名为"风暴角"。历史学家巴若斯对这个突兀的海角——好望角进行了一番激动人心的描写。

　　好望角是一条细长的岩石岬角，其一边有座白色灯塔，在灯塔告示牌上有10个著名城市距离灯塔的长度，如北京12933公里。这座灯塔建于1849年，于1919年废弃后改成观景台，在观景台上可以看见脚下浪花飞溅以及远方海天一色。岛上著名的自然保护区是一片草莽禽兽的天地，蓝色的海洋，湛蓝的天空，到处是低矮灌木丛和一堆堆鲜艳的花朵，海岛上有嬉戏的海豹，银沙滩上有歇息的企鹅，还有羚羊、鸵鸟、狒狒、斑马、鸬鹚、黑鹰等稀有动物及飞禽鸟兽飞走奔跑。

登高望远：发现更好的自己

作者在南非好望角附近（2006）

作为非洲最南端的重要标志，好望角是非洲旅游的圣地，好比到中国必到北京的长城。因此当地流传这样一个俗语"到南非不到开普敦，等于没来过南非；到开普敦不到好望角，等于没到开普敦"。

罗本岛是距开普敦11公里南大西洋上面积574公顷的小岛，建有配餐室、医院、精神病疗养院以及军事营地。从17世纪开始，它成为荷兰和英国殖民者关押反抗运动土著首领的地方，1846—1931年是麻风病人的收容所。1960年前它有"死亡岛"之称，是英国犯人的流放地，是麻风病人、精神分裂者的隔离所。1960—1991年它成为南非当局政治监狱，秘密关押了3000多名黑人政治犯，如南非非洲人国民大会元老西苏鲁、第一位黑人总统曼德拉、第二任总统姆贝基、纳米比亚"西南非洲人民组织"的领袖托伊沃、资深政治犯比利·耐尔和马奎拉等。曼德拉在罗本岛被监禁18年，在牢房里他学习法律、经济、商业、历史和阿非利加语，还激励所有狱友奋发向上，这座监狱竟被改造成了"曼德拉大学"，1991年他被无罪释放。1996年监狱犯人被全部释放，它被政府宣布为国家博物馆以及著名的瞻仰地和旅游胜地。1999年它被联合国列为世界文化遗产。如今罗本岛平均每天要接待上千名游客，已成为著名的瞻仰地和旅游胜地。2008年7月18日是曼德拉90岁生日，罗本岛举办一系列纪念活动，并像南非历史教科书一样，承载着400年来南非种族隔离制度和反种族隔离斗争的厚重历史。

开普敦漂砾湾海滩是绵延2长的海滩，是非洲野生企鹅的乐园。它位于印度洋上的小海湾内，有沙滩、岩石和岸边的小丛林。这里栖息着数量众多的非洲野生企鹅，她们身高仅有50厘米，叫声像驴子，被称为"驴企鹅"。他们白白的肚子、黑色的羽毛比南极的企鹅短得多，长长的翅膀，像穿着燕尾服绅士。有的在银色的沙滩上散步,有的在享受阳光,有的在海上冲浪,有的在沙丘上孵化后代。据说1982年开始有驴企鹅栖息,当地居民和政府采取保护措施,使最初不足10只企鹅的家族发展到现在的4000多只。因此,人们把漂砾湾海滩也称为企鹅滩。由此可见,保护环境,保持动物繁衍生息,对国民进行环境教育,不仅是政府的责任,而且是每个公民的义务。

五、畅游澳洲　热带风情

(一) 澳大利亚之行

　　澳大利亚联邦简称澳大利亚或澳洲,是大洋洲最大的国家和全球最干燥的大陆。它的西部为沙漠和半沙漠,中部大平原为自流盆地,东部为山脉、高地和海滩,东北部沿海大堡礁为全球最大的珊瑚礁。澳洲地域辽阔,物产丰富,是畜牧业和农业都发达的国家,为全球第四大农产品出口国,也是世界上矿产出口最大的国家。澳洲动植物繁多,有"世界活化石博物馆"的美称。它保存了12000种植物,其中其他国家没有的有9000种;650种鸟类中450种是澳洲独有的;除南美洲外,还有全球大部分袋类动物都在澳洲。

　　以前对澳大利亚的印象和认识多来自地理课本,原来这些是个误会。到澳大利亚旅游之后,才知道澳洲是南半球经济、科技和教育都发达的国家,是奉行多元文化的移民国家和体育强国,是亚太经济合作组织最早的倡导者。去澳洲旅游不仅可以了解澳洲历史和政治,探索澳洲发展发达的轨迹,而且能欣赏澳洲美丽风景,拓宽视野,丰富和充实生活,增长知识和才干。也许这就是国外旅游的价值所在。

1. 澳洲历史和政治

　　去澳洲旅游之前,需要先了解澳洲的历史和政治。澳洲独特的历史和政治成为近代澳洲区别于欧、亚、非的民族独立国家。澳大利亚一词来自欧洲人的探险，它的最初意思是"未知的南方大陆"，后被称为澳大利亚大陆，据说四五万年前这里就有人居住。17世纪初西班牙人、葡萄牙人、荷兰人、法国人开始陆续到东方寻找香料，相继在澳洲登陆。英国最初把澳洲作为囚犯流放地，1788年1月18日带着736名囚犯到达植物园湾，1月26日在杰克逊港建立了第一个殖民区。此后这里人口激增，发展成为澳洲第一大城市悉尼。19世纪末英国在澳洲开辟了6个殖民区。1797年英国麦卡瑟将好望角的美丽诺羊引进澳大利亚，使这里的畜牧业开始快速发展。1851年及其以后澳洲金矿的发现，吸引了来自欧洲、美洲和中国的大批淘金者。1850—1860年澳洲人口从40万人激增到110万人。1868年英国运送最后一批囚犯至澳洲。这一时期金矿和其他矿藏的发现使澳大利亚迅速发展致富。

1900年澳洲6个英属殖民区举行全民投票公决，决定六区是否建立统一的澳大利亚联邦国家，结果投票要求统一。1901年1月1日成立澳大利亚联邦，并通过第一部宪法，将6个殖民区改为6个州，1927年议会将新兴的城市——堪培拉确定为澳大利亚首都。1931年英国议会通过《威斯敏斯特法案》，以君主立宪和三权分立为基础，确立澳大利亚为独立国家，并具有英联邦中内政外交独立的自主权。1967年通过全民公投，国会废除了对原土著民族歧视的法律。1986年英国女王伊丽莎白二世签署《与澳大利亚关系法》规定，澳大利亚正式脱离英国而成为独立国家，澳大利亚最高法院拥有"终审权"，英国法律不再对澳大利亚有效。

这样澳洲没有经过任何战争和地方反抗，在经济发展和民族统一的基础上，采取全民公决和英王签署法律的和平手段，从英联邦下独立自主的联邦国家过渡到脱离英国而独立的联邦国家。由此可见，澳洲经济从畜牧业发展到金矿和其他矿藏的发现，大量移民涌入以及教育和科技的发展，为澳洲民主政治发展和社会发达奠定了坚实基础。经济快速发展以及和平民主的联邦体制，大量移民涌入，科技和教育的发展，使澳大利亚很快成为发达国家。据了解，截至2011年，澳大利亚共有13名科学家和文学家获得诺贝尔奖。这在发达国家也是少有的。对澳洲历史和政治的系统了解，为我从政工作补上了一堂精彩的政治课和历史课，丰富了我的人生阅历和工作经验，充实了我的生活和工作。

2. 澳洲热带风光 黄金海岸

澳洲是个自然景观优美的国家，我们去旅游的主要景点有黄金海岸、神秘的土著部落、澳洲大堡礁。黄金海岸是我们澳洲的第一站。到达黄金海岸和大堡礁，可以乘坐巴士，也可以搭载直升机飞驰而去。

黄金海岸位于澳洲东部海岸和昆士兰州，距离布里斯班 78 公里、由 10 多个白金色沙滩组成的旅游度假胜地。绵延 70 公里的黄金海岸秀美银白色的海滩、茂盛的热带雨林、浪漫的棕榈林、湛蓝透明的海水、滚滚的海浪以及许多世界顶级的娱乐设施和丰富多彩的游乐活动，每年吸引着大约 500 万游客观光度假，导游带领我们乘巴士，1 个小时就到了黄金海岸。这里有世界级的码头和国际机场等。在私人游艇码头，可以乘坐游艇到海上兜风，品尝生蚝等海鲜。在澳洲，真正有钱的人酷爱大自然和海上运动，不仅有豪车和豪宅，还有游艇和私人飞机。在一个小岛上，有一个很有钱的老头，花了几个亿澳元修建了飞机场，还与保姆逍遥自在地居住在岛上。这里有著名的华纳电影世界、海洋世界、梦幻世界、冲浪天堂以及天堂农庄等游乐景点。

去黄金海岸著名的景点，可以乘巴士，车费全部免收，仅需要买好目的地的入场券即可；也可以乘坐直升机或私人游艇。在那里还可以游逛情侣酒吧、品尝浪漫的红酒、海滩散步等。华纳电影世界是黄金海岸的电影乐园，内有许多经典影片的拍摄场景，可以欣赏到《警察学校》《卡萨布兰卡》等

作者在澳大利亚（2011）

电影中的街区画面，还有每日一到两次的录音间参观，同步亲身体验画面中的娱乐项目以及电影中所运用的特技效果和音乐等，可以过一把瘾在电影中当主角，像蝙蝠侠、超人等会随时出现在你的面前，还可以在鲁内谷遨游卡通童话世界，与卡通人物一起手拉手玩耍并合影留念。

海洋世界位于黄金海岸一片岬角上，内有鲨鱼湾、北极熊海馆、企鹅馆、金海豹馆、海豚湾、激情滑水场、水族馆、海豚养育池、网络卡通海滩等，有精彩的鲨鱼、海豚、鲸鱼、海狮等水上表演，还有驯海豚、喂鲨鱼、鲨鱼浮潜等娱乐项目。鲨鱼湾有世界上最大的人造鲨鱼湖，湖内可以观赏到最可怕的鲨鱼以及巨鲨、魟鱼和各种奇特的热带鱼。在北极熊海滩，通过水下窗口，可以观察到北极熊优雅的游泳姿态，近距离地了解大型海洋哺乳动物、北极熊活泼有趣的举止及其冻土居住地带的环境特色。海豚湾展出一个为海豚建造的天然沙底环形湖，内有五个水池，养满了鱼类和其他海洋生物的以及丰富的珊瑚和岩石群，还有一个 2500 个座位的观看场地水族馆展出 1000 多种海洋动物，包括鲨鱼、彩色的热带鱼以及致命的石鱼。海豚养育池利用生育计划，成功地繁育了小海豚，使我们看到了刚出生的小海豚受到母亲的细心呵护。

此外，还有更有趣的海洋世界活动，例如探索儒艮、企鹅巡游、观看四维电影——拯救地球、亲近动物节目、"奋力历险"和"蓝礁湖经历"、"海豹泼水"和"海豹远征"以及寻找金海豹等。探索儒艮活动是通过内有"美人鱼"（在海洋世界定居的儒艮）、海龟、魟、鱼类以及昆士兰发现的海洋生物的海洋水族馆，感受美丽的海洋动物，亲身贴近"美人鱼"。在海洋世界，企鹅巡游带游客探索世界上最小的企鹅——仙女企鹅，并在复制的自然生态环境里看到企鹅。"奋力历险""蓝礁湖经历"和寻找金海豹都是探险性的活动，给人们带来观赏海狮表演和接触海豚的乐趣与历险感。"海豹泼水"和"海豹远征"和"海豚探索"是教育性的活动，为儿童提供水上或陆上接触海豚和认识海豹的机会。

梦幻世界是澳大利亚极受欢迎的主题乐园，是"昆士兰州顶级旅游景点"，是一个带有迪士尼乐园特点的大型游乐场，以家庭娱乐为特色，内有许多游览区，例如考拉（树熊）之家、电影院、绿色村庄、淘金小镇、尼克中央主题公园、野生动物保护区等。电影院有哈利波特电影场景、动感电影和逗趣的卡通人物。野生动物园有 800 多种野生动物，著名的老虎区除了在游客面前喝牛奶的乖巧老虎和稀有的白老虎外，还有濒临绝种的泰姬小白老虎以及每天工作人员溜达、最受游客宠爱的 4 只小老虎。它还有许多供大人和儿童游玩的各种游乐设施，如轨道滑车、旋转木马、蛇形滑水车、海浪摇滚、摩天轮、时速160公里的飞车和38楼高的恐怖塔等。此外，还有"剪羊毛"的现场表演、与考拉拍照、喂袋鼠等活动，在无尾熊王国与无尾熊、袋鼠为伍玩乐，在河畔乘搭小轮船畅游里西比河风光，在岩石洞乘坐小小的独木舟，乘坐刺激的云霄飞车和摩天轮，乘搭矿坑台车，急流泛舟或漫步恬静的村庄，还可以同众多卡通人物尽情狂欢。

作者与澳大利亚友人合影（2011）

冲浪者天堂位于黄金海岸中心，海底到处都是沙滩，是理想的冲浪场所。这里可以打沙滩排球、游泳、冲浪、滑水等，每年有许多国际冲浪比赛。宽广的水域可以进行滑水、滑翔跳伞、帆船航行、冲浪、驾驶汽艇及滑浪风帆等水上运动。许多优良的海滩浪点，例如斯比特、狭颈、主海滩、棕榈海滩和美人鱼海滩，离岸旋风卷起壮观的巨浪，这时候穿着上衣和短裤，就可以趴上滑板或站滑板冲浪，也可以去狭颈放风筝冲浪。早晨是冲浪的最佳时段，海水随风荡漾，可以清楚海水情况。教练指导我们学冲浪，首先要控板走到海水齐腰的地方，紧接着在看到海浪快要过来的时候，将冲浪板转向岸边并迅速趴上冲浪板，最后渐渐掌握平衡站立起来。通常学一个月可以爬稳冲浪板，两个月逐渐掌握方向，三个月可控制冲浪板前进的方向，掌握在水里旋转等需要两到三年。虽然教练进行初步指导，但初次学会冲浪的并不多，我们中许多人掉入水中，还呛入几口海水。最后教练还给我们讲述了一些技巧和保护措施。冲浪者天堂仅2公里的绳索体育世界，是澳大利亚最大的滑水公园，有许多水上与陆上的活动，包括绳索滑水、高空弹跳（蹦极跳）、倒弹跳、喷射滑水、逐浪、滑浪风帆、汽笛船、迷你汽艇与高尔夫球等。

天堂农庄位于欧克森福特的小山丘上，距离黄金海岸机场 40 公里，占地 12 公顷。具有澳洲传统农庄的特色，可以亲身体验剪羊毛、烹煮比利茶、马术演示、投掷回力标、牛仔表演甩马鞭、牧羊犬表演驱赶羊群、挤牛奶等农庄风情，可以享受骑马驰骋之乐、喂食绵羊、悠闲欣赏剪羊毛的表演，还可以模仿澳洲垦荒者，体验澳洲户外烧茶及喝茶的原始生活方式。在这里还能看到澳洲特有的两种动物袋鼠和考拉在树上攀爬。

3. 神秘的土著部落

5 万—7 万年前澳洲居住着最古老的土著黑人。1787 年英国人到达澳洲时，澳洲已有约 500 个部落，大约 75 万土著黑人，并且处于氏族、胞族和部落时期。他们以打猎和采集为生，以传统和习俗维护社会秩序，以歌曲、音乐和舞蹈传承文化和历史，过着原始社会的生活。欧洲移民大批涌入，灾难性的瘟疫或殖民冲突使许多土著人死亡，还有许多土著人失去土地沦为奴隶。1933 年仅存 7 万左右土著黑人。随着种族歧视的白人政策瓦解和停止，土著人的社会地位和生活条件逐步得到改善，2006 年大约有 45 万人口。但是他们的文盲率、失业率、犯罪率以及婴儿死亡率都高，生存环境恶劣。历史和政治的原因，导致土著人问题成为困扰澳洲发展的最重要问题。

目前，澳洲神秘的土著部落主要分布在巴布亚新几内亚岛，位于南太平洋西部的新几内亚岛东半部及附近俾斯麦群岛、布干维尔岛等岛屿和沿海区域。这里山峦起伏，峡谷幽深，树木繁茂，森林资源丰富。这些土著人是生活还处于石器时代，保持着原始部落的传统和习俗。他们几乎全裸，

作者与新西兰酋长合影（2011）

身上仅穿着一些树叶，脖子上戴着贝壳，以骨头、石块、木棒为工具，学会钻木取火，以鱼虾和树上果实为主食，用树枝、树叶和长草在树上搭建茅房，还保留着祖先遗留下来的许多生活习俗。许多土著人还生存在国际贫困线以下，在这里我们与部落酋长还一起合影留念，感叹着人类的社会变迁和巨大差距。

土著人文化和生产都很落后，据说还有使人毛骨悚然的"骨指术"。骨指术"包括杀人骨、复杂仪式和杀人过程。杀人骨由人骨、袋鼠骨、木棒和石块制成。杀人骨必须通过复杂的仪式，才能被赋予它强大的超自然力量，而且非本族人和妇女绝非知道复杂仪式的奥秘。通常杀人者需要穿用白羽毛和人头发制成的鞋子，跪在离被杀者较近的地方，手里握着杀人骨，像枪一样对准被杀者，再念出一串咒语即完成。据说这种杀人方法永不失手，不留任何痕迹，而且靠一种暗示力量杀人，重要的是实施巫术者必须绝对相信它的法力。有专家解释说，这种心理极端恐惧，引起肾上腺激素增加、血流量减少、血压降低等，造成喉咙失声、口吐白沫、全身发抖、肌肉抽搐、无法进食等症状，最后导致死亡。

4. 澳洲大堡礁

大堡礁旅游区是澳大利亚的著名景区，是世界最大最长的珊瑚礁群，也是澳洲最著名的潜水乐园，到澳洲没去大堡礁，就像到中国没去长城。在导游详细的介绍中，我们乘车到了这个著名的游览区。

澳洲大堡礁位于南半球澳洲东部海岸，由约3000个珊瑚礁、珊瑚岛、沙滩和泻湖组成，绵延2011公里、最宽处161公里，面积达34.5万平方公里。这里海水清澈，水温常年变化不大，聚集了鸟类242种、珊瑚虫400多种软体动物达4000多种，大约有1500种包含鱼类的热带海洋生物，例如海蜇、管虫、海绵、海胆、海葵、海龟（其中以绿毛龟最珍贵），以及蝴蝶鱼、天使鱼、鹦鹉鱼等观赏性的热带鱼，还有令人生畏的剧毒石鱼、海蜇、巨型海蛇等珊瑚礁。色彩斑斓、千姿百态，成为大堡礁一道亮丽的景观。一些珊瑚礁呈现红色、粉色、绿色、紫色、黄色、蓝绿色等不同色彩，还有鹿角形、灵芝形、荷叶形、海草形、心形、扇形、半球形、鞭形、鹿角形、花瓣状等形状。据说，珊瑚礁是由珊瑚虫硬壳、珊瑚藻和群虫等经过数百万年胶结才形成的。许多珊瑚岛，例如绿岛、丹克岛、磁石岛、海曼岛、哈米顿岛、琳德曼岛、苍鹭岛、蜥蜴岛、芬瑟岛、义律淑女岛等已被开发成为旅游区。这些岛上的居民主要有土著人、白人，发达的旅游业成为他们的经济支柱，同时在大堡礁北部区域还有供人观赏的石画艺术馆和 30 多处著名的历史遗址，它们对当地文化产生重要影响。

来到大堡礁旅游，除了观光休闲外，还有重要的海、陆、空海洋观景。海上观景可以乘坐船底透明的观光船在海上漂游，透过船底欣赏五彩缤纷的珊瑚和鱼儿，还可以乘坐潜艇或亲自潜水至海中，与珊瑚同游，与鱼虾追逐。陆上观景，可以在珊瑚岛或海滩上散步，享受着海岛绮丽的热带风光，欣赏着珊瑚海的天堂美景，还可以在浅滩抓蟹捉鱼。空中观景，主要乘坐直升机，在空中盘旋，俯瞰大堡礁这个美丽巨大的热带鱼缸，观赏湛蓝的大海、银白的海滩，繁茂葱郁的树木。

来到大堡礁旅游，刺激的娱乐活动是大堡礁潜水和划船。在大堡礁区域，在沿岸小镇、各岛屿别墅上，几乎到处都开设"潜水"项目或"用通气管或呼吸器潜航"短期训练班。如果你潜水学成后，可以借导游所提供的面具、水下呼吸器等设备，下海体会与鱼蟹共舞的感觉。夜幕降临，在徐徐清风中划着一叶扁舟，在海上荡游，发现一片片的"火海"（红色珊瑚），船桨荡起闪闪的水波，还会看到海水中发着亮光的鱼儿。

大堡礁还有独特的海上酒店旅游船。这艘叫四季大酒店客船，是名副其实的海上乐园。乘坐这艘船，可以领略到大堡礁的万种热带风情。船上 200 多间豪华客房，有餐厅、酒吧、舞厅、网球场、淡水游泳池、直升机停机坪等设施，还配备了通向海底的观望室和小游艇。当您进入观望室的时候，透过宽大的玻璃窗，可以观赏海底的美丽世界。乘坐船底透明的小游艇，可以享受海上飞驰的无穷乐趣。

为了保护大堡礁区域环境和美丽的热带风光，防止旅游过度开发，澳大利亚政府于 1975 颁布《大堡礁海洋公园法》，建立大堡礁海洋公园，控制、保护和发展海洋公园，其保护区涵盖大堡礁 98.5% 的区域。大堡礁海洋公园的建立不仅保护了当地文化，而且促进当地旅游业发展，改善土著居民的生活。由于澳洲政府的努力，1981 年大堡礁区域被确定为世界文化遗产。这不仅保护了优美的自然环境，而且为旅游业发达创造了条件。也许这正是我们政府在城市化和产业化的发展过程中要考虑环境保护和产业发展之间如何协调平衡的重要问题。

第五部分　周游列国　深思升华

（二）新西兰之行

　　了解新西兰的政治、经济、教育和特色成为到新西兰旅游的主要目的。新西兰是世界最年轻的移民国家之一。太平洋岛上当地居民只占总人口的6.9%，主要移民有毛利人、欧洲人和亚洲人。公元14世纪毛利人从波利尼西亚到新西兰定居，成为最早居民。1642年以后，荷兰人、英国人进入新西兰，1840年在这里建立了英属新西兰殖民地。1907年新西兰成为英联邦独立的自治领地，在政治、经济、外交方面受英联邦控制。1931年英国议会通过《威斯敏斯特法案》，促使新西兰于1947年独立自主，但仍为英联邦成员。

　　作为经济发达的国家，新西兰经济成功地从农牧加工业经济转型为工业化的市场经济。发达的畜牧业是新西兰经济的基础，鹿茸、羊肉、奶制品和粗羊毛出口居世界第一，实现农业高度机械化，但粮食不能自给。工业以农林牧产品加工为主，加快重工业、服务业和旅游业发展。丰富的自然资源，促使旅游业快速发展。旅游业收入占全国10%，成为仅次于乳制品业的第二大创汇产业。20世纪七八十年代出现经济恶化、高失业率和失去出口市场的社会问题。1980年代中后期政府进行货币政策、工业解除限制、取消津贴、政府部门私有化等改革，实现经济复苏、失业率下降。

　　新西兰教育体制源于英国传统教育体制，被视为世界最好的教育体制，加大教育投入，教育经费占政府开支第三位，提供高质量教育。早期幼儿教育主要是婴幼儿学前教育，由幼儿园、托儿所、游乐中心、家庭日托、儿童看护中心及社区游乐园提供每周5—10新西兰元的早期幼儿教育服务。从小学、初中到高中的教育为免费义务教育，政府每年中小学教育投入20亿新西兰元，人均每年3000多新西兰元。高中生毕业后自费接受高等教育和培训，一些私立培训课程可获得全国学历认可。高等教育（包含理工学院、教育学院、大学）和私立培训结合成为新西兰教育体制的重要特色，为新西兰改革和经济发展提供了人才。

　　新西兰是南半球的发达国家，位于太平洋西南部，与澳大利亚相望，茂密的森林和辽阔的牧场使它成为美丽的绿色王国。新西兰北岛有许多火山和温泉，南岛有许多冰河与湖泊，环境清新、气候宜人、风景优美，旅游胜地遍布全国，北岛有世界罕见的火山地热异常带，有1000多处高温地热喷泉。

这里的沸泉、喷气孔、沸泥塘和间歇泉是新西兰一大奇景。火山泥浴和火山泥产品是新西兰闻名世界的旅游特色。

1. 火山泥浴

新西兰处于环太平洋地震带上，北岛火山地热异常带，地热喷泉和火山灰混合形成著名的新西兰火山泥浆。这种火山泥浆内含丰富的矿物质，其表面具有很强的吸附性和排毒保湿功能，可以轻松吸收从毛孔中排出多余的油脂和其他分泌物，还可以促进血液循环，加快汗液和体内毒素及其他废物的排出。

许多地方为了充分利用地热温泉喷发的火山泥浆，当地修建了许多火山泥浆浴池，例如成人浴池、私人浴池、家庭浴池和儿童浴池，供各种人洗火山泥浴。在烟雾缭绕中，火山泥浆浴池一刻不停地向外喷发着泥浆，像煮沸的锅"咕咚咕咚"。如果想体验火山泥浴池中泡浴的感觉，可以用温热的火山泥浆顺手抹遍全身，火山泥清洁深层肌肤，使人全身放松，再经过温热泉水的浸润，肌肤会变得更加滋润和光滑。当地新西兰人更喜欢在天然的火山泥浆里裸浴，摸一把厚厚的火山泥，将身体浸泡在热热的火山泥浴池中，温热的泥浆即刻包裹了全身肌肤，瞬间每处细胞都张开松弛，使人得到彻底放松和休息。如果您有皮肤过敏的现象，要小心泡火山泥浆浴，最好不要超过20分钟，避免意外发生。

作者与荷兰大学学生一起（2006）

2. 火山泥产品

新西兰火山泥不仅可以洗火山泥浆浴，还可以制成世界有名的火山泥霜、肥皂和面膜等产品。新西兰火山泥霜有著名的罗塔卢亚火山泥霜。它内含多种镇痛的天然草药和丰富的天然矿物质，可以迅速舒缓肌肉酸痛、背痛及抽筋痛等症状，如果再不停按摩，会有修复肌肉和消炎的功效；具有很强的渗透力和清洁吸附作用，还可以帮助排出和清洁体内的毒素与分泌物，因此具有止痛和护肤的双重功效。优质的罗塔卢亚火山泥具有安全性高，孔隙率大，吸附性好，酸碱度与人皮肤相近，以及散热慢、保温性好、收敛性好、富含矿物质等特点。对于都市的女性白领阶层来说，生活和工作压力大，过于紧张和劳累，容易引起经常性的肌肉疲劳或酸痛，罗塔卢亚火山泥霜对治疗关节炎、减轻肌肉酸痛有很好的功效。

火山泥香皂和面膜也是有名的火山泥产品。火山泥是由天然火山灰和优质矿物温泉水融合而成的。这种全天然火山灰无污染，不含微生物，不含任何化学添加剂，来自著名的罗塔卢亚火山地热岩浆。火山泥具有可塑性、吸附性、保湿性、平衡油脂分泌（祛痘）消炎及软化疤痕等作用。火山泥香皂内含有高比例的地热泥浆——新西兰火山泥，其温和的品质不会对皮肤造成伤害，会产生光滑的肥皂泡沫，芳香又丰富的泡沫可以用来清洗面部和身体，会起到清洁和滋养肌肤的效果。

火山泥面膜内有全天然的新西兰火山泥、精制羊毛脂、胶原蛋白、芦荟和蜂蜜等主要成分，富含多种天然矿物质，可以吸附皮肤深层的污垢，清除油性皮肤容易出现的黑头和粉刺，可以补充皮肤水分和去除细小皱纹，可以改善局部皮肤血液循环，还可以防止皮肤产生皱纹和老化，长期使用可使人面部红润，减少皱纹。每次敷面膜后，干燥的火山泥会产生热量，促进皮肤血液循环，使皮肤干爽白净、光亮美丽。

还有新西兰的阳光、空气和水都是天然的，为环保事业的发展提供研究基地。我还走了加拿大、中东、阿拉伯、伊朗、伊拉克、叙利亚、黎巴嫩、巴厘岛等。我也差不多是"周游列国"了，今后希望能够跟联合国共同研究社会组织、社会工作、公益慈善事业等的一些课题，探讨全球化的共性和个性，为世界地球村的公益事业健康发展贡献一份力量。

作者与河源民政局局长等领导合影(2016.9)

第六部分
外 编

作者与儿子兵兵、外甥女黄思雨合影（2016.9）

学习型干部李建辉侧记

董思国

和谐摇篮已建树
善学笔耕更辉煌
　　　　——题记

（一）

李建辉1987年7月大学毕业后，历任广东嘉应教育学院、广州市18中、广州市113中的英语教师；1996年国家公务员招考进入广州市天河区政法委工作，先后任天河区政法委综治办基层科科长（三级警督）、天河区双拥办、优抚科、天河区民间组织管理办主任、民政局机关党支部书记等职务；先后多次获得优秀教师、先进工作者、人民满意政法干警、"十佳民政干部"等奖励和称号，2007年所负责的办公室被国家民政部评为"全国先进单位"，她热心公益慈善事业，多次被地方政府部门评为扶贫助困之星。2008年5月调入广东省民政厅工作。在致力于行政管理实践的同时，勤于思考，注重研究，先后参与编写的书籍、内部读物14本，在国家级和省级报刊发表论文30余篇。2010年10月由中央

李建辉21岁生活照

---

* 来源于2011年11月广州天河部落广州教研网。

文献出版社出版了 30 万字的专著《社会组织的实践与感悟》。

北京大校校刊编辑部郭九苓主任在《情系家国，胸怀天下——访广东省民政厅李建辉》这篇访谈中说，李建辉常务副秘书长和我们分享了她在生活和工作上的感悟。（1）生活：家庭和睦，人生多彩。①父母之教：与人为善；②侍奉公婆：相互理解；③妇唱夫随：苦心经营；④教育后代：礼貌待人；⑤个人修养：读书行路；⑥不忘工作：他山之石。（2）工作：坦荡为人，认真做事。①处理矛盾：细致入微，因势利导；②工作思路：深入基层，排忧解困；③总结提升：规范管理，促进交流；④经验体会：上下一致，团队精神。（3）坚定信念：热爱生活，胸怀天下。

她坚持自己的信仰和追求的精神，她那种"以天下为己任"的胸怀，她积极向上的人生态度，她那种活出真性情的快乐情趣，让人们的心灵得到极大的净化和升华，品味之余，沉醉于内，诗情画意，魂牵梦绕。笔者在 2007 年 8 月，阅读了她的文章《成功就是把喜欢的事做好》，表达了她活出真性情的心声，故作诗歌《活出真性情》，表达对她的敬慕之心。

活出真性情
——致李建辉

你钟爱做自己喜欢的事情
那是伟大成功的一片绿茵
这让人痴迷的充实
拥着你走向丰富的安静

摆脱诱惑的浮利虚名
让奔波和起伏拥有宁静的心
肉体和灵魂才能自由绽放
你的"定力"来自你的幸运
幸运与喜欢的人和事亲近
在真性情的园地上喜悦耕耘
你倾注的心血是一种牵挂
如同牵挂自己孩子的母亲

内心的充实把成功牵引
丰富的安静是人生最佳心境

第六部分 外 编

活出真性情是快乐的源泉
纯真地把别的生命静静聆听

（二）

李建辉著作《社会组织的实践与感悟》由中央文献出版社出版了，受到各界人士的一致好评。

广东省民政厅刘洪厅长为《社会组织的实践与感悟》该书作序说，李建辉同志勤于学习、勤于思考、勤于总结、善于钻研、不怕困难、努力工作。她在繁忙的工作之余注重理论学习和研究，把实际工作经验升华为理论思考，表现出对知识的渴望和对现实的密切关注，这种精神难能可贵。

国务院扶贫促进委员会党组书记、秘书长、历史学博士张高陵研究员为该书作跋说，震撼的是把实践上升为理论著书立说的，在全国社会组织管理系统是不多见的。又说该书是一片叶笛，叶笛是摘一片较厚的鲜时树叶，放于唇中，两手扶叶，以气吹之，能吹奏出脆亮的音符。感悟如"生命的思绪浩荡壮阔，有赤热的灵魂滚烫大地，有霹雳勇猛地撕碎黑夜，有奉献闪电的壮美，有飞速旋转的长风，有滚滚澎湃的东流之水，毫不留情卷走一切沉渣与腐朽"。

《社团管理研究》杂志社（北京）的郭小刚高级评论员在读了《社会组织的实践与感悟》之后，写下《如歌的行板》一文，评价说，"践于行——敢为人先"，广东向来以敢为天下先著称，生于大埔的才女建辉绝对是个地道敢吃螃蟹的探路者；"精于思——孜孜以求"，行万里路，读万卷书，建辉是个典型的理性思考者；"爱于仁——身体力行"，天有才，地有气，仁者有爱，建辉是个典型乐善好施的爱仁者。又说，全书在对中国社会组织发展之路的诸多思考中，多处闪烁着思想者的锐利和光芒；全书算得上一本社会组织的"小百科"，有理论，有实践，有思想。通读全书，无处不传递出作者那科学严谨的治学态度，蓬勃向上的进取精神和执着向前的坚定信念。

2010年12月，作者李建辉赠送一本有着她亲笔签名的《社会组织的实践与感悟》给笔者，那是一部16开大小、408页、30万字厚重的著作。全书理论联系实际，案例精彩纷呈，妙招层出不穷，既充满活力又发人深省，是一本使人读来有益，学后受益的社会组织和人生的指南读物。她成功了，她已经真正看清了社会组织的世界,又真正读懂了自己。一个人的成功在很大程度上是因为善于为人处世,会有效说话,升级自己的软件。美国著名人际关系专家戴尔·卡耐基曾说过,一个人的成功只有百分之十五是依靠专业技术,而百分之八十五却要依靠人际交往、有效说话等软科学本领。

作者在《社会组织的实践与感悟》第九章《题外:清泉的浪花——寸心篇》中,把国家的发展比作一脉流淌的清泉,说,"清泉给勤奋者驰骋的力量,给开拓者以宽广的战场。"把各种表扬和荣誉比作清泉,说:"常掬一捧清泉,洗净我头脑中的迷惘;常喝一口清泉,使我的心胸更加宽敞。"又把本章的几篇文章"比作滴水注入清泉,去经受洗礼。让清泉绽开一朵朵绚丽的浪花,愿晶莹的浪花和我们一起闪光,滴水、寸心汇聚成浩瀚的海洋……"

李建辉是一位具有高雅气质的人,她的做人之本,是堂堂正正做人的精神脊梁,人的外在是内在的一种反映,内心没有的东西,外表就无法显露;内心有了,外在自然而然就表现出来。人的心灵杰出,行为才可能杰出;人的内心美好,气质才会美好。人的气质、能力在很大程度上是由人的内在品质决定的。

李建辉著《社会组织的实践与感悟》

2007年,时任广州市天河区民间组织管理办公室主任的李建辉编辑了《广州市天河区民间组织活动掠影》,那是一本16开152页的图片集。当时笔者写了诗歌《绿色的太阳》作为观后感;现在阅读了她的著作《社会组织的实践与感悟》,也可以用这首诗歌表达对著作的读后感。

绿色的太阳

这里收藏着柔和的阳光
那是民间组织滋润的脸庞
这里收藏着馨香的鲜花
那是民间组织醉人的芬芳
这里收藏着和谐的梦幻
那是激情张扬的快乐和浪漫
这里收藏着真诚的微笑
那是爱心放射的幸福和灿烂

一卷先进文化的殷切期望
绵延时代文明的纯洁和简单
编者在生命的青春里笔耕
彪炳一部史册的传统与时尚

我用最早的目光掠影你的风范
我用最后的笑意亲吻你的辉煌
你优美民间组织淳朴的民风
你摩登民间组织绿色的太阳

（三）

李建辉的文章《读书是一种没有风险的投资》让人们感悟真知。她从小就爱学习，放学回家经常一边煮饭一边看书，学习让她得到了很多乐趣，到现在她已经养成了读书的习惯。她看书的种类，一是业务上的专业书籍；二是励志的书籍，尤其是那些历史名人和杰出女性的传记，比如说撒切尔夫人、甘地夫人、希拉里，等等；还有一些历史文化的书籍，像"四书五经""四大名著"等，在十八九岁的时候，她还咬牙买了一整套《资治通鉴》。自从学习、读书成了她的爱好和习惯，一天不看书，都会感到很痛苦，所以外出开会的时候都会随身携带几本书，有时间就翻开来看。她说："书读多了，就不只是增长见识、提高修养的问题了，会有一种'耳聪目明'的奇妙感受，看事情、想问题清楚明了，有'登高望远'的感觉。"

她在《读书是一种没有风险的投资》一文中说："投资读书是完全可以保值的。权力会随着地位的变动而消失，金钱会随着时间的流逝而成粪土……但是，书不会因流传而衰老，知识不会因传承而贬值。读书收获的财富是知识、是信息、是无形资产，别人偷不走，也盗不掉，所以保值是肯定的。……读书不仅充实空洞的大脑，丰盈单薄的灵魂，更是在储备一种能量，进行一种永不停息的文化升值。此乃'最是书香能致远，腹有诗书气自华'。"

学习改变个人命运，品位提高生存质量，素质决定人的一生。她说："富者因书而贵，知识与气质是要通过自己耐心、持久的读书才能获得的。清贫而不寒酸，小康而不俗气，这个关键就在于当事人是养成书卷气还是市侩气，也就是你是否重视读书，是否热衷于知识，是否努力追求精神层面。一个胸怀虚心、耐心和爱心的读书人，即使拥有令人向往的权力，也不会变成令人讨厌的官僚；即使拥有令人尊敬的成就，也不会有令人失望的自负。"

从李建辉的学习成长历程可以看出，一个人的精神发育史就是阅读史，一个人的精神世界取决于这个人的阅读水平，一个人的竞争力取决于这个人的精神力量，一个人的精神力量取决于这个人的阅读力量。为了让小孩子从小爱书，犹太人在孩子接触的第一本书上涂上蜂蜜，让孩子去闻甚至去舔。他们让孩子从小知道，书是比蜜还甜的东西。笔者在2010年9月写下诗歌《在书上涂上蜂蜜》，就是对阅读重要性的感想。

在书上涂上蜂蜜

在第一本书上涂上蜂蜜
让孩子去舔舔启蒙的诗意
个人心灵成长的蓬勃葱茏
向你传递精神发育的韵律

阅读书籍是智慧的载体
思想无法随父母基因发育
精神发育史由阅读书写
一字一句融化在生命里
在精神饥饿的黄金时期
对应试主义那能如此痴迷

儿童没有得到阅读的滋养
善良的天性难免被扭曲

阅读与学校教育紧紧相依
书香就能在社会里凝聚
腹有诗书气自华的写照
使人的品位和气质很富裕

（四）

　　笔者认为，李建辉是一个"学习型"的公务员，所谓"学习型"就是能熟练地创造、获取和传递知识，同时也要善于修正自身的行为，以适应新的知识和见解。她也是不断追求创建"学习型"组织的、服务型的领导者之一。她在《社会组织的实践与感悟》一书中，列举了广东各类社会组织的大量案例，细致入微，鲜活生动。其中，有业内耳熟能详的广东省知名行业协会，如广东食品行业协会、美容美发化妆品行业协会、软件行业协会、物流行业协会等；有广东省基金会中的佼佼者，如青少年发展基金会、教育基金会、侨界仁爱基金会等；有极具发展潜力的新型民办非企业单位，如中山市中港英文学校、东莞名家具俱乐部、Easy-say易贝教育、实战英语培训学校等。书中还对全省多个社会组织改革创新观察点进行了总结，内容涉及涉外登记管理、综合改革、信息化、行业协会、社区社会组织、行政执法、等级评估、农村专业经济协会等多个方面。这些社会组织就是按照自愿的组合，按平等、自由、民主的方式形成的，学习上应该是自主学习、自由讨论和带着问题学的组合。这种组合的方向就是实行学习工作化、工作学习化、学习研究化、研究学习化，既能思考，又能执行，既有执行力，又有团队智慧的这样一种组织——"学习型"组织。

　　我们知道，电脑的硬件和软件都要升级，升级已经成了这个时代的一个哲学，一个理念，也成为人们最基本的生存方式。所以，升级才能生存，不升级就会死亡。要升级就要打造"学习型"的组织，推动"裸面学习"来形成全员的、全程的、全面的学习。所谓"裸面学习"就是摘掉面具，直接面对问题的学习。戴上了各种各样的面具，学习就流于形式，学习成了相互表演,不解决任何问题。

2002年,李建辉调到广州市天河区民政局,负责民间组织的管理。她接管这项工作之前,天河区大概有200个社会组织,管理基本处于休眠状态,社会组织的发展速度也比较慢。当时,她全部走访了200多个社会组织,了解他们的冷暖饥渴,也了解管理中存在的一些问题,写了两篇文章刊登在区政府的《决策内参》里。领导看了以后理解了这块工作的重要性,给予了很大的支持。她说:"这也是工作的一种方法,很多人怨天尤人说领导不重视,其实不要怪领导,领导管的行业、部门这么多,如果他对你这块工作不了解的话,又如何重视。因此,作为一个下级,有责任让领导了解。"这就是带着问题的"裸面学习",形成了解决问题的智慧。

后来,她在法律范围内建议领导给这些社会组织发展的空间,引导它们健康发展,相继发展到400多个社会组织。在这个过程中,大家感觉到她是来帮助大家解决困难的,她从中也树立了自己的威信。为了方便管理、促进发展,她筹划成立了全广州市第一个民间组织发展促进会。当时,有200多个社会组织加入了促进会,每年可以收到十几万的会费,利用这笔钱,可以开展很多学习活动。如组织不同行业的人进行培训学习,到贫困地区扶贫助学,组织外出考察,大家相互沟通、交流经验,组织"诚信自律"演讲比赛、乐器演奏比赛、乒乓球比赛等,工作形成了良性循环,组织得到了升级,使促进会朝"学习型"的组织的方向迈进。促进会就是服务,要为大家办实事,解决实际困难,不能按政府上下级的行政命令那样对待社会组织,这样,社会组织才能生存下去,否则就会死亡。

她就这样在民政道路上的许多梦想,都在亲民的风格中长出翅膀。她心中的鹰在民间放飞,给人们带来世界的精彩和吉祥。笔者在2009年写的诗歌《月亮湾的情分》,描写了她与老百姓有着深厚的情分。

月亮湾的情分

站在月亮湾眼眸里的心愿
只有五感的痴情才能实现
你用喀纳斯的圣水为我洗礼
惬意的微笑在回味中蔓延

弯弯的月亮落入我的心泉
一汪水月变幻着神秘的容颜

近在咫尺却不能倒进臂弯
夺目牵魂使我在浪漫中沉湎

美到极致让我的梦飞得高远
月亮湾仰望肩并肩的情缘
你在我心上盖下的情戳
把我寄往博爱的高山之巅

你流进我阡陌纵横的心田
即使水花淹没也没有怨言
只要生命穿过美丽的神话
你我的第六感就是一团火焰

  2006年12月25日，李建辉所领导的广州市天河区民间组织管理办公室，荣获"全国民间组织登记管理工作先进单位"称号。笔者写了诗歌《和谐的摇篮》，表达了人们对她的赞许和感激之情。

和谐的摇篮
——致李建辉

你的热情被朝阳点燃
胜于喷吐火苗的灯盏
照亮一种升腾的冲动
明丽的感觉如一串珠环

坦荡荡的心境和宇宙做伴
富于情调的山歌滑翔在云端
在建树辉煌的爱的早晨
你站在民间故事的峰峦

人情冷暖的书由你来撰
你是诠释和谐的摇篮
女人以心换心的呐喊
是一首生活能源的礼赞

奔放是生命力对你的呼唤

荣誉来自心血的流淌

野性让激情燃烧着岁月

爱心让成功者品质粲然

（五）

李建辉在家庭生活中，固守传统，崇尚专一，和睦幸福，给家人带来真爱。她说："当一个家庭进入一个模式以后，一切就在自然当中发生，就看自己怎么去经营了。"她是22岁结婚的，丈夫是她谈恋爱的唯一对象。她自尊、自爱，对男女之间的事情受传统教育影响比较大，现在社会诱惑很多，但她都是采取防微杜渐的态度。丈夫对她是很放心的，作为她本人来讲，也不能有愧于他的"放心"。她对爱情忠贞不渝，与丈夫相敬如宾，固守中国传统爱情美德。

她和丈夫之间没有吵过，更没有闹过什么离婚。他们两人的个性差异是比较大的，丈夫喜欢过一种平凡人的生活，在对事业的追求和人生发展方面存在不同的观念。特别是在进修学习上和她形成了一个反差。李建辉大专毕业时是优秀毕业生，留在嘉应学院当教师，后来考了本科，并且继续读了研究生，换了很多专业，不断升级自己。这种经历和性格的差异会产生很多分歧，此时的她就会多想丈夫的优点，比如品行不坏，没有出去到处招惹麻烦，对妻子很是尊重，妇唱夫随；又如凡事不太计较，能够包容。这样一想，就觉得丈夫的人品还是难能可贵的，给她免去很多"后顾之忧"，让她专心工作。妻子是海，丈夫是云，云海相连，微微的海风吹来，让思绪荡漾，双手紧握着幸福与希望，在这云与海交融的梦境中，信步走向前方，徜徉在紫色的心海里。

李建辉结婚之后一直和公公婆婆一起住，在这么长的时间里没有发生过大的矛盾。家是社会小细胞，和睦团结很重要，婆媳关系相处好，是关键第一条。公公婆婆有一点农村的风俗习惯，思想也是非常传统的，她尊重他们的传统。婆婆有个姐姐有残疾，也住在她家，看电视放的声音很大，她工作了一天，回家想看看新闻都没办法。诸如此类的琐事，她有时候也会烦恼，但一想他们是长辈，而且确实也不是什么大不了的事情，自己排遣克服一下也就过去了。

当现实的环境被困惑，她智慧地选择了"远游"，她就进入自己的房间看书、做笔记，让自己在沸腾中享受温馨，所以这么多年她都保持了看书的习惯，这对于她的工作和自身发展都受益匪浅。在适当的时候，知心话儿多说说，有啥委屈常聊聊，比如她会给公公婆婆讲一些自己工作上的事情，他们觉得自己儿媳妇也挺不容易。公公婆婆是通情达理的，关键是要理解、尊重他们的想法，大家就能相互谦让。后来，婆婆知道她喜欢吃青菜，煮了青菜就会放她面前。爱和被爱的密码，每个人都有自己的破译法。她和公公婆婆住在一起已经有十七八年了，求同存异不吵闹，大家都很珍惜这种和谐的家庭感情。当公婆生病的时候，她肯定是比丈夫还着急，因为她丈夫常年跑远洋，经常不在家，所以像带老人上医院看病这样的事情经常是她做的。正是关怀备至真周到，看病求医肯花销。

她从小就受到母亲关于与人为善的教育，并受到严格传统的教育，她跟丈夫结婚之前，手都没有拉过，非常传统，具有浓郁的、维护自尊和独立人格的爱情观的色彩，培养了她"莫以恶小而为之"的严谨作风。她现在能在官场中洁身自好，原因之一就是小时候受到父母传统文化教育的结果，这也是她感恩社会的起点。就这样，她用感恩的心做人，用爱心做事，她用善良和宽容铸造一本幸福家庭的不朽史诗。作者在2006年写的诗歌《有诗真美》，赞美善良和宽容。

有诗真美

在诗行里迈着你的步履
你经历的脚印谱写我的诗句
一首诗歌的重量超过一生
在传记里度过是那样惬意

你的容颜不是潦草的笔迹
你的心灵不是晦涩的文字
你是一首镶嵌在我灵魂的诗
是一个生命对睿智的敬礼

宽容在我的诗歌里呼吸
宽容能让人生的悲哀逃离
需要自由空间和真诚关怀
需要快乐飞翔和慷慨给予

你的宽容和需要是轻喜剧
寻回丢失的那把钥匙的活力
打开落满黄叶的心房
挽着太阳光合爱的碧绿

（六）

李建辉是一个具有强烈平民意识的公务员，在与她的交往中，她已成为笔者的良师益友，她做人、做事的风格豪放、流动，如阳刚劲健的体操，充溢着青春的激情。李建辉说："活着，就是一种责任。"这是一种对生命、家庭、组织，乃至整个社会的责任。正是这种责任感让她的心中装满大爱，这种爱便是她渴望中的流露，流露中的舞蹈，舞蹈中的拥抱，拥抱中的融合，融合中的旋转，旋转中的飞翔。她成长历程中那些场景、事物、时光、细节、画面、音乐，都生动地留在人们的记忆中，镶嵌在人们的心灵里，构成人生中永恒的欢乐。

李建辉在迈向成功之路的时候，运用大脑和行动，激发了成功的欲望。她从加强自身的品质修养开始，通过灵活的处世技巧走向成功，原因在于她掌握了成功所必需的品质和技巧。

品质，是自信、勇气和热忱，这是立身之本。自信，是万事的保证，有了强烈的自信心，就会觉得做任何事情都底气十足，遇难不退缩，否则就没有成功可言。勇气，是敢作敢为，是将计划付诸行动的一种胆识，把握机会，勇敢地迈出关键的一步，使自己立于不败之地。热忱，是要永远保持对工作和生活的热情，对事业的狂热。笔者在2006年8月对热情的重要性归纳为两句诗："生命的悲哀是热情的腐烂，天才的秘诀是热情的璀璨。"良好的技巧能让人在工作、生活中游刃有余。自我进行心理整容，解除心理枷锁，以博爱的情怀，掌握感情投资的技巧，发挥赞美别人的威力。她演讲时的声音艺术，增添了她的魅力和吸引力。

在本文结束前，以此机会再次感谢李建辉秘书长，笔者于2009年1月因心脏病突发而抢救和治疗，其间得到她的多次慰问。让笔者的生命再次露出立春的笑脸，我为此写道："果篮和花篮里盛满心愿，绽放出无数微笑的容颜。感动我病中那颗振荡的心,隽妙无比的春景把忧伤席卷。"最后,用2007年写的诗歌《又见你的影子》结束这篇文章,以表达在李建辉先进事迹的园地上流连忘返的心情。

又见你的影子

天上的浮云镌刻你的灵魂
辽阔的旷野流动你的眼神
海边的风声传播你的声音
夏天的雨丝蕴藏你的纯真

你的影子向整个宇宙扎根
无论白天黑夜都能萌生
在诵经般悠长的四季
你的影子总能让我收获虔诚

即使过去的岁月浓缩成一瞬
也会震撼你我所有的信任
心灵河流的白帆为你张开
远去的影子是希望的航标灯

满载诗歌的船一帆风顺
到达小心翼翼呵护的早晨
你的影子像幸福那般漫长
我的思念像哲人那般深沉

2011年11月

如歌的行板*

——读李建辉新作《社会组织的实践与感悟》
文青

能有幸与建辉结识，并成为良师益友，深信这是一种可遇不可求的人生机缘。2009年深秋南宁社会组织宣传工作会上，建辉作为广东参会代表发言，见解深刻独到，别具风格魅力。今年十月广州全国行业协会改革发展经验交流会之余，又与紧张忙碌略显疲惫的建辉有了一次畅谈，分享心路历程，感触良多。

更有幸是第一时间，品读中央文献出版社的建辉新作，散发着油墨清香的《社会组织的实践与感悟》校样本。全书清新雅致，行云流水，见解自成一家之言，感悟不啻珠玉之声，可谓风格迥异之作。读之欣喜，感触良多，赞叹之余，点评欲望油然而生，遂不揣浅陋，草成此文，聊作读后感言。

践于行——敢为人先

广东向来以敢为天下先著称，生于大埔的才女建辉绝对是个地道"敢吃螃蟹"的探路者。从一名优秀英语教师，到人民满意政法干警，再到"十佳民政干部"。十六年的尝试与嬗变，现为广东省社会妇工委副主席、省民间组织总会常务副秘书长的李建辉，用《社会组织实践与感悟》做了完美的见证和诠释。

在今天的中国，广东时刻扮演着社会组织改革发展潮流的风向标角色。从2006年起，行业协会改革、民办非企业单位登记、基金会清理整顿和等级评估试点、诚信与自律建设活动、异地商会登记管理、社会组织人才培训、设立社会组织党工委等，广东的社会组织建设和管理始终处于全国前列。正是在这一得天独厚的改革环境和创新背景下，作者以一个实践者的思考和感悟，全方位、立体式地认知着中国社会组织的现在与未来，全景式地呈现了广东社会组织改革创新实践的探索进程和宝贵经验。

---

* 来源于《社团管理研究》2010年第12期。

全书具有鲜明的政策性、理论性和时效性，主体风格有三：

一是政策高度。全书紧扣改革开放以来党中央的一系列大政方针政策，以党的十七大精神为主线，在政治、经济、文化、社会"四位一体"建设的时代背景下来审视和梳理中国社会组织的发展进程和广东的改革实践，气势磅礴，思路开阔。全书贯穿着"以人为本"和"科学发展"理念，把社会组织融入社会改革和社会建设之中。不难看出，作者具有高度的政治使命感，对中央精神学得精，对广东省情吃得深，对行业法规摸得透，使全书在社会组织政策导向上具有相当的水准和高度，取得了较大突破。

二是理论广度。全书以实证分析为主，娴熟地运用了当前较为前沿的社会管理、公民社会、党建等理论成果，注重理论研究，注重战略分析，使全书有战略远见，有理论高度，政策思路清晰，学术视野开阔。全书通过对社会组织进行了全景式的理论分析和实证阐释，并以"解剖麻雀"方法对广东的社会组织典型进行了详实的评述和论证，有理有据，观点鲜明，清晰透彻，为社会组织理论成果应用提供了良好的范例。

三是实践厚度。全书选取了广东社会组织的典型案例，细致入微，鲜活生动，成为一大亮点。其中，有业内耳熟能详的广东省知名行业协会，如以行业自律闻名全国的食品行业协会、以优质服务推动行业发展的美容美发化妆品行业协会、软件行业协会、物流行业协会等；有广东省基金会中的佼佼者，如青少年发展基金会、教育基金会、侨界仁爱基金会等；有极具发展潜力的新型民办非企业单位，如中山市中港英文学校、东莞名家具俱乐部、Easy_say 易贝教育、实战英语培训学校等。书中还对广州、深圳、珠海、汕头、佛山、东莞、中山、肇庆等全省八个社会组织改革创新观察点进行了归纳总结，内容涉及涉外登记管理、综合改革、信息化、行业协会、社区社会组织、行政执法、等级评估、农村专业经济协会等多个方面，实属难能可贵。实践出真知，这些改革实践正在成为中国社会组织突破与创新的时代缩影。

精于思——孜孜以求

行万里路，读万卷书，建辉是个成功的理性思考者。诚如广东省民政厅刘洪厅长所言，建辉勤于学习，勤于思考，勤于总结，善于专研，在繁忙工作之余注重理论学习和研究，把实际工作经验升华为理论思考，表现出对知识的渴望和对现实的密切关注，这种学习精神和思考勇气难能可贵。全书对中国社会组织的发展之路的诸多思考，多处闪烁着思想者的锐利锋芒。

一是战略思考。"政党主导型现代化国家这一性质规定了中国社会组织的独特性。""社会组织的人力资本积累依赖于政府。""物质载体的特性规定了社会组织的现实定位。""执政党执政方式转变的需求规定了社会组织的发展空间。""在市场经济、民主政治、和谐社会的背景下设计和安排社会组织的发展总体战略,在行政管理体制改革的框架下具体考虑社会组织发展战略,在强化自身发展的战略前提下重视社会组织外部环境的协调发展。"这是作者在当今世情、国情、党情、社情下对社会组织未来发展的战略定位。

二是有的放矢。作者对现代行业协会做了系统的阐释,从一般属性、基本特征、主要职能及制度创新,政府与行业协会关系,提出改革开放背景下行业协会功能再造,探讨行业协会承接政府职能机制。作者在追溯基金会起源和现代基金会的发展进程的基础上,对东西方不同学派及相关理论进行分析对比,有针对性地对我国基金会的社会职能、价值做了全面的归纳梳理,并从和谐社会公益力量的现实考量,提出了具有建设性的路径选择,着力倡导社会创新。作者提出民办非企业单位"五个基础"建设,以转变政府职能为基础,实现办事业向管事业转变;以"公益产权"为基础,健全产权制度;以设定非营利性底线,协调经营性与公益性关系;以培育发展为基础,形成良好社会环境;以依法监管为基础,强化监督约束机制。这些理性的思考和判断具有较强的理论指导作用。

三是引领创新。关注热点、把握趋势、引领创新,是全书的闪光之处。作者从制度、治理和发展的三个维度,对具有中国特色的民办非企业单位进行了论述,并把诚信和信息披露作为现实关注点进行深入思考和解读。在城乡基层社会组织发展上,作者立足城乡一体化的战略视角,对城乡基层社会组织的特点、类型和功能做了分析,并就管理体制机制、培育重点和指导扶持着力点进行了深入思考,提出了系列创见。在当前社会组织党建上,作者以高度的政治敏锐性和社会责任感,对社会组织党建进行了前瞻性的分析论证,并对社会组织党工委等新型组织形式做了阐释,勾画了社会组织党建的优势与路径。作者的这些创见和论断对推进社会管理创新具有特殊的现实意义。

爱于仁——身体力行

天有时,地有气,仁者有爱,建辉是个乐善好施的爱仁者,天生有种"以天下为己任"的信念和追求。作者在这里与读者共同分享了自己的人生感悟。

从作者践于行、感于知、悟于美的心路历程中一路走来,就如同与好友一起促膝谈心，一起交流事业人生。在这里，求知中的勤于学习，求智中的善于思考，求真中的勇于实践，求是中的长于总结，共同分享如何做一个好秘书长，做一个学习型公务员。在体贴、感激、正义与美丽中分享共生理念；在体会做人处事准则中感念传统"孝道"；在倡导珍惜女性资源中感触人才可贵；在中山故居革命记忆中感叹社会进步，小中见大，细微入理，处处涌动着一股乐观向上、积极进取的激情和力量。

书内世界，书外人生。作者坚信"活着，就是一种责任"。正是这种对生命的理解和执着，让作者心中装有大爱，身体力行地倡导践行公益慈善。爱心不断，善之以恒。回家乡看望孤寡老人，给山区孩子、学校捐赠财物，带动朋友多做善事。2007年作者为梅州水灾捐资万元，带动朋友捐款数十万元。月前作者还带动朋友到革命老区的一个重点学校捐了近四十万元作奖教奖学金。在作者的心灵世界中，她是一个歌者，为事业人生而歌；又是一个舞者，为公益慈善而舞；还是一位智者，为社会变革而思；更是一个行者，为实践探索而行。

全书算得上一本社会组织的"小百科"，有理论，有实践，有思想。通读全书，无处不传递出作者严谨的治学态度、乐观的进取精神和执着的理想信念。

人同此书，书如其人。一曲如歌的行板，跳动着时代的脉搏与旋律，呵护着心灵的友善与纯净，值得品鉴，值得珍藏。

本书作者与文青（左二，本文作者）等合影（2016）

大爱写人生

——访省民政厅李建辉博士*

主持人：李建辉博士您好！今天有幸在咱们正能量的节目中访谈您，记得我初次听到李建辉的名字和事迹时，您给我留下的是刚直、善良的印象，深入了解后，我深深地被您坚韧果敢、豪爽的男子性格所感动；更被您"以天下为己任"的广阔胸怀所震撼。也对这次面对面的访谈充满了更多的期待。

李建辉：谢谢你，今天我十分激动，在这里与大家共庆佳节，并以先进代表的身份接受现场采访，我感到自己的工作做得还不够，与组织和领导赋予我的荣誉和责任还存在很大差距。

主持人：李博士您太谦虚啦，据我了解，您个人经历比较丰富，您曾经是一位大学、中学优秀教师，曾先后到多个单位多个岗位任职，并先后获得省市先进工作者、"人民满意政法干警"、"广东省建功先进个人"、"广东省三八红旗手"、"十佳民政干部""全国行业杰出代表"等荣誉。

李建辉：这些成绩的取得，得益于长期以来一直关心我和支持我的领导、同事们，没有他们的鼓舞和帮助，也无法取得这么多的荣誉和成绩，在这里我借此机会，向关注我成长进步的领导和同事们致以最诚挚地谢意！

主持人：李博士，听说您是一位非常孝顺的媳妇，家庭的公婆关系处理得非常好，有什么秘诀让我们共同分享一下好吗？

李建辉：说经验还真谈不上，只能说我的婆媳相处之道，以理性去思考问题，化解矛盾，以包容之心去处理家庭中上下左右的关系，时刻保持好家庭的和和美美。我公公婆婆原来是一个镇上食品公司的职工，思想也是比较传统，带有一些农村的风俗习惯。比如，在处理家庭中厨房锅碗瓢盆的事物

---

* 来源于广东省直机关党建网，http：//www.gdszjgdj.org/g/2013 - 03/18/content_65578878.htm.

中，和家庭里浆浆洗洗的琐事中，我都是本着能多做点就多做点的心态去化解之间的矛盾。婆婆有个姐姐有残疾，也住在我们家，看电视的声音开得很大，我工作一天回家回来想看看新闻都没办法。但为了满足病人的需要，我也就忍着，以理解的心态去自我排遣，尊重长辈。

主持人：您常用的排遣方式是什么呢？

李建辉：就是看书，做笔记，到世界各地旅游学习，多年来我都坚持用这种方法，不仅能让个人受益，而且还能化不利为有利。

主持人：这就是人们常说的"家和万事兴"吧，让我们为这么体贴睿智的好媳妇鼓掌！衷心祝愿您家庭幸福，也非常感谢你给我们介绍了家庭和睦婆媳相处的经验。我知道您通过不断学习，取得了两个硕士、一个博士学位，而且还先后到过许多国家参观学习并做慈善，请您介绍一下，您是如何读万卷书行万里路，并把爱心和阳光播洒到非洲和印度等国家的？

李建辉：书读多了，就不只是增长见识、提高修养的问题了，会有一种"耳聪目明"的奇妙感受，看事情、想问题清楚明了，有"登高望远"的感觉。很多人去游览名胜古迹的时候都是抱着"到此一游"的心态，这样永远都体会不到它们的价值所在，得不到游览的真正乐趣。我认为做慈善项目就是要把慈善真正落到实处，并把慈善作用最大化。到非洲旅游时，有许多穷孩子围到我身边叫我母亲，我就把身上的2000元人民币发给他们。后来到印度捐了1000多元人民币修建寺庙，也当场带动了很多人捐钱给他们，慈善是没有国界的，走到哪里爱心就播撒到哪里，我计划是将慈善做到80岁，谢谢！

主持人：我知道您经常利用业余时间做力所能及的公益事，能不能谈谈你做得最有意义的慈善项目？

李建辉：我的童年贫寒困苦，但我得到了许多关怀和照顾，所以自小我就立志要努力工作，回报社会。写书也是我的业余爱好，目前撰写及参与编写书籍、内部刊物已有15册。其中在中央文献出版社出版的专著《社会组织的实践与感悟》，所得书款十几万全部捐赠给了革命老区百年老校虎山中学建办公大楼。另外，我还经常利用周六日的时间到革命老区进行扶贫助困，发动朋友捐建300万人民币建了5所希望学校，组织10多个国家的外籍老师到近20所学校开展慈善义讲、义教活动，业余还积极参与社会工作，每月为相关社区举行一至两场大规模文化服务活动，力争身体力行，多为构建和谐社会做贡献。

主持人：李建辉博士的感人故事还有许多，她心怀大志、积极向上、乐于助人的人生态度，令人敬佩，让我们再次以热烈的掌声，感谢李建辉博士，也衷心祝愿您工作顺利，幸福快乐！

李建辉：女强人的大爱慈善路[*]

"做人要把自己的作用发挥到极致""慈善无大小，给你身边的人一个微笑也是一种慈善""做任何事情都不要有私心杂念""近80岁的老父母都跟着我去做慈善"……她叫李建辉，20多年如一日地做着慈善活动。在采访中记者的敬意油然而生，情不自禁地认真倾听她的故事……

在一个周日的晚上，广州市正下着大雨，7点钟记者见到了李建辉，她的笑容爽朗，说话办事干脆利落，很有亲和力。此前，志愿者李建辉已经在广东人家社会工作发展服务中心忙活了两天，筹备即将举行的"图书角"捐赠活动。10点多钟，上初中的儿子多次打电话催促，李建辉才驱车回家……

革命老区的孩子也有书看了

"太喜欢这些书了，都是我喜欢的书。"六年级（1）班的林伶俐同学开心地拿着一本故事书，爱不释手，边看边说，"我以后一定经常借书，争取把'图书角'的书都看一遍。"

2013年12月20日，广东省担当者行动"班班有个图书角"公益助学项目正式落地丰顺县。担当者行动教育发展中心专业顾问李建辉和志愿者把精挑细选、全新优质的3500册图书、50个书柜及管理手册等捐赠给了当地的5所学校、50个班级。

丰顺县是革命老区梅州市所辖的偏远山区贫困县。那里的学校条件艰苦，没有宽敞明亮的教室，没有藏书丰富的图书馆，孩子们渴望阅读，渴望通过知识走出去。"虽然学校原先也有些藏书，可大多过于陈旧，长时间没有更

---

[*] 来源于民政部中国社会组织网。

新,学生对课外阅读根本提不起兴趣,这次担当者行动带来了这么多全新的、高质量的课外图书,就像一场及时雨,恰好淋在了孩子们贫瘠而渴水的心灵土地上。"汤西镇中心小学的一位老师说。

看着孩子们拿到了自己心仪的书本,李建辉欣慰地笑了,连日来的疲惫一扫而光。谁也不会想到,为了这次活动,她连续三个月利用下班时间及周末来筹划布置。到目前为止,她已经组织捐建了近200个"图书角"。"孩子们就是国家的未来,民族的希望,通过我们的持续努力,让乡村的孩子能够分享到外面的知识和信息,和城市孩子在同一个起点上去共同创造祖国的未来。"她如是说。

50万带动300万

最让李建辉感到自豪的,莫过于捐建卓斌希望学校的四两拨千斤的杰作。卓斌希望学校原为陈毅元帅到过的丰顺县留隍镇茶背崊下村的崊下小学,校舍比较陈旧,属于危房改造项目,学校改建需要近300万元。通过李建辉的引荐,广东省卓越慈善基金会董事长卓斌个人捐资60万元,对学校进行改造修建。剩下的资金缺口怎么办呢?李建辉找到广东省紫琳慈善基金会秘书长朱朝奉,屡次拜访当地的各级领导,共同发动并发出倡议书,号召在外乡贤、有关单位等捐款。"他们一看,外地人都来张罗着建学校,本地人怎能袖手旁观呢?"很快,修建学校的300万元资金筹措到位。最后,还剩余近100万元成立了奖教奖学基金。"早期身边有一些朋友虽然赚了很多钱,但没有时间做慈善事,我慢慢感染他们,带动他们自愿地做慈善,参与社工、义工活动。通过这次活动,也让大家明白了如何把慈善做到最大化。"李建辉说。

工作岗位的女强人

李建辉曾在广东省民政厅民间组织管理局综合处负责广东省社会组织宣传工作,并兼任广东省民间组织总会常务副秘书长、广东省社会组织妇工委副主席,现在是广东省救灾物资储备中心副主任。她赢得了无数荣誉,在广州工作期间她先后被授予"广州市人民满意政法干警""综合治理先进个人""百年学术特等奖""全国行业杰出人物""中国风云人物"等荣誉称号。她所负责的办公室被民政部评为"全国先进单位",个人被评为"十佳民政干部";在广东省工作期间曾被省政府评为"省三八红旗手"、"省建功先进个人",2013年还被省评为"正能量先进人物"并在大会上发言。不仅如此,她还利用休息时间编撰了16本教育类及业务书籍,撰写了近40篇论文发表在国家级、省级等刊物,有两篇论文获得国际优秀论文奖。

在采访时,记者听到了很多在李建辉看来是小事的事:20世纪90年代当老师时,就免费给四个班的学生上了两个星期的课,从早到晚,没收一分钱;2002年,某驻军干部的儿子患了白血病,李建辉牵头号召大家在两天内筹款30万元,第三天就送了过去;又如2006年,梅州发生严重水灾,当时几天没人捐款,她第一个带头捐出了1万元,带动身边的朋友捐款,当天就捐了16万元;她曾带着在对越自卫反击战中牺牲战士的亲属去扫墓,为地方单位与驻地部队建立了良好的鱼水情谊;她利用周末去看望孤寡老人,给他们送去柴米油盐;她经常为山区的孩子捐钱购买桌椅、书包、计算机、乒乓球台,建篮球场等。在省民政厅工作期间,她积极组织社会组织负责人进行了十多批业务培训;她组织四批次社会组织法人代表、秘书长到清华大学脱产学习,请来了专家讲授公共管理、危机应对和社会组织法律法规等专业知识,开了全国先河,受到民政部领导的表扬……一直以来她克服人手不足等问题,对所有办事群众都予以耐心、爱心,用一流的专业知识为他们服务,深受好评;团结同事,齐心协力把工作做到最好,在行业内成为领头羊。

作者与朱鹤亭长老在丰顺做公益活动(2014)

慈善事业是我的终身追求

李建辉常说,"活着,就是一种责任"。而这种责任不是为了自己,而是对单位、对行业、对社会,对国家的责任。正是这种责任感让她心中有大爱,让她从不间断地做慈善事业、志愿者和义工。

多年来,李建辉先后筹钱在革命老区建了5所学校,近年把卖书的十几万捐给母校建办公室,为贫困老区学校建了近200个"图书角",解决图书馆没书看等问题,这些事情都是她用假日的时间默默完成的,从不张扬。近几年她先后以个人的魅力带动捐款300多万元,用于广东各县革命老区教育扶贫项目等,扶持贫困生约80人。她还组织了10多个国家的外籍老师到近20所学校开展慈善义讲、义教活动50多场,还积极参与社会工作,甘做一名普通志愿者、义工。正如她在虎山中学的演讲中说到的:"爱是一种智慧,能给人力量,能陶冶人的性情,能改变社会。如果没有爱,拥有再多的财富,人生也像一座荒凉的孤岛,像当年没有开发的夏威夷。爱能拨动人们内心的心弦,能使人生和谐,社会和谐。我将做慈善事业、义工和社工志愿者作为终身追求。"

作者与美国老师到广州75中新疆班义教(2015)

她走到哪儿,便把善事做到哪儿。去柬埔寨、非洲游历时,遇到十几个在街头流浪的孩子,她便把身上2000多元钱都掏了出来,分给这些孩子,孩子们竟围在她的身边大声叫她"妈咪"。"慈善无国界"！淡淡的一句话让人读到她心中的大爱……慈善还在进行着……

李建辉："快乐慈善"是我的终身追求*

有句话说，"人与人的区别，在于如何使用八小时之外的时间"，中央近年来也强调要加强对干部"八小时之外"活动的监督。对于党员干部来说，运用好"八小时之外"的时间，是提升自我价值的重要途径。面对这个问题，广东省民政厅、广东省救灾物资储备中心副主任李建辉永远只有一个答案：做慈善。她已经坚持了20多年。

"我做人的一个理念，就是要将生命的价值最大化。干部八小时以外做什么？我的选择就是做慈善。"提到慈善事业，李建辉总能如数家珍地说起那些故事，从第一天投身慈善开始，20年如一日，李建辉说，"慈善丰富了我的人生。"

作者在自己开办的公益书吧（2014）

李建辉博士是广东省民政厅的处级干部，在工作岗位上兢兢业业，成绩显著，曾多次被评为国家、省、市先进工作者、三八红旗手、"十佳民政干部"、正能量先进人物等。工作之余，她几乎把全部时间都投入到慈善事业中，其中，她最关注的是教育。

---

* 来源于香港《大公报》。

以几十万带动几百近千万捐款

梅州丰顺县留隍镇茶背崀下村的中心小学崀下小学是陈毅元帅到过的地方,由于缺乏资金投入,校舍比较陈旧,属于危房改造项目,学校改建需要近300万元。2011年,得知这一情况,李建辉就牵头,发动身边的企业家——广东省卓越慈善基金会董事长卓斌个人捐资60万元,对学校进行改造修建。

但整个项目还有200多万的资金缺口,如何解决?李建辉想,这是当地的教育公益项目,应当号召当地政府、企业加入。她找到广东省紫琳慈善基金会秘书长朱朝奉,屡次拜访当地的各级领导,共同发动并发出倡议书,与朱秘书长等号召在外乡贤、有关单位等捐款。

"倡议书发出后,效果非常好。当地的企业家一看,外地人都来张罗着建学校,本地人怎能袖手旁观呢?"李建辉说。

后来,县政府筹几十万,教育局筹几十万,当地20多个企业老板共捐赠100万多,整个项目加起来筹得380多万善款。卓斌希望学校建成后,还剩余近100万元成立了奖教奖学基金。现在,这项奖学金交由当地政府运营,仍在源源不断地吸纳善款,奖励和资助师生。

李建辉做慈善,还有一个特点,就是事无巨细。除了推动筹款,在学校改建过程中的施工安全、建筑质量及后期的维护等方面,她经常亲自与相关负责人落实到位,"既然要做,我们就要做百年校舍,安全问题、责任问题不能马虎。"

最让李建辉难忘的,是在卓斌希望学校的落成典礼上,她请来了几位专家,有美国、韩国的教师,其中还有伊丽莎白女王的翻译等,在现场做中英文的演讲。"1600多个学生,看到这样的场景,都非常激动。演讲结束后,他们都围上来,要老师们签名,和老师们交流。"孩子们的可爱和纯朴,让她非常难忘。这样的公益义讲,20多年来参加了上千场,到目前为止她兼任了五个中学的荣誉校长,三间大学客座教授。

可以说,她常以四两拨千斤的方式,带动了更大范围的慈善。除了崀下小学这个项目,同年她还发动完成了茶背中学、兴林中学和五华中学的捐赠和改建,并且都是以小善款打动大善款的方式完成,以几十万带动了近1000万的教育慈善项目。

"早期身边有一些朋友虽然赚了很多钱,但没有时间做慈善事,我慢慢感染他们,带动他们自愿地做慈善,参与社工、义工活动。通过这些活动,也让大家明白了如何把慈善做到最大化。"李建辉说。

做慈善就要"快乐慈善"

这种强大的号召力，来源于其20多年在慈善事业上的用心投入，更来源于朋友对她真诚做人的认可。

"我倡导的慈善，是快乐慈善，每个人都必须是发自内心想做真正的慈善。"李建辉的朋友，最开始只是跟着她参与项目，从一万两万的善款捐起，久而久之，他们也感受到了做慈善的快乐，便在自己的能力范围之内，拿出更多的资金投入慈善项目，对李建辉，他们永远只有一句话——"我就相信你。"

投身慈善事业，对李建辉来说，是一件特别自然的事情。从小，父亲、母亲就教导她要关心弱势群体，要懂得感恩，耳濡目染，慈善因子早已形成。

20世纪60年代国家闹饥荒的时候，是李建辉全家最艰苦的时候。家里一共8口人，吃饱一餐饭都不容易。最穷的时候，米缸里没有一粒米，父母不好意思向邻居借米，让孩子拿着小米袋到邻居家借米，东一家、西一家，总算熬过了最苦的日子。后来，改革开放后，家里情况好转，他们每到过年过节就去看望这些曾经帮助过他们的乡亲。一直到现在，每年回老家，李建辉都会陪着父母去看望他们。在这样的环境下长大，李建辉也形成了乐善好施的品质，默默地传承着父母的优良品行。

为革命老区的孩子打开知识的窗口

"太喜欢这些书了，都是我喜欢的书。"六年级（1）班的林伶俐同学开心地拿着一本故事书，爱不释手，边看边说，"我以后一定经常借书，争取把'图书角'的书都看一遍。"

2013年12月20日，广东省担当者行动"班班有个图书角"公益助学项目正式落地丰顺县。担当者行动教育发展中心专业顾问李建辉和志愿者把精挑细选、全新优质的3500册图书、50个书柜及管理手册等捐赠给了当地的5所学校、50个班级。

"班班有个图书角"这一项目，李建辉与一帮有爱心的伙伴们已经坚持办到第四年。教育是李建辉慈善事业中最重要的一部分，除了建学校，她希望让孩子们接触到更多的课外知识。

丰顺县是革命老区梅州市所辖的偏远山区贫困县。那里的学校条件艰苦，没有宽敞明亮的教室，没有藏书丰富的图书馆，孩子们渴望阅读，渴望通过知识走出去。"虽然学校原先也有些藏书，可大多过于陈旧，长时间没有更新，学生对课外阅读根本提不起兴趣，这次担当者行动带来了这么多全新的、高质量的课外图书，真是一场及时雨。"一位老师说。

最初，在了解到广东省担当者行动教育发展中心开展这一项目时遇到一些困难后，李建辉立即发动身边朋友，筹集善款，从革命老区开始，将项目做好。秉承一贯的处事风格，李建辉在图书角项目上也投入了不少心血，一点也不亚于其他慈善项目。

"我们在选择图书的时候，是根据不同年级孩子的阅读需求量身定制的"，李建辉说，要真正让图书角发挥作用，必须最大限度地激发孩子们的阅读兴趣，"建好图书角只是第一步，关键是怎么把书借出去。我们有一套机制，每个班的班主任要带头阅读，鼓励孩子们多借书。"每年，图书角项目会根据借阅情况评选出优秀的老师，从项目基金中出资安排他们前往广州、深圳、厦门等相关大学接受继续教育培训。

"孩子们就是国家的未来，民族的希望，通过我们的持续努力，让乡村的孩子能够分享到外面的知识和信息，和城市孩子在同一个起点上去共同创造祖国的未来。"目前，李建辉已经组织捐建了近200个"图书角"，大埔县50多个学校，已经完成了超过一半的图书角建设，"我们要尽快完成剩下的一半，把大埔县做成'图书角'项目的示范县，推广到全省、全国。"

作者与美国TONY老师等在贫困山区扶贫助学，与虎山中学丽娜校长合影（2009）

慈善无国界：让慈善带动中英文化交流

2012年8月，在广东省第一所红军小学所在地——梅州大埔县北塘村，300名孩子中英语夏令营的方式，结束了他们别具一格的暑假。在过去的12天，来自英国的10名志愿者和12名中山大学学生与孩子们度过了一个难忘的学习之旅。

这个"北塘计划中英英语夏令营"，已经举办了十一届。它的诞生，有一段特别的故事。

1998年暑假，旅英第二代华裔、英国爱丁堡皇家科学院院士张明经带着妻女首次回到大埔西河镇北塘村祖籍寻根。回到英国后，张明经一家对故乡念念不忘，希望将祖屋辅德堂改建成一家慈善医院。他的女儿张燕玲提议，辅德堂和西河镇其他独特的民居是一道不可多得的山村风景画，不如将祖屋修葺一下，组织英国同学到中国来，既可以探秘中华文明，又可以帮助山村的孩子学习英语。

就读于英国布里斯托尔大学的张燕玲随即招募了学校的5名志愿者，自己出钱回到了祖屋，开始了这项"北塘计划"，又名"辅德堂教学计划"。

但项目开始后，一直处于"零敲碎打"的状态，加之学校基础设施不齐全，"连卫生间床铺都没有"，项目成效不明显。2007年，李建辉在一次当地义讲时了解到这一情况，决心推动这个促进中英文化交流的慈善项目稳定发展，她先后筹集60万善款，将夏令营所在地修整一新，招募更多志愿者参与其中，在大家共同努力下，越做越好，影响力越来越大。此后，"北塘计划"便持续每年开展。这个项目，也被列入广州市中山大学与布里斯托尔两个友好城市的交流合作项目之一，辅德堂也被列入文物保护单位。红军小学的建设，李建辉筹款把全校硬件设施，图书馆建设等进行了更新，先后筹了约50万元。

几年下来，李建辉已经带动无数有爱心的企业家参与红军小学及辅德堂中英文活动，除了捐款捐物，企业家们还带着家人参与夏令营的活动。"这对他们来说是一种非常特别的体验，除了做慈善，还能促进中英文化交流，何乐而不为？"李建辉说。

做慈善，是终生追求

采访中，李建辉说，"人活着，最重要的是要活明白，自己究竟为什么活着？最重要的是什么？发生问题怎么面对？"做人三敬："一敬天地、二敬父母、领导，三敬古圣先贤。"

"孝道、善良、舍得，是我做人的三大准则。活着，就是一种责任"。李建辉说，这种责任不是为了自己，而是对单位、对行业、对社会、对国家的责任。正是这种责任感让她心中有大爱，让她从不间断地做慈善事业、志愿者和义工。

李建辉走到哪儿，便把善事做到哪儿，每做一次善事，总能带动更多的人参与慈善。正如她在虎山中学的演讲中说到的："爱是一种智慧，能给人力量，能陶冶人的性情，能改变社会。如果没有爱，拥有再多的财富，人生也像一座荒凉的孤岛，像当年没有开发的夏威夷。爱能拨动人们内心的心弦，能使人生和谐，社会和谐。我将做慈善事业、义工和社工志愿者作为终身追求。"

作者到非洲扶贫（2007）

情系孩子　爱洒万里

——小记全国公益慈善之星、大埔虎中关工委名誉主任李建辉博士

黄佩贞

我们怀着万分崇敬的心情，向大家介绍一位目前是广东政府部门首位作遗体捐赠的全国女才人，她就是多年被相关政府评为扶贫助困之星、多家公益机构的慈善顾问、多个学位的研究生、虎中关工委名誉主任李建辉。"做人要把自己的作用发挥到极致""慈善无大小，给你身边的人一个微笑也是一种慈善，我计划是将慈善做到80岁"这郑重有声、铿锵有力的话语，道出了李博士是一位具有"德、智、真、善、美"多馨的女中豪杰。

把爱洒给家乡孩子

李博士生于广东省梅州大埔县，童年贫寒，在政府和很多好心人的关怀和照顾下学有所成，所以她自小就立志，长大要努力工作，回报社会。一方面发挥其爱心作用，广泛发动社会热心人士出钱资助学校建设，共计120多万元，资助虎山中学寒门学子60多人；最近，由李博士3姐妹负责提供高中毕业费用的卢宝梅等3名虎中贫困生今年已大学毕业，李博士为她们找工作，并引导她们走向公益之路。另一方面，李博士争分夺秒勤笔耕，将《社会组织的实践与感悟》专著书款10多万元全部捐赠给母校建办公楼，近两万元捐种世界名树，美化校园。同时，她经常利用周六日的时间到革命老区进行扶贫助困，发动朋友捐300万人民币为家乡大埔建了5所希望学校，组织10多个国家的外籍老师到40多所学校开展慈善义讲、义教活动，业余还积极参与社会工作，每月为相关社区组织一至两场大规模文化服务活动，身体力行，为构建和谐社会作做贡献。她在致力于行政管理实践的同时，勤于思考，注重研究，先后参与编写的书籍近20册，在国家级和省级报刊发表论文40余篇。2010年9月由担当者教育发展服务中心牵头参与构建图书角300多间，组织十多个国家的老师进行义教近百场次，连续3年在大埔西河组织农民工培训、请农业专家传播种养技术。同时她还带动朋友到母校虎山中学捐了近

60万元作奖教奖学金。2015年7月,李博士又搭桥牵线,筹资75万元,专程到梅州地区帮助了50个学生;李博士每年带几个朋友,到西河红军小学参与资助中英文夏令营活动达8年之久。2016年5月30日,李博士又带领"华师爱教组织,到大埔县虎山中学开展助学活动,资助全县26名高一贫困学生,每年向贫困学生发放助学金2400元。还向枫朗3间小学捐建了图书角。据悉,自2013年以来,向大埔西河小学等18所学校捐建了179个师生图书角,共捐助图书近1.3万册,很受赞赏和喜爱。

把真、善、美干到永远

李建辉常说,"活着,就是一种责任"。而这种责任不是为了自己,而是对单位、对行业、对社会,对国家的责任。正是这种责任感让她心中有大爱,让她从不间断地做慈善事业、志愿者和义工。20世纪90年代当老师时,就免费给四个班的学生上了两个星期的课,从早到晚,没收分文;2002年,某驻军干部的儿子得了白血病,李建辉牵头号召大家在两天内筹款30万元,第三天就送了过去;又如2006年,梅州发生严重水灾,她第一个捐了1万元,带动身边的朋友捐款,当天就捐了16万元;她曾亲自去给对越自卫反击战中牺牲的战士扫墓;为地方单位与驻地部队建立了良好的鱼水情谊;她利用周末去看望孤寡老人,给他们送去油盐柴米;她经常发动朋友为山区的孩子捐钱购买桌椅、书包、计算机、乒乓球台,建篮球场等;在省民政厅工作期间,她积极争取领导支持,工作创新,组织社会组织负责人进行了十多批的业务培训;她组织四批次社会组织法人代表、秘书长到清华大学脱产学习,请来了专家讲授公共管理、危机应对和社会组织法律法规等专业知识,开了全国先河,受到民政部领导的表扬……一直以来她克服人手不足等问题,对所有办事群众都予以耐心、爱心,用一流的专业知识为他们服务,深受好评;团结同事,齐心协力把工作做到最好,在行业内成为领头军。

李建辉博士是个乐善好施的爱仁者。她几乎把全部业余时间都用在"快乐慈善"中,已坚持干了20年。近几年她先后以个人的魅力带动捐款300多万元,用于广东各县革命老区教育扶贫项目等,扶持贫困生80多人。她还积极参与社会工作,甘做一名普通志愿者、义工。正如她在虎山中学的演讲中说的:"爱是一种智慧,能给人力量,能陶冶人的性情,能改变社会。如果没有爱,拥有再多的财富,人生也像一座荒凉的孤岛,像当年没有开发的夏威夷。爱能拨动人们的心弦,能使人生和谐,社会和谐。我将慈善事业至少干到80岁、将做义工和社工志愿者作为终身追求。"

把仁爱播洒到异国

李博士走到哪儿，便把善事做到哪儿。先后到过许多国家参观学习并做慈善，把爱心和阳光播洒到非洲和印度等国家。她把慈善作用最大化。去柬埔寨、非洲旅游时，在街头遇到十几个在街头流浪的孩子，她便把身上2000多元钱都掏了出来，分给这些孩子，孩子们竟围在她的身边大声叫她"妈咪"。走到印度参观寺庙时又带头把身上1000多元捐给寺庙。"慈善无国界。"淡淡的一句话让人读到她心中的大爱……

送人玫瑰，手有余香

李博士"德、智、真、善、美"多馨，仁者有爱，天生有种"以天下为己任"的信念和追求的虎山中学杰出校友，参加工作30年间，先后获得大学、中学优秀教师、省市先进工作者、"人民满意政法干警"、"广东省建功先进个人"、"广东省三八红旗手"、"十佳民政干部""全国行业杰出代表""广东省正能量先进人物"等无数荣誉称号。深受国内外社会各界有识之士的赞扬。在荣誉面前，李博士谦虚地说："这些成绩的取得，得益于长期以来一直关心和支持我的领导、同事们，没有他们的鼓舞和帮助，也无法取得这么多的荣誉和成绩"。李博士的慈善还在进行着……

虎山中学110周年，作者受邀回母校做报告后合影（2016）

后　记

当我把《登高望远：发现更好的自己》画上句号时，心里还是觉得不尽如人意……

6月18日周六，我到了珠江御景湾，三年前我建起的公益书吧，打开负离子机，空气显得格外清新，这里让我忘掉日常工作上的琐事，摆脱家务事，可以随心所欲地翻阅任何想看的书籍，几十本《道藏》、几百本《大藏经》、二十多本《资治通鉴》、《饶宗颐传记》、《希拉里全传》、《普希金》、《撒切尔夫人》、《甘地夫人》、《乾隆王朝》、《汉武大帝》、《毛泽东》、《周恩来》、《习近平系列讲话》……应有尽有，沉浸在书的海洋里，心旷神怡，书中自有黄金屋，书中自有颜如玉。我这辈子离不开书了。按金庸说的"给我自由，但不可读书，让我坐牢，但给我读书，我会选择后者"。金庸的儿子在美国留学，因失恋跳楼自杀了，记者采访金庸，问他："你想向年轻人说点什么？"金庸说："如果我儿子爱读书，他就不会自杀了！"在他眼里读书是可以救命的。到了书吧，仿佛到了知识的海洋里遨游。读万卷书，行万里路，阅人无数，随着岁月的流逝，百感交集。"活着，就是一种责任"这种紧迫感越来越强，这种责任不是为自己，而是对亲朋、对单位、对行业、对社会、对国家。正是这种责任感让我心中想把自己平凡的脚印留下，努力用大爱写人生，甘做一名普通志愿者、义工，把爱奉献。爱是一种智慧，能给人力量，能陶冶人的性情，能改变社会。如果没有爱，拥有再多的财富，人生也像一座荒凉的孤岛，爱能拨动人们的心弦，能使人生命和谐，社会和谐。我将做慈善事业、义工、社工志愿者作为终生的追求。这部作品也记录了我的所见所闻，谨与大家分享。时不我待，自己工作、学习取得了一定成绩，得益于长期以来一直关心和支持我的领导、同事们，还有家人、亲人们。没有他们的鼓励和帮助，我将无法取得这么多的成绩和荣誉，在这里再次感恩大家。

最要感谢原国家机关事务管理局连云祥司长为本书作序。在本书撰写过程中得到许多领导、师长、朋友、同事们的支持和帮助，特别是湛华国主任、张高陵秘书长、罗嘉群秘书长给予极大的帮助和指导。更要感谢朱鹤亭长老为本书题名，感谢考古专家许青松为本人题字。还得到民政厅领导卓志强、骆招群、饶美奕、陈奇、王长胜、邱东强、郭健生、曾凡瑞、凌锋、罗一平、丁燕燕、刘平波、叶秀仁、王世国、庄侃、邱智宽、李伟群、罗小明、江海鹰、苏建军、李进民、王春明、刘志伟、任增贵、韩民、容锡宏、徐志军、李宝记、潘正钦、余莉、骆泽铭等领导的支持和鼓励。还有好朋友朱鹤亭、朱朝奉、叶子、卓斌、孙春宁、郭小刚、宁习洲、耿庆山、陈洽彬、卢进才、何克让、蓝华香、李明才、徐国新、朱秋玲、朱金玲、郭宣文、黄佩贞、黄广华、肖辛、郭湘华、邱韵风、张晋田、廖建和、张元醒、曾添贵、李金庆、郑育琴、李洁华、廖健康、彼得·海洋、伍智浩、陈书行、夏朝霞、张文、李世玉、苏婷、随细华、虞文树、何建东、李志洲、张国琛、欧阳勇军、朴圣烨、罗东升、罗盛开、熊友、夏训然、李斌飞、唐丽红、欧阳梅、张丽辉、黄宝城、蓝情彬、吴德胜、池檀光、李鑫雨、吴等兴等，家人李秋桂、黄慧英、李建国、李建琼、李建红、李健生、池林茂、池兵兵等人的大力关心和帮助。

最后还要感谢中山大学出版社徐劲社长、总编助理高惠贞主任、责任编辑王延红女士，他们的大力支持和帮助，使得本书顺利出版，在此表示诚挚的感谢。

由于撰写时间仓促，水平有限，本书难免有疏漏，请大家批评指正，不吝赐教。

李建辉
广东省民政厅（博士、研究员）
2016 年 10 月 15 日

2015 年收藏

作者部分生活花絮

(一)公务类

◀作者与原广东省省长卢瑞华在公益活动中合影（2009）

▲作者与原省委书记朱森林先生合影（2009）

▲作者与国家民间局孙伟林局长（2010）

▶作者与广东省政协副主席、时任省妇联主席温兰子（中），广东省旅游局局长（右）合影（2010）

▲作者与民政部国家民间组织管理局副局长李勇合影（2014）

▲作者与张立平副司长、郭小刚主任、朴圣烨董事长、张继承校长合影（2010）

◀作者与原国家事务管理局连云祥司长（中）、广东美术馆馆长罗一平夫妇（左二、右二）、李世玉院长（左一）合影（2016）

▲作者与贵州省民政厅副厅长、民间局副局长合影（2011）

▲作者与大埔中心小学郭浪安校长合影（2009）

▲作者与国家救灾司庞陈敏司长（2013）

▲ 作者与国家救灾司李保俊副司长（2014）

▲作者与中国民政部姜力副部长（2010）

▲作者与耿庆山副厅长、王世国局长合影（2014）

▲作者与云南财经大学李严锋院长、博士生导师（2015）

▲作者与中国国家应急办闪淳昌副主任合影（2011）

◀ 作者与韩国朴圣烨董事长、廖健康会长、李克伟会长、张国琛院长、李建红主任、戴志明秘书长合影（2015）

▶ 作者与国家工商联孙晓华副主席、叶子董事长、平远妇联主席、教育局领导合影（2015）

◀ 作者与广东省卓越慈善基金会卓斌会长合影（2015）

▶ 作者与广东省美术馆罗一平馆长合影（2016）

▲ 作者捐赠的办公室及种的树（在母校），右一为张晋田校长（2011）

▲ 作者与国家民间局副局长合影（2013）

◀作者与澳门特别行政区立法会议员陈美仪合影（2013）

▼作者与肖志恒副省长合影（2010）

▲作者与雷于兰副省长合影（2012）

▲作者与陶铸的女儿陶斯亮（中）等合影（2013）

▲作者与池坛光校长合影（2011）

◀ 作者与宁夏民政厅厅长
民间局局长合影（200

▶ 作者与广东省高级人民法院
副院长合影（2010）

(二)交流类

◀ 世界染料大王、世界儒家学会汤恩佳会
世界中医联合会、武术家联合会朱鹤亭
会长（左二）赠送联合书写的墨宝；
左一为儿子池兵兵（2015）

▶ 作者与朱庆伊董事长夫妇合影（2015）

◀ 作者与非洲、香港、澳门留学生交流（2015）

▶ 作者与疯狂英语创始人李阳合影（2010）

◀ 作者与柯国健校长（印度学习回来）、张家振一级书法家合影（2014）

▶作者与国医大师邓铁涛
先生合影（2011）

◀作者与著名作家彼得·海洋合影（2012）

▶作者与省房地产协会会长合影（2009）

（三）乡情类

▲作者与世界武术家联合会会长朱鹤亭长老、关工委主任廖建和老师到
母校做公益活动时与母校虎山中学罗维猛校长合影（2015）

▲作者与梅州市妇联伍卫华主席、刘红茹副主席、表弟丘永逢董事长夫妇合影（2013）

◀作者赠送墨宝给大埔县博物馆；右一为刘洪伟馆长（2015）

▶ 作者捐赠给大埔县图书馆四个专柜书籍（2013）

◀ 作者与大埔县文联主席、大埔教师进修学校陈介成校长合影（2009）

◀ 作者到梅州丰顺茶背中学义教；学生围住作者签名（2011）

（四）亲情类

◀三姐妹在迪拜（2015）

▶作者一家三口（2016）

◀作者与家族第五代小誉、小颖合影（2016）

▶ 作者与蓝华香阿姨的儿孙们合影(2014)

◀ 五个兄弟姐妹加可爱的宝宝(2011)

▶ 儿子池兵兵和黄思雨姐姐
　在南昌大学(2015)

▶作者与100岁黄家拳传人与1岁好友合影（2015）

◀作者与民政部中国社会组织杂志孙春宁主任编辑合影（2016）

▶作者与廖健康会长1岁儿子合影（2016）

（五）周游类

◀作者与中东伊拉克友人合影（2011）

▲作者与何建东友人合影（2016）

▲作者在好望角与非洲友人合影（2006）

▲作者与印度新德里大学学生合影（2015）

▲作者与阿拉伯友人合影（2007）

◀作者与埃及友人合影（2009）

▶ 作者与印度尼西亚友人合影（2008）

◀ 作者与中东友人合影(2010)

▲ 作者与非洲友人合影（2009）

◀ 作者与印度孩子们在一起（2010）

▶作者与非洲友人合影(2009)

▲作者与印度友人合影(2010)

▲作者与印度友人合影(2010)

◀作者与迪拜帆船酒店经理合影（2010）